月の裏側

恩田 陸

幻冬舎文庫

月の裏側

chapter I

やっと、雨が上がった。

西の空の雲が切れて、閃光のようなぎらついた陽射《ひざ》しが一瞬下界を照らし出す。映画の一場面のようだ。それも、これは長いストーリーの終盤間近の一場面。ラストはすぐそこまで来ている。エンドマークの気配を観客は感じている。いったいラストはどうなるのだろうと、観客は頭の中でいろいろな結末を考えている。どんな結末がお望みだろう? 私は歩いている。歩いている。帽子も靴も雨に変色し、ずぶ濡れになったシャツの重さにうんざりするのにも疲れてこの街を歩いている。意識は朦朧《もうろう》としている。長い間激しい雨の中を歩いてきたために、頭は既に思考を停止している。半ば惰性のように歩いている。

それでも時折、いろいろなものが頭の片隅をガラスの破片のように横切る。重く濃い水面に浮かぶ合歓《ねむ》の花。闇に浮かぶ門灯の明かり。滑るように路地の隙間《すきま》に消える小舟。図鑑をめくる白い指——しかし、しょせんそれはかけらでしかない。かけらの幻影を追い求めようとするそばからその絵は消えてゆく。

私は歩いている。そういえば、カメラはどこにやったろう？　肌身離さず持っていたカメラ、私のこの街での存在をひっそり記録し続けていたカメラ、この街で起きたことを刻んでいたカメラ。どうやら今の私は手ぶらららしい。どこにカメラを？

今、歩いているのはどのへんだろう。早くあの家に着かなければ。居心地のよいあの小さな家、何よりも堀から離れている家——初めてあの家に着いたのはいつだったろう、信じられない、まだほんの十日しか経《た》っていないではないか。たったの十日間、初めて私があの駅に降り立ってから——


「ようこそ、箭納倉へ」

駅舎を出たところはぽっかり開けたロータリーで、どんよりとした梅雨空を背に、三隅協一郎は立っていた。黒い縁の、生真面目な眼鏡。その奥の、意外なほど黒目の大きく雄弁な瞳。頭のてっぺんが薄いのに、くろぐろと左右に天然パーマが広がっている。何かもの言いたげな、歪《ゆが》んだ薄い唇。洗い晒《ざら》しで色が褪《あ》せ形の崩れたシャツ。骨太の、ごつごつした感じのする身体《からだ》。

変わっていない。何も変わっていない。その変わっていない彼の口から出た言葉に、塚崎多聞は一瞬あっけにとられた。

ＹＡＮＡＫＵＲＡ。

重厚な口調で放たれたその地名は、無邪気な響きを持っていた。ＹＡＮＡＫＵＲＡという単語だけが、協一郎の口からふわふわふわと天に昇っていってしまいそうだ。

「お久しぶりです。お世話になります。お変わりありませんね」

一拍遅れてから、多聞は思い出したように笑顔を見せて会釈した。

「君こそ相変わらずだね。いつもそういう間があることを、今まで忘れてたよ」

協一郎がクスリと笑った。彼はかなり複雑なユーモア精神の持ち主なのだが、そのあまりに重厚な話しぶりから、彼がジョークを言っていることに気付くのは相当親しくないと難しい。多聞はもともとぼうっとしたところのある男なので、親しくなってからもなかなか気付かなかった。すると協一郎はちょっとだけ拗《す》ねて、自らそのジョークを解説するのである。

「ジャンヌは、いつも『またタモンの天使が通ったわ』と言って馬鹿にします」

駅前に待つタクシーを避けて、多聞は協一郎について歩きだした。

「奥さんは変わりないかね？」

「今里帰りしてます。でなきゃ、一人でここまで来られませんよ」

多聞の妻はフランス人だ。彼よりも二歳年上で、来年は不惑を迎える。東京の私立大学の客員教授として日本にやってきていたのだが、友人を介して知り合い、情熱的に——ほとんど一方的にだが——愛された。それは結婚して十数年が経過した今でも同じである。大変な美女だし濃《こま》やかな女だし、彼女に何の不満もないが、もともと多聞という男じたいが不満のない男なので、時々これでよかったのかなという気持ちになることがあるのは否定できない。未《いま》だに友人たちは彼の結婚を『ジャンヌの略奪』と呼んでいる。

「一緒に連れてくればよかったのに。喜ぶよ」

「はあ。でも一応、仕事ということになってますから」

多聞は生返事だ。風はなく、駅前はがらんとしていた。特急が停《と》まるのだから、観光客は多いのだろう。箭納倉と言えば、名の知れた水郷都市である。どんこ舟と呼ばれる細長い木の舟で、柳の枝が揺れる掘割を下っていく風景は、純文学や映画の舞台で有名だ。国民的な詩人が歌った故郷。セピア色のノスタルジア。

「舟に乗っていくかね？　家はちょうど終点近くだし」

協一郎が川下りの乗船券売り場に顎《あご》をしゃくった。白い法被《はっぴ》を着た人待ち顔の船頭たちが数人、宝くじ売り場のような小さなボックスの周りで煙草を吸っている。

「いいえ、まだ、その」

「いいかね」

「はあ、まだ心の準備が」

多聞が小さく肩をすくめると、協一郎はくっくっくっ、と笑った。

「相変わらずだね」

協一郎はサッ、と多聞の顔を見た。その鋭い眼光は昔と全く変わっておらず、多聞は一瞬彼の視線が背中を突き抜けたような衝撃を感じた。

「君は、童子の顔をしている」

「学生時代にもよくそう言われましたね」

「君のような顔はなかなかそうあるもんじゃないよ。無垢《むく》で怖いもの知らず、それでいて歴史の真実を生まれつき持っている」

「随分買いかぶられましたね」

「君がじゃない。童子がだ。君は童子の顔をしているが、本当に童子なのかはまだ分からん」

「童子と言われても——僕はもうすぐ四十ですよ」

「じきに分かるさ」

駅前の短い商店街が唐突にとぎれ、そこには穏やかな暗黒を湛《たた》えた『それ』が広がっていた。

　多聞はなんとなくドキリとした。

『それ』を見た印象をなんと表現したものか。深く濃く、底の見えぬどろりとした緑色。地上に現れている無機質で年月の浅いコンクリートやアスファルトに比べ、『それ』はあまりにも複雑な有機物の集合体に見えた。そう——『それ』はまさしく生きているように見えた。

「なに、十五分くらい歩けばうちに着く。長旅で疲れたろうけど、少し歩いてこの街に慣れてもらおう」

「はあ。歩くのは全然平気ですから。ずっと座りっぱなしだったんで、かえって有り難い」

　協一郎と言葉を交わしながらも、多聞は『それ』から目を離すことができなかった。

　盛りを過ぎた菖蒲《しょうぶ》の葉が、かすれた緑のカーブを水上に作っている。澱《よど》んではいるものの、それは確かに少しずつ流れていた。奥へ奥へ。この眠たげな街の奥へと。ゆるやかな水の動きを見ていると、懐かしい歳月の香りがする。時間に負荷をかけることのできる力がそこからひそかに手招きをする。

「しかし、荷物少ないね。いつもそんななのかい」

多聞は例によって少し遅れて答えた。

「こんなもんです。行く先々で、状況によって滞在延びたり縮んだりするし——秘境に行くわけじゃありませんからね。今回も、ほんとに帰りは博多に寄って、ライブハウスをぐるっと回るつもりなんです」

多聞は肩にしょっている、使いこんだ革のリュックをちらっと振り返った。

彼は大手レコード会社のプロデューサーだ。それも、新人を発掘する、業界内でも変わり者の連中ばかり集まっていると有名な部署である。新人や新しいユニットを見つけ出したり企画したりする部署であるだけに、メンバーはおのおのつてや勘を頼りにバラバラに行動しており、送られてくる膨大なデモテープを聴いたり、全国のライブハウスを回って見込みのありそうなバンドに唾《つば》をつける。各社が金の卵を巡って争奪戦を繰り広げている世界で、こんなのほほんとしたテンポのずれた男がやっていけるのかとひとごとながら心配になるが、彼は社内でも不思議なツキのある男として一目置かれていた。アクの強い、とんがった面々ばかりの中で、彼は全く思いもよらぬところからひょこひょこ新人を連れてくるのである。それもまた他の者が見たら商売になりそうにないとあきれるようなバンドを、彼はくさらず焦らず、粘り強く幾つも商業ベースに乗せていた。彼の手掛けた新人たちは、爆発的なヒットは飛ばさないものの、必ず手堅く固定ファンをつかみ、浮沈の激しい音楽業界でしぶとく息の長い活動を続けている。

　掘割に沿って、柳の木の緑が柔らかく揺れていた。

　梅雨を迎えて、これからますます色彩が鮮やかになる時期なのだろう。堀の中の藻も、岸に咲き乱れる花も、柳の木の枝も、どことなく凶暴な光を帯びていた。もう少しで爆発しそうな、大声で叫びだしそうな緑だ。少し前まで雨が降っていたらしい。濡れて艶《つや》やかな葉の一枚一枚の輪郭が、やけにくっきりとなまめかしく、直視していることができないほど淫靡《いんび》に迫ってくる。

「ふうん」

「なんだね」

　多聞の呟《つぶや》きに協一郎が反応した。

「樹木っていうのは時間だと思ってたんですが――柳は違いますね。やっぱり、柳は風ですね。柳は、風が見える。空気が見える。線ですね、線でできてる」

　協一郎はにやにやしながら、隣を歩く男を見た。一見年齢不詳。中肉中背。真っ黒なストレートの髪を帽子の下から肩まで伸ばし、肌のやけにつるつるした、少年のように綺麗な男。

「藍子が帰ってくるよ」

　協一郎がひとりごとのように呟いた。

「へえっ、お嬢さんが。何年ぶりかなあ、会うの」

「私も久しぶりだ」

多聞は黙り込んで、協一郎と同じ目をした、大学の後輩だった娘のことを考えた。

何か言うべきことがあるような気がするのだが、彼には次の言葉を見つけることができなかった。それで、そのまま黙って歩いていた。車の走る幹線道路の横断歩道まで出て、多聞は唐突に、もっと早く聞くべきだったことを初めて思い出した。

「ところで、電話でおっしゃっていた例の不思議な事件というのは、どういう話なんですか？」


多聞の唐突な質問に対し、協一郎は唐突な解説を始めることで応えた。

掘割の歴史は古い。起源は、縄文人がこの地に住み始めた頃に溯《さかのぼ》るという。干潟で有名な有明海は、潮の干満の差が非常に大きく、海に繋《つな》がる大地はえんえんと続く大変な湿地帯である。おしなべて低地のため、海に流れ込む河川もすぐに氾濫してしまう。少しでも高い陸地を確保するため、縄文人たちは積極的に泥を掘って積み上げ、そこを住居にした。掘ったところは雨水を貯めて生活用水にしたり、増水の際の遊水池として利用した。

それがどんどん広まり、低湿な大地の上に、毛細血管のような堀が延びてゆく。やがて堀には魚が住みつき、子供が遊び、食糧の供給源にもなる。更に、農耕技術の発達に伴い、農業用水としても使われるようになって、人々の生活とますます密着していく。しかも、この地方の土は保水率七十パーセントという粘土質だ。常に水を湛えていないと、たちまち干上がって地面が沈下してしまう。現に、近年掘割を潰《つぶ》してしまった隣のS市などは、激しい地盤沈下に見舞われている。掘割の存在は、文字通りこの地で生活する人々の基盤を支えているのである。

食糧の安定供給が確保できるようになり、共同体ができ、町ができると、為政者たちはいよいよ積極的な治水を行うようになる。江戸時代を迎える頃には、掘割はさらに新たな役割を持つことになった。軍事上の役割である。箭納倉の街は、かつて築かれた箭納倉城の跡地を中心として成立している。もともと流れていた自然の川と、人工的に造られた川の水を使って、三重の堀が本丸を守っていたのである。当時、箭納倉城は、難攻不落の『水の城』として広く名を馳せていた。単に、三重の堀に囲まれていたからだけではない。もっと恐るべき大技があったからだ。

「――箭納倉の堀は、精密機械だと言われている。数百年も前から、こんにちに至るまできちんと機能し続けているから、驚きだ」

久しぶりなので多少面食らったが、質問に対する答を、一見脈絡のない遠いところから始めるのは協一郎の流儀なので、おとなしく謹聴する。

「江戸も同じだね、ひどい湿地帯を干拓して都市にしたのは。ただし、河川の氾濫という点で言えば、関東平野は比べものにならないほど凄《すさ》まじかったけどね。水量の豊富な利根《とね》川、荒川――名前の通り、大変な暴れ川だ――入間《いるま》川なんてのもあったな。これらの川が狭い東京湾に注ぎ込む。うん、十七世紀頃までは、利根川はもともと東京湾に流れ込んでいたんだよ。今の関東平野の地図とは、似ても似つかない。こんなのが三つも四つも並んでたらひとたまりもない。こちらも低湿地だから、大雨があればすぐに水浸しだ。いかに大規模な治水工事がなされたかが分かるだろ？　日本人は水というものの性質を知り抜いていたんだねえ。まさに『知恵』以外の何物でもない。箭納倉藩を二百五十年に亘《わた》って統治してきた高埜《たかの》家という藩主がいたんだが、十七世紀半ばにこの当主の四代目と五代目に仕えた片脇惣丞《かたわきそうすけ》という利水土木家がいてね。――利水土木家だよ。いい名前だ。日本人の叡智を感じる名前じゃないかね？――この男の技術がずば抜けていた。彼がこのシステムの基礎を完成させたんだな」

もとより、教師だった人間の喋《しゃべ》り方はついつい一方通行になる。大学教授なぞはなおさらだ。協一郎は、ともすれば自分の『意識の流れ』の世界に入ってしまう傾向があったが、今もそれは顕著である。協一郎の思考回路を呑み込んでしまえば、この独白を聞いているのが結構面白いのを多聞は知っている。影のように寄り添ってついていくと、協一郎という複雑で独特な世界を持った人間を追体験できるような気になるのだ。

もともと多聞は、その名の通り聞き上手だ。自己主張はあまり好きではないし、そんなに主張すべきポリシーを持っていない。別に我慢しているわけでも、無気力なわけでもない。単にそういう性質なのである。周囲の人間から見ると、歯痒《はがゆ》かったり、情けなかったりするらしいのだが、本人にはまるでストレスはないし、人のすることを見ていたり、話を聞いていたりするのが自然な状態なのだ。そのせいか、一人でいるのも苦ではないが、どちらかといえば人といる方が好きである。だから、なんとなく人の集まっているところに引き寄せられていって、いつのまにかトラブルに巻き込まれていたりする。巻き込まれてから『ひどいめにあったなあ』と思うけれども、それでも人といる方がいいのである。

今回も、ちょうど大きなプロモーションが終わって、やれやれ一休み、次の仕込みに入るにはまだちょっと早いな、と思っていたところに協一郎から突然、ご機嫌伺いとも暇潰しとも気紛れともつかぬ思わせぶりな電話が掛かってきて、どうせ九州方面ならライブハウスも多いし、と、深く考えもせずにのこのこやってきたのだった。

「——こうしてくどくど解説してしまうのも、私が土着の人間じゃないからだろうね。ずっとここで生活していれば、呼吸するように当たり前にそこにあるんだから、解説したりなぜだろうと考えたりすることはないだろう。——ま、続きは川下りをしながらでも説明してあげるよ」

協一郎は勝手に講義を打ち切ると、突然足を止めて煙草の自動販売機に小銭を入れ始めた。どうやら、多聞の質問に対する答にはまだたどりつきそうにない。

多聞はぼんやりと梅雨空を見上げていた。分厚く低い雲。あれも大量の水だ。橋の下にはずしりと澱んだ昏《くら》い流れ。なるほど、今この街は完全に水に挟まれているわけだ。ふと、水でいっぱいの卵形の球体に箭納倉の街が封じ込められているイメージが浮かんだ。あれはなんという名前だったっけ？　水の入ったガラス玉に、小さな家や雪だるまが入っていて、静かに揺さぶると雪が舞い上がってチラチラと降るやつ。あれの中にこの街が入っていたらどうだろう。どんよりとした曇天の雲。灰色の球体。揺さぶると、しとしとと雨が降る。ガラス玉をそっとのぞきこむと、小さな黒く澱んだ掘割が走っているのが見える――

「多聞君、行くぞ」

「あ、はい」

見ると、協一郎は大量のハイライトでズボンやシャツのポケットを膨らませている。

「先生、以前よりも煙草の量が増えたのでは」

「気ままな一人暮らしだからな。今更我慢したからといってどうなるもんでもない」

協一郎は少しだけ肩をすくめてみせる。しかし、藍子がここにいたら、さぞかしがみがみ言って一本も吸わせないだろう。彼女は協一郎ですらたじたじの論客なのだ。

彼は二十年以上も前に妻を亡くしている。孤独が、古い着古しのシャツのようにすっかり馴染《なじ》んでいる背中だ。もっとも、孤独は当人が自覚してこそ孤独なのであり、協一郎のようにそれが生来の住みかであるような者には余計なお世話なのかもしれぬ。だが、連れ合いを亡くした男というのはどうして皆同じ背中をしているのだろう、と多聞は奇妙な感慨を覚えた。彼が思うに、背中に独特の角度があるのである。ほんのちょっと前屈《まえかが》みで、どちらかの肩がかすかに上がっている。なぜだろう。家事という仕事の大部分が前屈みにならねばならない仕事だからか。連れ合いがいれば、男は身体を起こして新聞を読んでいられ、自分は前屈みになる必要がないからか。

多聞の両親は、彼が小学生の時にさっさと離婚してしまったため、彼はずっと父親との二人暮らしだった。早い話が、母親に逃げられてしまったのである。多聞の父親は商社マンだったが、身内から見ても実に毀誉褒貶《きよほうへん》の激しい人で、抜擢されたり、左遷されたりの繰り返しだった。根っからのパイオニアで、組織には合わないのだろう。新しい事業の切り込み隊長には向いているが、形ができてくると周囲と反《そ》りが合わなくなる。気性も激しく気分屋だった父に、どこまでも常識範囲内の人間だった母が合わないのも無理はないな、と多聞は子供心にも感じていた。母親似だと言われていた多聞があっさり何の抵抗も示さず父についていくことを選んだのを、親をはじめ周囲は驚いていたが、彼自身は、母親と似ているのは見た目だけで、根本的には自分は父親似だと思っていた。大商社だっただけに、父の赴任先はワールドワイドである。南米の奥地から摩天楼の大都会、道頓堀から稚内《わっかない》まで、少年の長い流浪生活が始まった。何事に対しても発揮される彼の高い順応性は、既にここから萌芽が見られたと言えよう。

「あっ」

突然、協一郎が足を止めた。すぐ後ろを歩いていた多聞はつんのめりそうになる。

「いかんいかん、間違えた」

「何か？」

今来た道を引き返す協一郎に多聞が問い掛ける。協一郎はほんの少しだけ多聞を振り向いて照れ笑いをした。

「道を、さ。ちょっと考え事してると、前に住んでた家に足が向かってしまう」

「へえ、引っ越されたんですか？　そりゃまた、どうして」

協一郎は一瞬押し黙り、真剣な目で多聞の顔を見た。

「家が堀に面してたもんでね」

雨に濡れた黒いアスファルトの路地を抜け、紫陽花《あじさい》の見事な株の群生を通り抜けると、茄子畑に面した古い木造の平屋建てに辿《たど》り着いた。同じ造りの家が他にも五軒ほど並んでいる。数十年前の高度成長期にまとめて建てられたものだろう。松本清張描くところの叩き上げの刑事が、運命に翻弄された薄幸の女を訪ねて聞き込みにやってきそうな家だった。

家々の間に境界線のように置かれた、錆《さ》びた物干し台の下に水溜まりができている。

「あばらやですまんが」

協一郎が鍵を開け、ドアを開けた。ひょいと小柄な三毛猫が顔を出し、多聞を見上げる。

「わっ。猫だ猫だ。先生、名前はなんて言うんですか」

犬、猫の類に目のない多聞が早速ちょっかいを出す。

「白雨だよ」

「ハクウ？」

「夏の季語だ。白い雨と書く。夕立、にわか雨のことさ」

「風流な名前ですねえ。でも、ちょっと呼びにくいかな。ハクウ、ハクウ」

猫は気安く自分の名前を連呼する男を迷惑そうに眺めていたが、そのうち相手をしてくれるようになった。

家の中は、染み込んだ紫煙の匂いとともに協一郎の宇宙だった。こざっぱりした2DKの空間に、協一郎の声が染み込み、目が光っていた。玄関もキッチンも廊下も寝室も、全てが協一郎の書斎であり、その隙間に生活用品が保護色のように埋もれていた。そこかしこに積まれた木箱には飴色になった本やLPレコードがびっしり詰まっていて、多聞はわくわくした。そもそも、彼が協一郎と懇意になったきっかけは、協一郎が民族音楽の珍しいレコードやテープをたくさん持っていたことからだった。

「一休みしたら、お疲れのところ申し訳ないが、もう少し散歩につきあってくれ」

コーヒーの豆を挽《ひ》く音がキッチンに響いた。

多聞は白雨を抱いたまま、ダイニングキッチンの角に置かれたコの字形の古い茶色のソファに座る。

「このソファとテーブル、なんかなごむなあ」

「久留米《くるめ》の知り合いのジャズ喫茶が店を畳む時に貰《もら》ってきたんだよ」

「道理で」

曇った窓べには、サボテンの鉢が些《いささ》か人口過密的に並んでいた。

「先生、これ、あれじゃないですか」

多聞が中の一つを指さした。

「なんだ」

「幻覚起こすサボテン」

「ほう、使ったことあるのか。どうだった」

「子供の頃に干したの食べたけど、物凄《ものすご》くまずくてトリップどころじゃなかったです」

「じゃ、やめとこう。友人に貰って、楽しみに世話してたんだが」

協一郎はあっさり答える。コーヒーの香りが暗いキッチンに満ちる。どうやら、今彼がセットしているコーヒーカップもその店から払い下げてもらったらしい。

汚れた曇りガラスの前の、踊る緑の埴輪《はにわ》みたいなサボテンの群れを見ながら、多聞は無意識に呟いていた。――バッドトリップ。


「いいか、これから行った場所をよく覚えていてくれよ」

協一郎はそう念を押してから、すたすたと歩き始めた。

多聞はたちまち方向感覚を失った。生け垣、瓦《かわら》屋根、細い堀。うねうねと住宅街の中を協一郎の背中について歩くと、似たような家が続いている。

薄墨色の曇天が、視界の大部分を埋めている。高い建物が全くないので、見上げても何もない。遠くを見渡せるもの、目標物となるものがない。空が広い。しかし、その空は何の感情も示さず、どこまでも無表情である。非現実的な時間。

協一郎はしばらく歩いてそっと足を止め、多聞に目で合図した。

八つ手の株が濡れた、小さな堀の角にある家だった。玄関の前の堀にはコンクリートの小さな橋が渡してあり、堀の曲がったところに大きな張出窓が見える。

多聞はとまどいながらもその家をそっと観察した。どこにでも見掛ける、小豆《あずき》色の羽目板でできたこぢんまりした日本家屋である。

協一郎は無表情に多聞の側《そば》に立っていたが、やがてまたぷいと歩き始めた。多聞は混乱したままあとに続く。

「——あの家が何か？」

多聞はきょろきょろしながら声をひそめた。

「もう一年以上前のことになるが——」

協一郎は淡々とした声で呟くように話しだす。

「あの家に住んでいた七十三歳の女性が行方不明になった」

「ご年配の方ですね」

「足が弱っていてほとんど歩けない。杖を使っても家の中を移動するのがやっと。ほとんど家の中だけで生活していた。しかし、ある朝、家人が部屋に行くと、部屋はもぬけのから」

「誘拐ですか」

協一郎はつまらなそうに左右に小さく首を振る。再び黙り込み、先を急ぐように足を速める。またしばらく歩き、協一郎はある家の前で足を止めた。多聞はさりげなく観察する。

これもまた普通の家だった。青いトタン屋根に白いモルタル造りの、二階建ての家。小さな子供がいるらしく、甲高《かんだか》い泣き声が奥の方から漏れてきた。赤い三輪車が、庭先の堀の上に乗り出すように止まっている。

多聞が協一郎の顔を見ると、彼は再びスッと歩きだした。

「七か月前。あの家に住んでいた七十歳の女性が行方不明に」

「またですか」

「一晩の間に消えてしまった。その女性は身体も丈夫でしっかりしていたが、外に出ていくには玄関からしかない。しかし、玄関は内側から鍵が下りていたし――サッシュの真ん中でロックを落とすタイプの鍵だった――たまたま、翌朝が子供の遠足で、母親が台所で朝早くから弁当を作っていて、おばあちゃんが出ていった気配は全くなかったと証言している」

協一郎の足は次の目的地を目指しているようだった。

ということは、この話はまだ続くのだ。多聞はようやく肩のあたりがゆっくりと目覚めてくるのを感じていた。一面灰色の曇り空。肌寒いけれども、腕に、首筋にじっとりとまとわりついてくる湿り気。協一郎の背中は、何も考えていない多聞を、思ってもみなかった場所へ連れていこうとしているらしい。多聞は馴染みの感覚を思い出した。そんなつもりはないし、トラブルは御免だと思っているのに、いつのまにかその中心に引き寄せられつつある自分を。

今度の場所はやや離れていた。十五分以上も歩いていたが、相変わらず風景は白昼夢のように続いていて、多聞にとっては同じ場所をぐるぐる回っているように思えた。

それにしても、どこに行っても小さな堀は縦横に街を巡っている。なくなったと思うとひょいと現れ、ひとまたぎもないような家の隙間も溝のような堀が走り、また太い水面に繋がる。交通の都合上、橋や道路で塞《ふさ》がれた部分もあるらしく、その下には四方八方に延びた暗渠《あんきょ》が流れているようだ。しかし、やはり平坦な土地らしく、それらはあくまでひっそりとそこに『在る』だけで、流れはほとんど見えず、水音一つするわけでもない。

ようやく協一郎が足を止めた。多聞も隣に並ぶ。

糸杉に囲まれた家だった。

糸杉というのはどうもぞっとしない木だ。燃えさかる炎のような形の樹木が古い木造家屋を取り囲むさまは、黒い炎が家を包み、天への呪詛《じゅそ》を放っているように見える。ゴッホが好んでこの木を描いた気持ちも分からなくはない。

「四か月前。この家に住む六十五歳の女性が失踪。これも、前日の昼過ぎまで普通に家事をこなしていたのを近所の人が証言している。その夜、一緒に住んでいた夫は退職した会社仲間と熊本の温泉に行っていた。帰ってきたら、妻はいなかった」

澱んだ流れに、さかさまになった糸杉が影のように浮かんでいる。その手前に、協一郎と多聞の姿ものぞいていた。多聞はなんとなくあとずさりをして、水面に自分の影が映るのを拒んだ。

「――家の中はどうなっていたんですか。今度も密室状態で？」

「いや。厳密に言えば、今までの家も皆密室だったわけじゃない。窓は開いていたからね」

「窓」

「そう。この家も、玄関は閉まっていたけれど窓は開いていたそうだ」

多聞はなんとなく釈然としないものを感じながらも、その糸杉の家を離れた。

さらわれたのか失踪なのか。三人の女性に共通していたものは何だろう。しかし、失踪だとすると、あとの二人は自分の意志で失踪できたかもしれないが、最初の一人は自分の意志では遠くには行けなかったのだ。

「身の代金の要求などはあったのですか？」

多聞は重ねて聞いた。協一郎は無表情に小さく首を左右に振った。その答は予想できていた。同じ土地で、一年以内に三人も女性が誘拐されていたら、今頃大きなニュースになっていただろう。

「まだ続きが？」

多聞は協一郎に返事を促す。協一郎は、口をへの字に歪め、肩をすくめた。

「とりあえず、ですか？」

「とりあえず、今日はこれで終わりだ」

「そうだ」

どうやら、協一郎の道案内はまだ始まったばかりらしい。

再び歩きだした協一郎と肩を並べて歩きながら、多聞はさっき感じた懐かしい感触を確かめていた。いったい何なのかは見当もつかないが、今何かが始まろうとしているらしい。

多聞は落ち着かない気分で黙々と歩き続けた。

人気《ひとけ》は少ないくせに、幹線道路の車の交通量は多かった。せわしなく軽トラックやライトバンが街の中を駆け抜けていく。みんなどこから来てどこへ行くのか？　多聞はなんとなく不思議に思った。こんな静かな街を、何をそんなに急いで走っていくのか？　みんなはいったい何をしているのか？　単に箭納倉の街は、他の都市に行くための通過点に過ぎないのかもしれぬ。

やはり東京よりも九州の方が日没が遅いような気がする。なかなか日が暮れないと思っていたら、二人で車の行き交う国道の広い歩道を歩いていくうちに、徐々に暗くなってきた。家に戻るのかと思ったが、協一郎の足は商店街に向かい、小さな紺の暖簾《のれん》のかかった小料理屋に入った。

「――ようこそ、箭納倉へ」

協一郎はニコリともせずにもう一度そう言うと、多聞と盃《さかずき》を合わせた。今や、その言葉には二重の意味が込められているようだ。

「さっきのが、例の事件なんですか？」

おしぼりで手を拭きながら多聞が尋ねる。熱いおしぼりが心地好い。しかし、手を拭《ぬぐ》っても拭っても、街を歩いていた時に感じていた湿度を拭い去ることはできなかった。

協一郎は返事をせずに、ぼそぼそと主人につまみを頼んだ。

「先生、もしかして僕をかついでるんじゃないでしょうね？」

協一郎は含み笑いをした。ハッハッハッ、と笑い声が大きくなる。

「――うん。それもいいね。そういうことでもいい。私は作り話をしている。どこまで君を騙《だま》せるか試してみる、というのは？」

「それはそれで構いませんよ、僕は。せっかく旅に出たんだから、非日常の世界を味わわなくちゃ」

協一郎はまだ笑いながら、最初の盃を干すやいなや煙草を取り出した。多聞は、お品書きの陰に隠れていたガラスの灰皿を彼の方に押し出してやる。

「じゃあ、話につきあわせていただきましょう。三人の女性の失踪事件。確かに不思議だ。一年の間に、あんなご近所といっていい地域で三人も人がいなくなるのは変です」

「そう。――不思議な事件だ」

協一郎はぼんやりと、ようやく自分の感想らしきものを発した。

「お互いの事件は関係があるんでしょうかね。それとも偶然？　まさかね。連続した事件と見ていいのかどうか。もしかして、最初の一つだけが事件で、あとの方の二人はもともと失踪したいと思っていて便乗したとか」

「不思議な事件だ」

協一郎はもう一度呟いた。眼鏡の奥で、黒い大きな目が奇妙な色を帯びている。

多聞は、協一郎の言葉の響きにかすかな恐怖を感じとった。

「不思議なのはねえ――戻ってきたんだよ。三人とも。いなくなった三人は、いなくなった時と同じように、ある朝ひょっこりと、家に帰ってきたのさ。自分が失踪している間の記憶をなくしたまま、ね。これは、不思議だ。そうだろう？」

chapter II

なんという雲の色だろう。

この世の終りの色のよう。いや、この世の始まり――創世記の色だろうか？　今、世界は始まろうとしているのか、終わろうとしているのか。私には分からない。むくむくと生き物のように朱色やピンク色や黄金色に光りながら動いていく雲は、猛々《たけだけ》しく荘厳にすら見える。

今までに見たさまざまな映画の場面を思い出す。海が割れ天のいかずちが吠える神の怒りの場面。擬人化された雲がところ狭しと空を駆け巡るディズニー・アニメ。空飛ぶ円盤が去ったあとの暗闇の町に停電していた明かりが次々と蘇《よみがえ》っていく場面、夕暮れの雲を切り裂き呼び掛けるような未知の知的生命体の光。想像力の限りを尽くしたあの色彩も、今私が目にしている空恐ろしい景色には敵《かな》うまい。

濡れそぼっていた街は、射し込む西日にぴかぴかと輝き、たちまち乾き始めている。こんな風景を見るのは、ここに来てから初めてではないだろうか。そもそも、太陽の光を拝んだのが久しぶりのような気がする。そう、いつもこの街は濡れていた。空も、地面も、何もかもが。

ふと、私は自分が左手に何かを握り締めていることに気が付いた。

なんだろう？　硬くて、細長いものだ。どうしたというのだろう、手が強張《こわば》っていて開かない。

私は自分の左手を見た。青白く、濡れた指がしっかり握られ、かすかに震えていた。

開け、開け。そこに何が隠されているというのだ？

私は右手を添えて、滑稽《こっけい》なほど苦労しながら震える指をこじあけた。


低くドビュッシーの『月の光』が流れていた。

「いいんですか、先生。こんな静かな街で夜に音楽聴いて」

多聞が遠慮がちに尋ねた。失礼ながら、この家は見るからに老朽化して音が外に漏れそうだ。マンション暮らしでいつもよそから苦情が来ないかとびくびくしている多聞にしてみれば、当然の疑問である。時刻はもう十時を回っており、周囲の家々は寝静まっているようだ。

「大丈夫だよ。隣の家は空き家だし、反対側の老夫婦は怒鳴っても聞こえないほど耳が遠い」

協一郎はあっさりと答え、盤上に注意を集中した。

ウイスキーを飲みながらのオセロ・ゲーム。

猫の白雨がくんくんと多聞の手に持っている丸い駒の匂いを嗅《か》いでいる。すっかり多聞に慣れたらしく、やがて彼の膝《ひざ》にするりと入りこんできた。

「オセロ・ゲームって、なんだか声がしますよねー」

多聞が挟んだ駒をひっくり返しながら呟いた。

「声？」

協一郎がロックグラスを傾けながらギョロリと多聞を睨《にら》みつけた。

「ええ。将棋とか囲碁では感じないんだけど、なんかねー、声するんですよね、オセロは」

「なんて言ってるんだ？」

「例えばね、一番初めに真ん中に四つ並んでるでしょ。最初の一手を僕が置くと。それが、まるで話しかけてるみたいでしょ。『ねえねえ、今日どっか飯食いに行かない？』って言うと、話しかけられた相手が『そうだね、いいねえ』と言ってひっくり返される。そこにまた別の奴が来て、『だったら久しぶりにみんなで飲みに行かないか』って言って、今度はそいつの色にひっくり返される。こんなふうにしてどんどん人がやってきて、力関係が刻一刻と変わっていく。人間関係が複雑になっていくと、面従腹背する奴とか、一人でぽつんとしてる奴とかが出てくる。『おい、おまえら俺の味方だよな』って振り返ってみたら、『ごめーん、実は僕たちしがらみがあってさあ』なぁんてみんなひっくり返されちゃったりしてね。かと思うと別のところでは、『あいつをこっちに引き入れたいんだけど、あの位置じゃよそから丸見えだからなあ』なんてこそこそ相談してたり。結局どれだけ多くの人間を説得できるか、っていうゲームみたいですよね、オセロって」

多聞はニコニコと少年のような邪気のない表情で話す。協一郎は吹き出した。

「君はいつもその調子で仕事をしてるのかね」

「はあ？　ええ、その、まあそうですけど」

多聞はゲラゲラ笑う協一郎にきょとんとしながら駒を手で弄《もてあそ》んだ。

小料理屋での話は中断していた。失踪した三人の女性が、失踪した時と同じようにある日突然帰ってきた。それも、失踪していた間の記憶を失ったまま戻ってきたという話を聞いたところで、突然協一郎は話題を変えてしまったのである。ゲームの主導権が協一郎にある限り、こんなふうに振り回されるのは止《や》むを得ないとは思っていたものの、些か今回は度が過ぎやしないか、と多聞はかすかに不満を覚えたが、そこは長いものに巻かれる彼のこと、それも面白いかも、とすぐに考え直した。油田が眠っていると思えば砂漠は魅力的だし、どれかに当たりくじが入っていると思えば安っぽいアイスクリームも魅力的だ。謎のある街は気分転換には最適に違いない。

突然、白雨が毛を逆立てた。ピンと首を伸ばし、じっとサボテンの並んだ窓を見つめている。

「なんだ、どうした？　誰かいるのか？」

多聞は白雨の華奢《きゃしゃ》な背中に手をあてた。

白雨のかすかに金色がかった灰色の目はじっと窓ガラスから動こうとしない。

「また雨が降ってきたのさ。こいつは雨にはひときわ敏感でね」

協一郎が氷を補充しに冷蔵庫に向かった。

多聞は首筋に薄皮のように貼りついた緊張感にとまどっていた。石のように動こうとしない白雨の視線に合わせて、そっと窓の外をのぞいてみる。

そこにあるのはどろりとした闇だけだ。古ぼけた外灯の、淡いオレンジ色の光が、錆びた物干し台の下の水溜まりを照らし出しているだけ。

そのオレンジ色の水溜まりに、雨が黒く点々と降っている。

「——誰かいるのか？」

多聞は再び膝の上の白雨に小さく呼びかけた。

急にふっと白雨の首筋の力が抜けた。突然興味を失ったかのように彼の膝を抜け出すと、廊下の隅の寝床へと消えていった。

それでも彼は、窓の外のオレンジ色の水溜まりをしばらく見つめ続けていた。


――ぎいっ、という竿《さお》のこすれる音がして、舟は音もなく水面を動きだした。

滑るように、という言葉がこれほどぴったりする乗り物があるとは。

完全なる平行移動。

多聞は深くかぶった帽子の下から、今日も気の滅入《めい》りそうなほどどんよりとした灰色の空を見上げた。

雨は降ってはいないが、肌寒いのと蒸し暑いのが紙一重のような空気は、夢の続きを見ているようで時間軸の方向が分からなくなってしまう。

ゆうべは結局居間のソファで毛布を掛けてぐっすりと眠った。ジャズ喫茶から払い下げてもらったという煙草の匂いの染み付いたソファは、中から『クレオパトラの夢』が流れてきた。鈍い光の射し込む部屋で目覚めた彼は、スタジオの椅子でもなくマンションのベッドでもなく、古ぼけた部屋なのに驚いたが、ひょいと椅子の下から顔を出した白雨の顔を見てようやく自分が九州にいることを思い出した。

　協一郎とベーコンエッグとコーヒーの朝食を黙々と済ませてから、例によって彼のあとについてバスに乗り、箝納倉の駅前で降りると、川下りの券を買った。少し歩いた場所にある船着き場の待合室でぼんやりとベンチに腰掛けて、二人は文学しりとりをした。箝納倉の街に敬意を表して、箝納倉を舞台にした名作から始めることにする。

「『廃市』」

「『しろばんば』」

「ば。ばですか、いきなり。ば。ば。『薔薇の名前』」

「あれは文学かね。ま、いいか。え、ね。え。――『永訣の朝』」

「あれ、そういうのもありなんですね。さ。『さらばモスクワ愚連隊』」

「『怒りの葡萄』」

「う――『動く標的』じゃなくて――『うたかたの日々』。いいですかね？」

「び。『美女と野獣』」

「う。またう、だ。『宇治拾遺物語』って題名ありましたっけ？　古典はなし？」

「いいや、面倒だ、文学ならなんでもありにしよう。り。利休ってタイトルあったかな。あ、やめた。『林檎の樹』」

ある程度個人のお客が集まってから舟を出すらしいのだが、団体客が追い越していくため、なかなか舟は出ない。文学しりとりが行き詰まりを見せた頃、小柄な船頭がひょいと待合室に顔を出し、「お客さん二人だけで舟を出すことにしたから」と声を掛けたのだった。

ダンガリーシャツの中で、にゃあ、というかすれた声がした。

多聞はシャツの中に向かって小さくシーッ、と呟いた。

舳先《へさき》は深緑の水面を静かに進んでいく。

時折、竿がぎいっ、という音以外はあっけに取られるほど静かである。

協一郎は黙って舳先を見つめている。

サイレント映画の一場面のようだ。もしくはプロモーションビデオ。どこかでカメラが回っているのではないかと、多聞はそっと後ろを振り向いた。長い竹竿を操る船頭の後ろに、舟の軌跡が白いさざなみを作っている。いや、ちょっと違うな。自分がカメラになったような気分だ。

舟はオープニングの場面のごちゃごちゃした船着き場を幾つか通り過ぎて、ゆったりした外堀に出た。船頭がぽつぽつと街や堀の歴史を説明してくれる。

箭納倉は静かな印象を与える街だと思っていたが、船頭の言葉を聞いているうちにその理由に思い当たった。語尾が柔らかなのだ。九州の言葉といえば、博多や熊本、鹿児島といった男性的な言葉が思い浮かぶ。どちらかと言えば、語尾も強い。待合室にいた時も、その方面からの団体客が来ていたが、言葉の語尾に含まれるKeやTaが賑《にぎ》やかさを醸し出していた。しかし、この土地の人々の言葉は物柔らかで語尾も「も」や「ね」や「な」などが多く、すうっと下がって消えてゆく。このあたりはまた、文化圏が異なるのかもしれない。

ゆるやかな風が、市街地の中を走る外堀に沿って植えられている柳の枝を撫でてゆく。

協一郎は船底に胡座《あぐら》をかいて座り、じっと舳先の方を見つめていた。多聞は細長い木の低い椅子にちょこんと腰掛けて、目の前に広がる風景を眺めるのに夢中だ。

「走馬灯のようですね」

「ん？」

「通り過ぎる風景ですよ。電車や車ほど速くはないけれど、思考するスピードよりは速い。死ぬ直前って、よく走馬灯のように人生のあらゆる場面が蘇るっていうけど、ちょうどこのくらいのスピードなんじゃないかなあ」

「なるほど。それが正しいかどうかは人生最後のお楽しみにとっとこう。ただし、結果報告は君があの世に来るまで待たなきゃならんが」

「ふうん――面白いなあ。いいもんですね、こういうの。視点が低くて新鮮だし。レコーディングでロンドン行った時に、そのまま休み取ってイギリスの運河をボートで回ったんですよ。ボートって言っても、トイレやキッチンの付いてる、長旅のできる奴なんですけど。イギリス全土であんなに運河が発達してるとは知りませんでした。産業革命当時、工場の原材料を国内に運ぶために運河がはりめぐらされたんですって。それでね、その運河巡りをしながら考えたんですけど、ちょっと前に読んだSF小説で、蒸気機関がそのまま発達して世界の主な動力になってる話があるんです。電力も原子力も発見されず、コンピューターも、蒸気で動いている。で、結局自動車というものが誕生していなかったらどうなってただろうと思って。遠距離は鉄道でも、恐らく近所の行き来は舟になる。世界中に運河が巡らされてて、みんな舟で行き来してたら面白いだろうなって。日本もですよ。ただ、高低差があるのが大変ですから、みんな競って高低差を解消する技術を考えて、全く想像もできない斬新な機械ができてたかもしれない」

多聞は、運河巡りに誘われた向こうのプロデューサーに襲われそうになって、ボートから土手に飛び下りて必死に逃げたことを思い出した。レコーディング中からやけに好かれているなとは思っていたが、そういう下心があって誘われたとは思わなかったのだ。

舟は古い水門の跡のある石造りの橋の下をくぐり、狭い水路に入った。堀の両側に古い民家が並んでおり、窓べが花で飾られていた。どの家の裏にも、小さな石段が堀の中に降りられるようについている。かつてはそこで洗濯や洗い物をしたのだろう。

「それはなかなかロマンチックだね。幹線道路の代わりに幹線運河ができる。自動車のショールームの代わりにボートのショールーム。年度末の予算消化工事は、みんな運河の整備。ふん。面白いね」

「そうすると、運河のそばの土地の値段が上がるんでしょうね。家の裏から舟に乗れる。そういえばここはどうなるんでしょう？　やっぱり堀に沿った家の方が高いんですか？　家の裏にすぐ生活用水があるっていうのは家としてポイント高いでしょ」

「どうだろうね。考えてみたこともなかったが。古い家が多いからなあ」

住宅地に入り、辺《あた》りは急に静かになった。舟を漕《こ》ぐ音だけがますますくっきりと耳に響く。舟はなめらかに進んでいるのだが、時間と情景だけがコマ落としされたような感じになる。古い煉瓦《れんが》造りの工場。窓に映る水の影。群生する菖蒲。それぞれがストップモーションのように記憶に刻みこまれてゆく。

「――先生、さっきから気になってるんですけど、あの赤いのなんですか？」

多聞は、堀の石垣にくっついている赤い塊――ちょうどタラコくらいの大きさで、色はやけに鮮やかなルビー色をしている――を指さした。それが、水面から十センチくらいのところに、幾つも付いているのにさっきから気付いていたのだ。

「タニシの卵だよ」

「タニシ？　あれが？」

「そう。タニシは夜行性だからね。夜中に水から上がってきて卵を産むのさ。水中だと卵から孵《かえ》った時に窒息してしまうので、水から少し離れたところに」

「へええ。随分毒々しい色ですねえ。他の動物に食べられないようにですかね」

場所によってはびっしりと赤い塊がついていて、少々不気味な眺めだった。

産み落とされた瞬間からこんな色をしているのだろうか。夜中に、静かな堀のあちこちでじわじわと血を流すように卵が殖《ふ》えてゆくところを想像すると異様な感じがした。

「タニシはけっこう行動範囲が広いんだよ。一晩で五百メートルくらいは動くそうだ」

「そんなに。タニシが動いてるとこなんて見たことないけどなあ。そうか、学校の観察池見るのも昼間だけだったもんね」

舟はさらに中堀へと向かってゆっくりと角を曲がっていく。

正面に、大きな合歓《ねむ》の木が水面に覆いかぶさっているのが目に入った。煙るように白とピンクの花がいっぱいに咲いている。濃い深緑の水面に、花がたくさん落ちていた。

夢のような風景だった。中学生の頃、通学路の途中の坂道に大きな合歓の木があって、初夏になると眠たげな花を咲かせていたのを不意に思い出した。

「こんなところに家があったら、庭はいらないですね」

多聞が水面に落ちているふわふわした白い花をひょいと拾いあげ、おとなしく寝ているシャツの中の白雨の上に落とすと、協一郎がぼそりと呟いた。

「――そこにあるのが、少し前まで私が住んでた家だ」

ちょうど堀の曲がり角にある家だった。

どっしりした木造二階建ての家で、堀に面している部屋が、水の上に張り出す形になっている。大きく取った古い木枠の窓の内側は、青いカーテンがしめられていた。

「えっ？　これですか？」

多聞はびっくりした声を上げた。正直言って、今協一郎が住んでいる家よりも遥《はる》かに立派な家である。引っ越したというので、てっきり老朽化したためだと思っていたのだ。しかし、こちらの方がずっとしっかりした造りで協一郎好みの風情もある。

「誰かに貸してらっしゃるんですか？」

協一郎はゆっくり首を振った。

「いや、無人だよ。物置になってる。書籍やレコードでいっぱいだ」

「なんでまた」

多聞は不思議そうに協一郎の顔を見た。協一郎は、一瞬押し黙ってから昨日も聞いた台詞《せりふ》を吐いた。

「堀に面していたもんでね」

それきり話はとぎれ、二人はしばらく風景に見入った。

突然多聞が声を上げた。

「あ、そうか。分かった。夏は虫がわくんじゃないですか？　堀から蚊がわいてきて困るとか。だから引っ越したんでしょう」

協一郎は再び首を振る。

「蚊というのはね、流れている水ではわかないんだよ。溜まった水で温度が上がらないと」

「これ、流れてるんですか？」

「そう。一晩で城下町一帯のお堀の水がちょうど入れ替わるくらいにね」

「へえ、やっぱり下ってるんだ」

「さっき通った古い水門があったろう。あそこが唯一の取水口なんだ。今でも年に一度、底を掃除するためにあそこを塞いで堀の水抜きをしてる。もともとは遊水池が最大の目的だからね。水を城下内でぐるぐる回して時間稼ぎをして、最終的に少しずつ有明海に放流するんだ。いっぺんに流れこんでも困るし、いっぺんに流れ出しても困る。途中に石の橋がいっぱいあっただろう？」

「ええ」

「ちょうどいい、あの橋をごらん」

協一郎は前方に近付いて来る小さな橋を指さした。

「橋の下がV字形に狭くなってるだろ」

「ほんとだ」

橋の下に石の壁があり、上に行くほど幅が広く開けてあり、下の方は舟がぎりぎり通れるくらいしか間が開いていない。

「もたせといってね。ここで水を押しとどめて、出口で流れが速くなるようにしてあるんだよ。人工的に流れを作って、水中に酸素を取り込みやすくしているんだ。水が少ない時でも、時間をかけて流れるようにしてある。逆に、増水した時は多く流れるように上の方が広げてある。ここはどんなに大雨が降っても絶対に溢《あふ》れないんだよ。ぎりぎりの量まで城下内で保水して、そのキャパを超えた時は有明海に放流する」

「普段は、海水が逆流してくることはないんですか」

「城下内から最後に水が出て行くところも一か所なんだが、そこは弁になっている。弁の内側の水が多くなった時だけ開いて外に押し流されるしくみさ。普段は外からの水圧で弁は閉まっている」

「よくできてますねえ」

「これが精密機械と言われる所以《ゆえん》だよ」

多聞は唐突に、子供の頃、意味のない機械の絵を描くことに凝った時期があったことを思い出した。TVアニメーションの「トムとジェリー」で、トムが何かの薬を作る場面を見たあとのことだった。謎めいた実験室の部屋じゅうが複雑怪奇な機械に占領されていて、一番はじっこの漏斗《ろうと》にいろいろな材料をぶちこむと、途中たくさんのフラスコや管を通って、最後に何かの薬がぽんとできる、という場面だったと思う。それからしばらく、画用紙に『全自動で途中の過程が見える、何かができる機械』の絵ばかりひたすら描いていた。何ができるのかはよく分からない。出てくるのは虹色のキャラメルだったり、小さなオルゴールだったりした。とにかく、途中の過程をどんどん長くして、フラスコやお鍋やプロペラの絵を描くことが目的だったのである。なぜあんなに夢中になったのかは分からない。しくみ、というものに初めて興味を持った時期だったのかもしれない。

ふと、これゲームソフトにならないかな、と思った。治水ゲーム。年間降水量などの気象条件や海抜などの地理的条件を設定しておき、運河や堤防を造って町を水害から守るゲーム。さらに、梅雨明けや台風の時期を睨んで田植えや収穫の時期もシミュレートし、水害を避けた上に農産物の収穫高も争うようにすれば、ゲームは複雑になる。取水口と排水口は一か所に限定。より多くの場所を水路が走るようにする。失敗すると、洪水になったり、逆に土地が乾いて地盤沈下が起きたりする。さらにレベルアップすると、区域を拡大して、地理的条件の違う複数の町を同時に治水する。最終的には水源から河口まで管理する一大治水ゲーム。鉄道を敷き、都市開発をするゲームはあったはずだ。治水ゲームも面白いのではないか。

「先生はこちらに戻られて何年ですか？」

「ちょうど二年くらいだな」

「それまで、さっきの家にはどなたが？」

「弟夫婦が住んでいたよ。そのあとに私が入ったんだ」

「弟さんたちは今はどちらに？」

「仕事の関係で博多に引っ越したのさ」

多聞は自分でも珍しいなと思うくらい、根掘り葉掘り質問を続けた。あの家から協一郎が引っ越した、というところに強く引っ掛かったのだ。そこに、協一郎の仕掛けてきたゲームの鍵が隠されているような気がした。協一郎は知らん顔をしてのらりくらりと返事をする。

協一郎はもともと箭納倉の出身だったが、学生時代は京都、それ以降は東京に暮らしており、生まれ故郷の箭納倉に戻るのは大学を退職してからだから四十年以上間があいていたことになる。

よく戻ってきたな、と多聞は思った。協一郎は東京にマンションを購入していたはずだ。

いったんは東京にいる決心を固めたのだろう。それを売ってこちらに来たのは、お墓がこちらにあるからだろうか。やはり生まれ故郷というのは特別なものなのだろうか。

多聞は根無し草が性に合っているので、どこが自分の故郷だなどと考えたこともない。ふらふらどこへでも出かけていくくし、特に住みたい場所もない。母親は再婚して鎌倉に住んでいるし、父親は熱海《あたみ》に隠居して、本人言うところの『官能大河回想小説』を書いている。今更どちらかに行くとは思えない。今のところその様子はないが、ジャンヌがホームシックにでもかかれば、きっとフランスに連れていかれてそのままそこで骨を埋《うず》めることになるかもしれない。

時間はゆっくりと流れ、真っ赤なカンナの花や紫陽花の茂みが、色鮮やかな残像となって記憶の中に焼き付いていく。ここでビデオクリップを作るとしたら、やはり初夏かな。多聞はセピア色の映像の中、ゆっくり堀を進んでゆく舟の中で、今売りだし中のバンドのボーカルが歌うところを想像した。舟の舳先で立って歌わせよう。岸辺の風景をスローモーションで流し、空から大量の合歓の花を降らせよう。その合歓の花だけに色を付けて、セピア色の画面にふわふわと舞わせるのだ。

「ねえ、先生。今気が付いたんですけど」

我ながら不思議なのだが、多聞の思考は突然スイッチが入ったかのように切り替わる。直感型と言えば聞こえはいいが、普段は思考回路が断線しているのかもしれない。何かをぼんやりと考えていると、全く関係のないテーマの疑問や解答がバチッとフラッシュバックのように点滅するのである。

「なにをだ」

協一郎の返事は相変わらずそっけない。

「あの三人の共通点ですよ。昨日行った三軒の家」

協一郎はチラッと多聞の顔を見た。多聞は無邪気な声で続ける。

「——三軒とも、堀に面していましたね」

一時間余りの優雅な川下りを終え、終点の近くにあった鰻屋でお昼にした。

奥の座敷は空《す》いていた。螺鈿《らでん》の入った黒いテーブルで、ビールを飲みながら鰻重を待つ。

協一郎は席を立って、どこかに電話を掛けていた。

窓の外の八つ手の葉に、パラパラと雨の当たる音が聞こえてきた。また降り出したらしい。舟を下りたところで放した白雨は、たちまち民家の路地に消えていってしまった。ちゃんと家に戻っているだろうか。

先程唐突に発言した、三人の失踪者の共通点はポイントが高かったらしい。協一郎が一瞬顔色を変えたのが分かったからだ。しかし、三軒とも堀に面しているからといってそれがなんだ？　舟を使った誘拐事件だろうか？　もしくは、舟を使って逃げ出したとか？

協一郎が戻ってきた。

ここの饅重は出てくるまでに結構時間がかかるから、と幾つかつまみを貰うことにする。多聞は、ここで事件の話の続きをしても、協一郎が乗ってこないだろうと読んだ。別の話題にする。

「藍子ちゃん、何日くらいこちらにいられるんですか？　若女将《おかみ》が店を空けるのは大変でしょう」

「私もよく分からん。大丈夫だと言ってたが」

「息子さんももう大きいんでしょ？」

「来年から小学校だ」

「よくやってますねえ。教師の娘で、東京育ち。その藍子ちゃんが京都の料亭の女将になるとは」

「うむ。すぐに逃げ帰ってくると思ってたんだが、意外と長持ちしてるな。まあ、あの子も気が強いから、そうおめおめとは辞められんのだろう」

藍子の大学時代の親しい同級生に、東京の老舗《しにせ》の料亭の跡取り息子がいた。彼は大学を卒業してから大阪の料亭に修業に出されたのだが、一緒に修業していた仲間に、やはり京都の料亭の跡取り息子がいたのだった。二人は親しくなり、よく東京にも遊びに来ていた。その時、藍子と知り合ったらしい。藍子は医療機器メーカーのOLをしていた。二人の結婚に最初双方の親が反対したが、結局ゴールインに至ったのは、二人の意志が固かったのと、親どうし会ってみたら非常にうまが合ったからなのだそうな。協一郎と初対面でうまが合うというのは、はっきり言って相当変わった両親だな、と多聞はその当時感じたものだ。

おきゃんで弁の立つ学生時代の藍子しか知らなかった多聞は、今でもその印象しか残っていないので、着物を着て客に挨拶している藍子を思い浮かべることができない。

「そうか、もう七年以上も——さぞかし立派な女将になっているでしょうね」

「さあね」

「藍子ちゃんは、箭納倉に住んだことはないんですよね」

「そうだな。何度かじいさんばあさんに会いに来たことがある程度だね」

藍子は今回のゲームに参加するのだろうか。闊達《かったつ》な藍子がこのゲームに加われば、また随分と違った雰囲気になるだろう。もっとも、協一郎が参加を許可するかどうかは不明だが。

ガラリと勢いよく玄関の引き戸を開ける音がした。

「いやあ、また降ってきちゃいましたねー」

威勢のいい、若い男性の声が聞こえる。地元の人間でないことがすぐ分かった。

「あ、先生、そちらでしたか」

声がこちらに向けられ、協一郎が小さく手を挙げたのでおや、と思った。

振り返ると、頭を短くスポーツ刈りにした背の高い男がニコニコしながら近付いてくる。

数年前までは何かのスポーツ選手だったのだろう。明らかに、筋肉の付き方が、訓練した者のそれだった。半袖ワイシャツにネクタイ姿だが、ちょっと見た限りでは何の職業か分からなかった。少なくともただのサラリーマンには見えない。

男は協一郎に挨拶を済ませてから、多聞にも人懐っこい笑顔を向けた。

「塚崎多聞さんですね？　先生からお噂は伺っております。はじめまして、私、高安と申します」

男はきっちりお辞儀をしてから名刺を取り出した。多聞も慌ててあちこちのポケットに手を当てたが、生憎《あいにく》持ち合わせがない。

「すみません、今ちょっと名刺を持ってなくて――塚崎です」

頭を下げながら名刺を受け取る。

N日本新聞　福岡支局　箭納倉支部長　高安則久

関西から九州にかけてシェアを持つ大きな地方新聞の名前だった。なるほど、ブンヤさんか。道理でちょっと異質な感じがしたわけだ。

「支部長と言っても、私一人しかいませんけどね。ちっぽけな事務所で、駐在さんみたいなものですよ」

「君も、もう三年になるんだねえ」

協一郎が感慨深げに呟いた。

「そうですね。あ、どうぞ」

高安は正座して多聞にビールをすすめた。背が高いので、正座しても見上げるような感じになる。

「あの、何かスポーツやってらしたんですか?」

「ええ、ずっとバレーボールを」

「なるほど。あの、足崩してください。でないと、顔を見上げなきゃならないんで落ち着かなくて」

多聞がそわそわしながら呟くと、高安はあははと笑った。では失礼して、とどっかり胡座をかく。多聞は根っからの軟派なので、規律正しさが滲《にじ》み出ている体育会系の人間が苦手だった。

しばらく自己紹介やとりとめのない世間話をした。先程協一郎が掛けていた電話は高安を呼び出すためのものだったらしいが、なぜこの男がいきなりここに現れたのかよく分からなかったので、会話の行き先を測りかねた。高安は磊落《らいらく》で気持ちのいい男だったが、鋭敏な男だった。記者特有の話し方が染み付いている。彼等はとりとめのない雑談というものができない。身に付いた習慣で、話を要約し、確認しながら先に進める。自然と相手の台詞を反復したり、細かいところを確認したがる。特に、話の語尾には敏感だ。ニュースソースを特定したいのだろう。その内容が伝聞なのか、直接体験したものなのかにこだわる。こちらの会話の中から一部を抜粋し、『あ、今の台詞使おう』と付箋《ふせん》を付けるところが見えるような気がする時がある。

「――さて、鰻重も来たし」

協一郎は、ちらっと高安に目で合図した。

「はい」

高安は、手に持っていた上着の内ポケットから黒いマイクロテープレコーダーを取り出してテーブルに置いた。多聞はきょとんとする。

高安は、多聞の顔を見てから協一郎の顔を見た。

「先生、ひょっとして、なんで僕がここに来たか、彼、分かってないみたいですね」

協一郎は、瓶に残ったビールを手酌で注ぎながらぶっきらぼうに説明を始める。

「高安君はね、戻ってきた三人にインタビューをしているんだよ。ま、正確に言うとその三人だけじゃないんだが——その録音テープを持ってきてくれと頼んだのさ」

「戻ってきた三人って、あの失踪してから戻ってきた三人ですか？」

「他に誰がいるんだ」

「そうかあ、やっぱり先生のでっちあげた嘘じゃなかったんですね」

高安が豪快に笑った。協一郎は憮然《ぶぜん》とした顔でトイレに立つ。

「くっくっく——いやあ、噂通りの人ですね。僕、塚崎さんと先生が話してるところ聞いてるとおかしくっておかしくって——」

高安は口を押さえて笑いを嚙《か》み殺している。多聞は頭を搔《か》いた。

が、高安は急にふっと真顔になると多聞の顔を見た。

「嘘じゃありませんよ。僕が先生と知り合ったのもそれがきっかけだったんだから」

「それ、と言うのは？」

多聞が聞き返すと、高安はちょっと意外そうな顔をした。

「先生から聞いてないですか？　三年前、初めて僕がここに来て、最初に取材した事件がそれだったんですよ。先生の弟さん夫婦が失踪されたんです。その知らせを受けた先生が東京から箭納倉にやってきて、僕は初めて先生にお目にかかったんです」

chapter III

無理やりこじあけた掌《てのひら》から、ぽろりと白いものがこぼれ落ちた。

その細長い白いものが何なのか、一瞬分からなかった。

足元の水溜まりに落ちているそれを、立ち止まってまじまじとのぞきこむ。

小さな白い鳩――素焼きの鳩笛だった。素朴な柄の、尻尾《しっぽ》の部分に息を吹き込むようになっている鳩笛。

はとぶえはひのくれのねいろ。

唐突に子供の頃に聞いた歌の歌詞が蘇った。懐かしい、どこか切ない歌。揺れるすすきを見たような気がした。「みんなのうた」でやってたんじゃなかっただろうか？　最後はどんなふうに終わるんだったっけ？

きみもまたつがるうまれか。確かこうだった。「津軽生まれか！」なのだろうか。それとも、「津軽生まれか？」なのだろうか。

ずっと昔から作られてきた笛。みんなが唇を当て、そっと鳩の声色を真似る。そういえば、ホテルの土産品売り場にも置いてあった。

小さな白い笛――私が握りしめていた笛、たった今手から落とした笛。

あまりにも無邪気できょとんとした笛が、水溜まりの中でこちらを見上げている。

なぜこんなものを握っていたんだろう？

私はそれを拾い上げようという気にもなれず、茫然《ぼうぜん》と天を仰《あお》いだ。

いつ、どこでこれをつかんだのだろう？

汗と雨に濡れた顔を、射るような西日が照り付ける。

どうして？

私は思わず目をつむっていた。

テープが音もなく回り始めた。

黒いテーブルの上に肘《ひじ》をついて、多聞は耳を澄ます。

高安は無表情で静かに座っており、協一郎はゆっくりと煙草を吸っている。恐らく、二人は何度もこのテープを聴いているのだろう。

膨大なデモテープを毎日聴いている多聞にとって、回っているテープというのは非常に近しい、日常的なものである。彼がよく、同僚や同業他社の人間にされる質問がある。つまり、多聞の判断基準はどこにあるのか、である。あくまで多聞の音楽の好みで決めているのか？どの時点で商品化へのゴーサインを出すのか。最初に音を聴いた時に分かるのか、それとも時間をかけて決めるのか？

多聞にも、その質問にうまく答えることができない。いつも『まあ、なんとなく……』とか、『ケースバイケースですね……』などとごまかしているのだが、実のところ本人にもよく分からないのだ。強いて言えば、絵が浮かぶか浮かばないか。その気になれないバンドは、聴いていても頭の中が真っ暗だ。何の絵も浮かばない。暗闇の中を、音と声がすーっと流れていくだけ。しかし、食指の動くバンドの音は、色が浮かんだり、過去の情景がふっと点滅したり、映画か何かの場面が流れたりする。平たく言えば、イメージ喚起力のある音楽ということになるのだろうか。

多聞は自然と、仕事の耳になってテープを聴いていることに気付いた。

――一九九七年、十一月十四日、金曜日。午後一時三十分。箭納倉市柳田町三の五の一。箭納倉支部長、高安がKさん宅にお邪魔しています。

　高安の声らしい。マイク乗りがいいな。このがたいだ。声量はありそうだ。彼はどんな音楽を聴くのだろう。相川七瀬とか、B'zとか聴いてそうだな。

　部屋の窓が開いているようだ。屋外で、風が木に当たる音がする。遠くを車が走る音がする。座布団の上で、身体をずらす音がする。


——では、あの晩のことを聞かせていただけますか。十月二十九日のことです。ほら、お孫さんの大地君の遠足の前の晩のことですよ。大地君、楽しみにしてたでしょう。

——大地の、遠足？

——ええ。あの晩、おばあちゃん、外に出ませんでしたか？

——外？

——お嫁さんが、大地君のお弁当を前の晩から作っていましたね。

——（沈黙）

　高安は、質問が上手だった。年寄りや子供から話を聞くには、彼等の体感している時間の速度にこちらの速度を落とさなければならない。彼はそのことをよく心得ていた。ゆっくりと、相手の思考のテンポに合わせ、相手の記憶にもぐりこむような心地のよい声。暗示を与えそうな声だ。この声で催眠商法か何かやられたら、あっというまに身ぐるみはがされそうだな。多聞は、高安がどこかの広い会場で中年女性の集団を前にマイクを握っているところを想像しておかしくなった。

インタビューされている老女――恐らく、第二の失踪事件の主だろう。少し耳が遠いようだった。話が彼女の中心に伝わるまでタイムラグがある。ぼそりと呟く低い声は聞き取りにくい。高安は辛抱強く、畳み掛けるように質問を続ける。

――お嫁さんはね、ハンバーグを作ってたんですって。おばあちゃんは、お芋を煮てたでしょう。さつまいも。どっちも大地君の好物だから。台所で、お芋煮たでしょ？　いい匂いがしてたんじゃないかな。

――ああ、ハンバーグね。わしは、こんな前の日に挽き肉こねたりしたら、いたむんじゃないのってね。芋はね、大丈夫だけどね。火を通すから。火を通せば一晩置いても大丈夫。芋は火を通すから。

――うん、そうだね。最近、食中毒多いものね。お肉は気を付けないとね。

――挽き肉はね、早いからね、べたべた手でこねたら、早いよ。

――それで、みんな早めに寝たんだよね。お嫁さんは、四時半に起きたって。まだ暗かったって。おばあちゃん、覚えてる？　お嫁さん起きたの。

――（沈黙）

――大地君の遠足の日、覚えてるかな？　お天気、どうだった？

――（沈黙）

――いつも大地君が幼稚園に行く時、おばあちゃん、必ず玄関まで見送りに来てくれるんだってね。あの日、おばあちゃん、大地君が遠足に行くところ、見送ったかな？

――わしは、芋を煮てた。

――うん。前の晩ね。次の日、目が覚めた時、お天気どうだったかな。

――知らんよ。わしは、何も。早く寝たよ。

老女は徐々に混乱してきているようだった。自分の記憶がないということを、どこかで自覚しているに違いない。その事実を認めるのが怖いのだ。そのあとは、高安が何を尋ねても老女は石のように黙りこんでしまっていた。芋を煮たと繰り返すばかりである。

高安の粘り強い質問を聴きながら、多聞は自分の耳が何か別の音を拾っていることに気付いていた。

何の音かは分からない。何か低い音。

なんだろう。窓の外から聞こえてくるらしい。

多聞はいっそう耳を澄ました。

テープの中に再生される、かつて存在した時間。

風の音。飛び去るカラスの声。車の音。畳をこする音。テーブルの上の茶托にぶつかる茶碗の音。それらの中に、時折空間を引っ掻くように紛れ込んでいる音がある。錯覚ではない。確かに、何かの音がする。

一瞬、テープの中の世界に入りこんでしまったような気がした。古い日本家屋の湿った畳の上の、高安と老女が喋っているテーブルのこちら側に座り、開いた窓の向こうを眺めているような。

窓の外は灰色だった。どこまでも続く灰色の空。その下に、ゆっくりとスローモーションのように揺れる森の木々。葉を散らして飛び立つ鳥。

ブツリ、と唐突にインタビューがとぎれた。

多聞はハッと我に返る。

高安が手を伸ばしてテープレコーダーを止めた。

「どうかしましたか、塚崎さん」

不思議そうな顔で多聞の顔をのぞきこむ。多聞は、自分がテープレコーダーに覆いかぶさるようにしてテープに聴き入っていたことに気付き、身体を起こした。

「いや、ちょっと。うーん、僕の仕事場だったらよかったのに」

「何が」

協一郎が口を挟んだ。ぶっきらぼうだが、多聞の態度に興味をそそられているらしい。

「ちょっと気になったんですけどね。何か、変な音がするでしょう、外で」

「外で？　この、Kさん宅の外でって意味ですか」

高安がきょとんとした声で呟いた。多聞は頷《うなず》く。

「このインタビューしてた部屋、窓開けてたでしょう。筒抜けだものね、外の音が。それで、何度もその音が入ってるの」

「何の音ですか」

「それが、分からないんだ。会社のスタジオだったらもっと拡大して音拾えるんだけど」

多聞は腕組みして、さっき何度か耳に入った音を再現しようと頭の中で試みた。しかし、灰色の空を引っ掻く茶色い線がフィルムの一こまのように浮かぶだけで、音の正体はつかめない。

「うーん。高安さん、このテープ貸してもらえる？　なんなら、テープ買ってくるからダビングさせてくれるかな」

「いや、マスターは別に保管してますから大丈夫です。インタビューのテープって何度も回すから、僕録《と》った時に最初にコピーして、コピーを聴くようにしてるんですよ。これは差し上げます」

「そう？　有り難いな。あとでもう一度ゆっくり聴いてみる」

「やっぱりそっちのプロですね。僕、外の音なんて全然気にも留めなかったな」

高安が感心したように呟いた。

「でも、本件とは全然関係なさそうだけどね。ねえ、このおばあさん、どういうふうに戻ってきたの？」

多聞は苦笑しながら尋ねた。

「もう、ほんと、突然戻ってきたんですよ。ある朝お嫁さんが部屋の襖《ふすま》を開けたらカーテンが揺れるのが目に入って、そこにおばあさんがちょこんと座ってたんだって。捜索願い出してたんですから。お嫁さん、腰が抜けそうになったって言ってましたよ」

「へえー、そりゃびっくりするだろうなあ。一種の怪談ですね」

「大騒ぎになったそうですよ。玄関も窓も開いてたけど、どこから入ってきたんだろうって。二週間も経ってるのに、本人は至って健康状態もいいし、何聞いてもきょとんとしてるし」

「ふうん。戻ってきたところを見た人はいないんだ」

「ええ」

「そいつは不思議だね」

「そうなんですよ」

「宇宙人にさらわれたかな」

「ＴＶ局が取材に来ましたよ、その線で」

多聞は力なく笑った。確かに、ＴＶ局が喜びそうな事件だ。さっきの老女だったら、いろいろあることないことを誘導尋問されて、答えあぐねているうちに勝手に宇宙人の仕業に結び付けられてしまいそうだった。

「では、二人目の話を。すいません、三人の話をテープに編集する時に順番間違っちゃって。今度が最初に失踪した人の話です」

高安が再びテープレコーダーのプレイボタンを押した。

ざわざわと雑音が入り、高安の声が流れ出す。

――一九九七年、六月十日、火曜日。午後三時三十二分。箭納倉市城端町二の十の二。箭納倉支部長、高安がＧさん宅近くでインタビューしています。

多聞はテープに意識を集中させた。黒い箱から流れ出し、再現される世界に。

今度は屋外のようだった。戸外特有のでこぼこした雑音が満ちている。自転車や車の通り過ぎる音がするところをみると、高安とその相手は道路に面したところに座っているらしい。背後は堀かな。二人の近くにぽっかり開いた空間が感じられる。


——それでは、あの晩の話を聞かせていただけますか。五月二十日の夜のことです。

——はい。

——あなたは何をされていましたか?

——はい、あの……。でも、わたし、全然覚えてないんですよ。ほんとです。ぼけちゃいないつもりだったんだけど、十日も経ってるんでねえ、みんなどしたのどしたのって。みんな言うんです。確かに足は弱いけど、そんな、ねえ。杖は使ってますけど、新聞代の集金もちゃんとお釣り出ないように渡してるし。息子の歯医者だってわたし予約してるんですよ。そんな、どしたのって言われても、ねえ。まるでわたしが嘘でもついてるんじゃないかって顔して言うんですよ。

——皆さん、心配されていたんですよ。Gさん、十日間も行方不明だったんですよ。

――そうなのよねえ。でも、わたし、何もしてないですよ。そんなこと全然分からなかった。いつも通りにしてて、いきなり、どしたの、どしたのおばあちゃん、どこ行ってたのって言われて。

――いつも通り。そのいつも通りどうしてたかを教えてもらえませんか。

――いつも通り、普通に寝て。

――そうですよね、五月二十日の夜、Gさんのお宅ではみんないつも通りに就寝した。ええと、Gさんは、お部屋を真っ暗にしておやすみになる方ですか？

――いいや、わたしは真っ暗では寝られないね。

――電気を点《つ》けたままで眠るんですか。

――あんまり明るくても眠らんないから、豆電球にして寝ます。真っ暗にしたら、何かあった時心配でしょ。わたしは布団のわきに杖を置いてるんだけど、目が覚めたら杖の場所確認できるようにって。

――杖がないと、やっぱり歩くのは相当しんどいですか。

――うん。壁とか、あればね。伝い歩きはできるけど。息子があちこちに手摺《てすり》付けてくれたんだけど、何もないとこで立って歩くのはつらい。やっぱり。

――あの晩、いつも通り、布団のわきに杖を置いて、部屋の電気を豆電球にして、寝た。G

さんはお部屋に一人で寝てらした。寝たところまで覚えてる？

——うん。いつも通り寝たよ。

——窓は開いていましたか？

——窓……。ああ、うん、ちょっとだけね。あの日はすっごい蒸し暑い日でね。今年初めて麦茶作ったよ。もちろん、網戸は閉めてたけど。夜になっても全然蒸し暑くて。外は堀だからね、ちょっとだけ。

——何か不審な物音とか、人が通り掛かったとか、ありませんでしたか。

——ううん。外は堀だから。

——何か薬の匂いを嗅いだとか、いつもと違うことはありませんか。

——ううん。蒸し暑かったから、いつもよりちょっと眠るまで時間かかったかな。それだけだよ。

——じゃあ、次に気が付いた時は？


多聞はぎくっとした。

聞こえる。

二人の会話の背後の空間の中に。

聞こえる。さっきのインタビューにあったのと同じ音が。首筋がひやりとする。

それとも、このテープレコーダーの発するノイズだろうか？　いや、違う。ノイズならば二人の会話の上にかぶさるはずだ。そうじゃない。その音の上に会話がかぶさっているのだ。

やはり、このインタビューの場面のどこかで音がしているのだ。

多聞は緊張した。いったい何の音だろう？　さっき聞いた音と同じ音なのは間違いない。

そのことには自信がある。だが、この音。この音はいったいなんだ？


——明るかったね。布団がなくてね。座ってたんですよ、部屋の中に。あらっと思って。

——その時、うんと時間が経ったという感じはしましたか。

——うーん……。別にねえ。ぐっすり寝たな、暗いとこでって思ったけど。

——気分は悪くなかった。

——うん、悪くなかったですね。


多聞は、自分の中でも最高級のレベルの集中力を駆使してその音を追った。

俺の聞いたことのある音か？　何かこれに似ている音はないか？

低く断続的に、字にするならばボーッ、またはオーッ、という何かの響く音。

——その後、何か体調に変化は。何か他に思い出したことはありませんか。

——別に。ねえ。みんなどうしたのって言うけど。

——ご自分に何が起きたのだと思いますか。

——さあねえ……。こんなこと初めてだし。河童《かっぱ》にでも引かれたかね（小さく笑う）。


インタビューが終わった。多聞は高安が手を伸ばす前にテープレコーダーを止め、素早く巻き戻した。

「どうしましたか」

「この辺かな」

再びプレイボタンを押す。『……の日はすっごい蒸し暑い日でね。……』会話の途中から始まる。

「ほら、聞こえませんか？　やっぱり入ってる、このインタビューでも」

多聞が顔を上げて二人の顔を見ると、高安と協一郎がテーブルの上に乗り出す。

大の男三人がテーブルの上に頭を突き合わせているところは、ちょっと滑稽だった。

「——ほんとだ」

最初に答えたのは協一郎だった。ちらっと多聞を振り返ったその目を見て、彼も自分と同じ音を認めたのだと分かった。

「確かに、言われてみれば」

高安も、少々こころもとなさそうだったが、やがてそれを認めた。

「なんだろうな、これ。ボーッ、ボーッって感じか？」

協一郎がテーブルの上に肘をつき、口の辺りを掌で覆いながら考え込む。

「機械の音じゃないですよね。吠《ほ》えないように声帯いじった犬ってこんな感じかな」

「それは違うだろう。こんな一定のトーンじゃないよ。鳥――虫の声――」

「自然音のような、人工音のような。どちらとも取れる音ですね」

「外で聞こえる音か。意識してないだけで、普段聞いていたのかもしれん。今まで気が付いたことなかったな」

「僕も今まで気付いたことないです」

「この二人の家、近いんですよね？」

「昨日歩いてみたろ」

「ご近所と言えばご近所かなあ。さっきの二番目に失踪した人って、最初の失踪事件のことは知ってたんですよね？」

多聞は高安に尋ねた。高安は頷く。

「知っていたと思います。僕が質問した時は黙ったまんまだったけど、ちらっとこっち見たし、知ってるんだと思う。少なくともお嫁さんは知ってましたからね。話題にならないとは思えないな」

「ふうん」

「なんだか気味が悪いな。どうしよう、三人目のインタビューでも聞こえたら。でも、今度は閉めきった家の中ですからね。静かなインタビューだったって記憶ありますよ」

高安はおっかなびっくりでプレイボタンを押した。

——一九九八年、三月二日、月曜日。午前十時十五分。箭納倉市奥原町四の二の一。箭納倉支部長、高安がMさん宅にお邪魔しています。

ああ、糸杉の家か。多聞は、唐突に空に伸びた黒い炎のような糸杉に囲まれた家を思い出した。いつもあの家の中にいるというのは、どんな気分だろう。長年住んでいれば気にならないのかもしれないが。

部屋の中。確かに今度は静かだった。閉じられた空間。高安とその相手を、家具や襖や壁が立方体に取り囲んでいるのが分かる。

——では、あの晩のことをお伺いしたいと思います。二月十九日のことですね。記憶にあるのはどこまでですか？

——そうですね。あたしもあのあとよく考えてみたんですけどね。たいしたご説明もできないと思いますが、だいたいこんなふうでした。

今度の女性は、前の二人に比べるとずっと聡明そうで、肝の据わった感じがする。六十五歳と聞くと年寄りのような気がするが、うちの母親の二歳上くらいだ。現代の六十五歳の女性は、まだバリバリ家の中を切り盛りしているだろう。前の二人の頼りなさは、既にお嫁さんに実権を譲り渡しているせいかもしれない。『あたしがしっかりしなくっちゃ』と思うのと『もう隠居した身だから』と思うのではえらい違いがある。

——あの日は朝から天気が良かったんです。うちの主人は前日から同じ年に会社を退職したお友達と、温泉旅行に出かけてました。うちの主人は、手先が器用なのはいいんですけどね、今竹細工に凝ってるんですよ。そうするとね、根っからの凝り性だからね、もう退職して時間もあるでしょ、放っとくと何日もやってるんですよ。元々技術者だったせいもあるんでしょうけど。それは構わないんですけど、細かい屑《くず》が出るんですね、竹は。だから、主人の部屋とか、主人が移動して歩く廊下とか、何日も掃除しないと、ちくちく細かい竹の切れっ端が畳の目とかいっぱい刺さっちゃって、大変なんです。細かい粉みたいな削りかすとかね。あの日の前まで何日もぐずぐずした肌寒いはっきりしない天気が続いてましたから、主人もいなくなったしと思って張り切って掃除したんですよ。珍しくぽかぽかしてあったかい日だったし、畳の上に敷いてた絨《じゆう》毯《たん》とか、座布団とか、テーブルも座椅子も上げて、徹底的に掃除したの。

――なるほど、ひょっとしてあの一輪挿しもご主人の？

――ええ、うまいもんでしょ。でも元手もかかってますからあれくらいはね（笑う）。それでね、朝から洗濯したりスリッパ干したり傘干したり、しゃかりきで動いてたから、全部取り込んで、家が綺麗になったら急に眠たくなっちゃってね。日当たりのいい居間の畳でごろんと横になってちょっとうたたねのつもりで目を閉じたんです。お日様の匂いがしました。

――あの、うたたねが気持ちいいんですよね。

――そうなの。うとうとっとして、途中日が暮れてきたのが分かったから、ああ、窓を閉めなくちゃって思ったのは覚えてるんですけどね。そこまでなんです、あたしの覚えてるのは。

——それで、気が付くと八日間経っていたと。

——ええ。次に目が覚めると、なんだか寒いし、埃《ほこり》だらけの床に転がってるじゃないですか。まあ、あたしがあんなに掃除したのに、と目が覚めた瞬間思いましたね。

——それだけですか。何か、薬品の匂いとか、誰かが外にいた気配とか、感じませんでしたか。

——いいえ、それはないです。ただ、なんとなく外で寝てたんじゃないかなあ、という感じがしたんですね、みんなにどうしてたんだって聞かれた時に。

——野宿していたということ？

——ううん、そういうんじゃなくて……。あのね、ちらっと覚えてるのは、空に星が出てたことなんですよ。それもね、顔を上げて見てるんじゃなくて、こう、地面にあおむけに寝て、空を見てる感じなの。ただの夢かもしれないんだけど。あおむけで、動いてた。そんな感じ。気のせいかもしれないけど。

——あおむけで、動いていた。

——うまく言えないけど、強いて言えばそれに近い感じがしたというのかな。それだけです。

すいませんね、もっとうまく説明できればよかったんだけど。

——どこか痛かったり、ふらふらしたりということはなかったですか。

——いいえ。誰かに殴られたり、触られたりしてたら絶対分かるはずです。むしろ、目が覚めた時は爽快な気分だったくらい。

——へえ。爽快、ですか。Mさんは、去年の五月と十月に、Mさんと同じような目に遭った方がこの箭納倉市内にいらっしゃるのをご存じでしたか?

——ああ、ええ。ちらっと聞いたことがあります。

——詳しくは聞いてらっしゃらない?

——ええ。あたし、正直言って、お年を召した方だし、ご自分で歩き回ってたんだろうぐらいにしか思ってなかったから。あまり興味を持っては聞かなかったです。今は戻って普通に生活しておられるようだし、騒ぎたてるのもなんでしょ。

——それはそうですね。ご自分に起きたことは何だと思われますか。

——さあねえ。見当もつかないですね。ただ……(当惑したように口ごもる)

——ただ?

——なんて言うのかな。この世の中には説明できないこと、説明しなくてもいいことがあるんじゃないかなって。

テープはそこで終わった。

三人はふーっ、と溜め息をつく。

「このひと、賢い人ですね。最後の台詞なんか、凄いじゃないですか」

多聞が感心したように呟いた。

「ね、この人のには音はしなかったでしょ」

高安が心配そうに多聞の顔を見る。多聞は気が付いたようにああ、と言った。

「うん、ここでは聞こえなかった」

高安がホッとしたような顔になる。

「どう思うかね、多聞君」

協一郎が相変わらずブスッとした声で口を挟む。しかし、多聞の反応に期待しているらしいのがその視線から伝わってくる。二人の気付かなかった音を指摘したことで、多聞の株も少しは上がったらしい。

「うーん……。とにかく、三人とも同じ原因で行方不明になったのは確かじゃないかなあ」

「どうしてそう言い切れるんだね」

多聞は腕組みをして考え込んだ。

「三人とも全く恐怖感がないしね。むしろすっきりした、みたいな感じでしょ。悪意が介在した感じがしない。あと、ええと、杖の必要なおばあさんと、最後のおばさんが、同じようなこと言ってるでしょ」

「同じようなこと？」

協一郎が聞きとがめる。

「そんなところあったかな」

高安の顔を見る。高安はきょとんとした顔をしている。

多聞は口を開いた。

「最後のおばさんが言ってましたね、あおむけになって星を見てたって。杖の必要なおばあさんも言ってたでしょ——ぐっすり寝てた、暗いところで。寝る時は豆電球をつけてたんでしょう、この人は。豆電球でも、夜中に目が覚めたら相当明るく感じるはずですよ。でも、暗いところで寝てたと言っている。この人も、夜空の下であおむけになってたんじゃないかな」

「夜空の下で、あおむけに——」

協一郎が釣り込まれるように繰り返す。

「なんでそんなことをせにゃならんのだ」

「さあね。それはまだ分かりませんが」

多聞は素直に首をすくめた。

雨が小降りになったところで店を出た。

高安から貰ったテープをダンガリーシャツの胸ポケットに入れて、多聞と協一郎はたらたらと水溜まりをよけながら歩いていく。高安はまだ話したそうにしていたが、支局への報告があるからと支部に戻っていった。

胸ポケットの中の四角いテープの感触を重く感じながら、なんだったら博多の知り合いのスタジオを訪ねてテープの音を拡大してとんぼ返りしてみてもいいな、と多聞は考えていた。

ちょっとは面白くなってきたじゃないか。心の中がかすかに波立つのを覚える。

しかし、先生に、弟さん夫婦の失踪のことを尋ねるべきだろうか。

多聞は少し前を歩く協一郎の背中を見つめた。

弟さん夫婦の失踪がさっきのテープで聞いた三人と同じパターンだとすると、弟さんも戻ってきたことになる。いや、それは明白だ。先生が、弟さん夫婦は博多に引っ越したと舟の中で明言していたではないか。高安はその件を取材したと言っていた。彼は先生の弟さんにもインタビューをしているのだろうか？　そのテープはあるのだろうか？

――この世の中には説明できないこと、説明しなくてもいいことがあるんじゃないかなって。

先程のテープの中の言葉が脳裏に蘇る。

あの言葉に、彼女は確信を持っていた。何か彼女の経験に裏打ちされた、絶対の真理のような言葉だった。あんな言葉がすらっと自然に市井の主婦の口から出てくることに驚異を感じる。ああいう自然さは、女にしかないものだ。男にはあんな言葉は言えない。真実は男のものだが、真理は女の中にしかない。男はそれを求めて右往左往するだけだ。

「先生、ホーミーのレコードお持ちでしたよね」

突然、多聞はまたしてもひらめいた言葉を口にした。

「なんだ、藪《やぶ》から棒に」

協一郎が多聞を振り返った。

「さっきの変な音聴いてたら、あの声を聴いてみたくなったな」

ホーミーはモンゴル民族に伝わる唱法で、口蓋から頭、胸郭までをフルに使って息を響かせ、ほとんど超音波に近い振動のような音を出す歌い方である。人によっては一人で二声を同時に出すことができる。歌というよりは、音叉《おんさ》や強く張ったゴムを弾《はじ》いた時のような音をえんえんと出し続けているように聞こえる。

「あの響き――ね。確かに、音とは振動だからな。あのレコードは堀の方の家に置いとるんだ。仕方ない、暗くなる前に取りに行くか」

「あ、だったらいいですよ、別に」

多聞は慌てて掌を向けたが、協一郎はくるりと向きを変えて歩きだした。

「私も聴きたいんだ」

すたすたと歩いていく協一郎に、多聞は申し訳なさそうに続く。

思い付きでまずいこと言っちゃったかな。

灰色の空の下、二人は黙々と歩いていく。

目指す家には、思ったよりも早く着いた。定期的に手入れをしているらしく、人が住んでいないとは思えない。趣味のいい、居心地のよさそうな家だ。

低い鉄の門を開け、協一郎が玄関のドアに鍵を差し込もうとして手を止めた。

「あれ」

ノブを回すと素っ気なく開く。

「おかしいな。鍵は閉めておいたはずだが」

協一郎は不満そうに呟きながら、家の中をのぞきこむ。

中は暗かったが、きちんと整頓されていた。こちらの方も、本とレコードの詰まった木箱が廊下と言わず台所と言わず山積みになっている。

玄関の上の壁に付いているブレーカーは下りたままだ。

協一郎はそうっと家の中に足を踏み入れる。多聞には玄関で待つようにと合図を送った。

「誰かいるのか？　昇一郎か？」

はっきりとした落ち着いた口調で、奥に声を掛ける。多聞はそうっと靴を脱いで協一郎の後ろに続いた。空き巣狙いかな？

廊下を曲がったとたん、一人の女が目に飛び込んできた。

多聞は自分の目を疑った。

えっ？　なんなんだ、この部屋は？

堀に面した窓が部屋の二面を占める和室で、紺色のワンピースを着た一人の女が、長い髪を垂らした背中をこちらに向けて窓の外を眺めながら立っている。

「おまえ、こんなところで何してる」

協一郎があきれたような声を上げた。

女はくるりとこちらを振り向いた。意志の強そうな、冬の星のような瞳。

「――ただいま、お父さん。多聞さん、お久しぶり」

「――藍子ちゃん」

多聞はぽかんと口を開けて呟いた。

chapter IV

私は目をつむったまま、その場面を思い出している。

久しぶりであの二人に再会した運命的な場面を。

あの日、私は湿った雨の名残りが肌にまとわりつく駅に降り立っていた。

この街に来たのは、数えるほどしかない。小学生の時に一回、中学生の時に一回。あともう一度、来たことがあったはずだが、いつのことだかよく覚えていない。

駅に降り立った私は、自分が箱の中に入れられたような気がした。とても狭いところに閉じ込められたような、それでいて箱の外には大きな全く違った世界があり、誰かの大きな掌に蓋《ふた》を押さえられているような奇妙な錯覚——今自分が降り立ったこの街に、父と多聞先輩が存在しているということが信じられないような気がした。

私は夢の中をさまようように街の中を歩いていた。久しぶりではあったけれど、堀のそばのあの家に自然と足が向かっていた。私はあの家の鍵を持っていた。京都に嫁いでからは、父と別行動を取らなければならないことが多かったので、父からスペアキーを渡されていたのである。その家にもう父が住んでいないということは知っていたが、父から聞かされていた新しい電話番号は何度電話しても留守だったので、時間潰しになんとなくあの家に入ってみる気になったのだ。

家はきちんとしていた。しかし、どこか尋常でないものを感じた。私があの家に入った時の感覚を説明するのは難しい。叔父夫婦が行方不明になったという話はちらっとしか聞いていなかった。何日かして無事戻ったということだったし、詳しい事情もろくに聞かなかったのだ。第一、あの頃は私自身、子育てとお店で頭がいっぱいだったのだ。冷たいようだが、事件当時はまだ、ほとんど面識のなかった叔父夫婦には関心がなかった。

あの家は、一言で言うと、繭《まゆ》のような感じがした。何か見たこともないようなものが育《はぐく》まれているような気配。私は静かに家の中を歩き、堀に面したあの大きな張出窓のところに立った。数百年も前から変わらぬ風景が、窓の外に広がっていた。

そして、気が付くと二人が部屋に入ってきていた。人間の気配に振り向いた私は、二人の表情を見てギョッとした。それは対照的だった。父の顔には紛れもない恐怖が、そして、多聞先輩の顔には『信じられないものを見た』という大きな驚愕《きょうがく》が浮かんでいたのだった。

「どうしたの？　二人とも幽霊を見たような顔して」

はきはきした藍子の声に、協一郎と多聞は、悪戯《いたずら》を見つけられた子供のような決まりの悪い顔を見合わせた。

「おまえこそ、びっくりさせるなよ。泥棒かと思ったぞ」

協一郎は、声にかすかな安堵《あんど》をのぞかせながら部屋にのっそり入っていった。多聞は協一郎に続きながらも、そっと部屋のあちこちに目を走らせていた。

見間違いだろうか？

多聞はそっと自問自答した。さっき、廊下を曲がった瞬間この目で見たものは？

「だって、新しい電話番号に掛けても、ちっとも出ないんだもの。場所は分からないし、こっちの家の鍵は持ってるから先にこっちに来てみたの。あたしが箭納倉に来ることは分かってたでしょ？」

藍子は口を尖《とが》らせて、手に持っていた金色のキーホルダーにぶらさがった古い鍵を掲げてみせた。

「おまえ、宿はどうした？」

協一郎は藍子の隣に立った。藍子に話しかけながらも、目は警戒するように窓の外と部屋の中を行ったり来たりしている。

「とりあえず今日はホテル取ったけど。お父さんのところ、狭いんでしょ？　多聞さんも泊まってるし。でも、ここ思ったより綺麗じゃないの。ホテル代もったいないから、あたしここに寝泊まりしてもいいな」

「ここは駄目だ」

即座に厳しい口調で協一郎が拒絶したので、多聞と藍子はハッとした。

「どうして？　ブレーカー上げれば電気点くんでしょ？」

藍子が不思議そうに尋ねる。

「ここはいかん。頼む、ここだけはやめてくれ」

協一郎は乾いた声でかたくなに言い張った。藍子は反論しかけたが、小さく溜め息をつくと「はいはい、分かりました」と呟いた。

この家で何が起きたのだろうか、と多聞は改めて考えた。

堀に面している家。多聞は近況を報告しあう親子を遠巻きにするように窓辺に近付いた。大きく取った窓の外には、舟の中から見た合歓の木のがっしりした幹がそびえ、夢のようなピンクのふわふわした花を深緑の流れの上に落とし続けていた。

協一郎は何に怯《おび》えているのだろう。失踪した三人の女。戻ってきた三人の女。三人の家は堀に面していた。失踪した弟夫婦。戻ってきて、今は博多にいるらしい。高安のテープに入っていたあの音。さっき自分がこの部屋で見たもの。多聞はようやく、自分の参加しているものが現実であると気付き始めていた。

このゲームは、本物だ。

「多聞さん、ちっとも変わらないのね。びっくりしちゃった。昔から童顔だったけど、ますます若返ったんじゃない？　若い人とつきあう仕事してる人って、やっぱり違うわね」

いきなり自分に声が向けられたので、多聞は例によってきょとんとして藍子の顔を見た。きりっとした迷いのない瞳がこちらを見据えている。三年下の彼女が、同じサークルに入ってきた時のことを思い出した。あの時の彼女も今と変わらぬ同じ目をしていた。三十代半ばを迎えて、頰の肉が落ちて輪郭がシャープになったものの、それ以外はほとんど変わらない。

「藍子ちゃんの方こそ変わらないね。すっかり女将さんになっちゃってるんじゃないかと思ってびびってたよ。お店では京都弁喋ってるの？」

「うん。まだまだネイティヴには喋れないけど、それらしくはなったわね。でも、語尾とかイントネーションは真似できても、形容詞や単語が使いこなせないのね。こればっかりは生まれ育った環境で染み付いたものだから。とっさに『きちきちと』なんて言葉出てこないの。

だけどしょうがないわ、あたしやっぱり東京人だもの。どんなに真似したって所詮《しょせん》よそ者なのはみんな分かってるしね」

「大変そうだなあ」

多聞は心からそう思った。国内外を渡り歩いた彼にとって、言葉というものがいかに大事かは身にしみている。言葉が違うということは、その人間が異分子であるということを如実に示してしまう。異分子であるということは、さまざまな危害を加えられる可能性が高くなる。自分の身を守り、共同体に馴染むには、その共同体の言葉を覚えるのが有効であるのは自明の理である。全く日本語を覚える気のない外国人よりも、片言でも一生懸命日本語を覚えようとする外国人の方に親しみを覚えるのは当たり前だ。多聞は耳が良かったせいもあるが、新しい言葉、新しいイントネーションを体得するのが早かった。新しい共同体の言葉を覚えると、共同体の方でも喜んでくれる。しかし、難しいのは、早すぎてもいけないことである。あまりに習熟が早すぎると、逆に共同体から警戒されてしまうのだ。また、それぞれの共同体には、その共同体のコアを表す言葉というのがある。多聞が子供の頃からの経験で学んだことは、ネイティヴでない者がある共同体の言葉を学ぶ時、骨を埋める覚悟がない限り、その共同体のコアの言葉を使うべきではない、という教訓だった。多聞のように、いつか去ることが分かっている通過者のとるべきスタンスは決まっている。共同体のルールを熟知しその内側にいるが、共同体のコアには関心を示さないふりをする。これが通過者にとっても、共同体にとっても安心できるスタンスなのだ。藍子は恐らく、今その壁に当たっているのではないだろうか。若くて溌剌《はつらつ》とした東京娘が一生懸命新しい土地の言葉や習慣を覚えているうちはほほえましく、周囲も可愛がってくれるだろう。しかし、一通り習得したところで、初めて本当の共同体の壁にぶち当たるのだ。その壁を切り崩すのは容易なことではない。

「最近多聞さんのプロデュースしたバンドってどれ？」

藍子が目をくりくりさせて尋ねた。

「最近ねえ。プリシラってバンド知ってる？」

「『いつもの明日』歌ってるバンド？」

「そうそう、あれやったの僕」

「えーっ、そうなんだ。あれ、いい曲だよね。うちの女の子たちに人気あるのよ、あのバンド。カラオケでもよく歌ってるみたい」

学生時代と変わらぬおきゃんな藍子の声を聞きながら、多聞は『うちの女の子たち』という何気ない言葉に歳月を感じた。藍子が、若い従業員を使っている女将だということがそこで初めて実感できた。

協一郎が廊下でがさごそレコードの山をひっくり返し始めた。当初の目的であるホーミーのレコードを探しているのだろう。

「藍子ちゃん、いつまでいられるの？」

多聞の質問に、藍子がつかのま逡巡《しゅんじゅん》したのが分かった。

「決めてないの。多聞さんと同じだけいようかな」

明るく笑顔を見せたものの、多聞はその陰に彼女が個人的なトラブルを抱えていることを感じ取った。多聞はそのことに気付かないふりをするかどうか迷ったが、藍子の逃げない性格からいって、はっきりさせておいた方がいいと考え直した。

「どうしたの、京都でうまくいってないの？」

多聞がやんわりと少年のような瞳で質問すると、大抵の人は心の内にしまっていることを黙っているのは難しい。藍子も苦笑して口を開いた。

「違うのよ。逆なの。あたし、もうあの土地あのお店でやっていくって腹くくってるし、周りもそのことは認めてくれてるの。旦那の両親も可愛がってくれてるし。お義母さんもね、福井からお嫁に来たひとで京都でやっていく大変さはよく分かってるから、ほんとによくしてくれるのよ。あたし、小さい頃に母親亡くしてるでしょ。だから、女の人に躾《しつけ》られた色がないっていうの？　そういうところも良かったみたい。自分で言うのもなんだけど育ての母親みたいで、とってもうまくいってるのよ。本当に厳しいんだけど、商売の面白さもちょっとは分かってきたし。あたしの性格分かってるでしょ、とにかく無我夢中でわき目もふらずに突っ走ってきたの。それが最近、ぷちっと切れちゃって、些か虚脱状態にあるわけ。ようやく立ち止まって、周囲の景色を見る余裕ができたのかもね。お義母さんもあたしの気持ち分かるらしくって、ゆっくりしてらっしゃいって言ってくれたから、その言葉に甘えようかなって。ま、リフレッシュ休暇ってとこ？」

「ふうん。できた人なんだねえ」

「そうよ」

藍子は誇らしげに答えた。

「そうだよなあ。女の人は結婚して子供産んだら休みなしだもんなあ。藍子ちゃんみたいに、商売やってる家に嫁いだらなおさらノンストップだよなあ」

「そうよ。向こうに行ってから、ほんとにノンストップ、息継ぎなしって感じだったわよ。多聞さんは憎らしいくらい、相変わらずマイペースね。でも、多聞さんが変わっちゃったところなんて想像できないけど」

「そうかなあ。僕は僕なりに成長したと自分では思ってるんだけどなあ」

藍子が吹き出した。

「あーあ、そういうところが永遠にかなわないとこなのよね。とにかく、会えて嬉しいです。わざわざお父さんの気紛れにつきあいに来てくれて、感謝感謝だわ。多聞さんくらいよね、こんな何もない遠いところまで来てくれるのって」

「悪かったな」

レコードの埃を吹き飛ばしながら、協一郎がボソリと呟いた。

「あら、ごめんなさい」

藍子は口を手で押さえて肩をすくめる。

「いや、なかなか面白いところだよ」

多聞はのんびりと反論したが、無意識のうちに、協一郎と共犯者めいた視線を交わしていた。

空は煮え切らない男の口調のように重い。

そして、重い空のところどころには、煮え切らない男に対してくすぶっている女の不満のような、いらいらしたどす黒い雲が滲んでいた。

人気《ひとけ》のない土手は、上流から流されてきた粘土質の泥にどんどん埋めたてられてきており、その上を抜け目なく白っぽい葦《あし》がびっしりと増殖していく。

梅雨どきとあって、市内を流れる堀のゆったりした人工的な流れと対照的に、街の外を囲むように流れる本物の川はごうごうと力強く音を立てている。

護岸のひび割れたコンクリートの上を、ぺたぺたと一匹の華奢な猫が歩いてくる。

多聞と別れた白雨である。

いったん家に帰って雨宿りをしていたが、日没が近付くにつれて、また外に出てきたのだった。

白雨はきょろきょろとしなやかな首を動かして、周囲を窺《うかが》っていたが、やがて早足に護岸の上を目的を持った足取りで進み始める。

表情のない灰色の目が、彼女の目と同じ色をした風景の中を移動してゆく。

彼女は、湿った風に遠くからのかすかな潮の香りを嗅ぎとっている。

学校帰りの少女たちが白雨の姿を認め、声を掛けてくるが、彼女は知らんぷりをしている。

不満そうな声を後ろに置き去りにして、白雨は夏草の茂みの間に飛び込む。

夏草の生臭い匂いの中でも、潮の香りは丈夫な絹糸のようにはっきりと伝わってくる。

緑の壁。白雨の茶色いぶちの入った白い顔に、青い影ができている。

彼女は青い闇の中を早足で急ぐ。

「先生、藍子ちゃんはこのゲームに参加するんですか？」

藍子がホテルにチェック・インしてくるのを待ちながら、二人は協一郎の新居の方の革のソファに並んで腰掛けていた。

協一郎は煙草の煙をくゆらしながら黙っている。

多聞は複雑な気持ちだった。男の子だけで探検に行こうとしている時に、クラスの男勝りの女の子に見つかって、「あたしも連れてって」と言われた時のような気分だった。ゲームは男だけでやった方が面白いのを、男は子供の頃から本能的に知っている。しかし、「連れてって」と言う女の子は、みんなが密《ひそ》かに憧れている女の子だったりするのだ。彼等は内心迷うのだが、結局、「どうするー」「女なんか連れてくと面倒臭いぜ」という意見が勝つ。だが、敵もさるもの、メンバーの中で自分に気があると思《おぼ》しき男の子、もしくは一番博愛主義者であると思われる男の子に攻撃を絞って、「いいでしょ多聞君」と彼一人に許可を求め、彼に「いいじゃない、連れてってあげようよ」と他のメンバーを説得することを求めるのである。こういう時の人選を、女の子は決して間違えることがない。そして、大抵当初の目的だった探検はたった一人の女の子に振り回されて全然違うものになってしまうのだ。

「まだ分からん」

協一郎はぶすっとして答えた。

「でも、彼女が気付かないわけないですよ。そうしたら絶対参加してきます。僕、聞かれたら説明してもいいんですかね？」

年に一回、世界各地で過酷なコースを選んで行われる有名なサバイバル・レースがある。国別対抗、五人一組のチーム。二週間近くかけて行われ、途中数か所のチェックポイントに制限時間がある。五十チーム参加しても、最低半数は脱落するという厳しいレースである。コースによって、山越え、川下り、乗馬にマウンテンバイクと要求されるテクニックもさまざまなので、当然年によってそれぞれのスペシャリストを選んで編成されるのだが、特筆すべきルールが一つある。必ず女性を一人入れなければならないのである。多聞はそのレースのドキュメンタリー番組を見ていた時に、うまいルールだなあ、と思った。ただスペシャリストを選んで編成しただけでは、だいたい順位や実力が予想されてしまう。しかし、女性が一人入ることで、レースは全く予測不可能になってしまうのである。女というのは常に変数であり、未知数なのだ。

「まだ、私にも藍子の役割はよく分からんのだ」

協一郎が低く呟いた。多聞はその口調にあれっと思った。その口調には、かすかな当惑があったのだ。

「どうしてですか？」

協一郎は返事をしない。

「ゲームの内容は教えてもらっても構わない。ただし、藍子が興味を持った時だけは、だ。敢えてこっちから教えることはないよ」

「はあ。分かりました」

多聞は歯切れの悪い返事をした。と、思い出したように言葉を続けた。

「先生。僕、さっきの家のさっき藍子ちゃんが立っていた部屋でおかしなものを見ました」

協一郎はぎょっとしたように多聞を振り返る。

「何を？」

「びしょ濡れでした」

「え？」

「僕があの部屋を見た瞬間、部屋じゅうが濡れているように見えたんです。ほんの一瞬。気のせいだったみたいだけど」

「お父さんらしい家ね。お父さんの書斎が家を飲み込んじゃったみたい」

玄関に入った藍子は多聞と同じ感想を漏らした。

「あら」

藍子はダイニングキッチンの革のソファセットを見てくすっと笑った。

「これが例の三点セット？　貰う時に、あたしの言った通りちゃんと消毒した？　ソファはダニとか多いし、危ないのよ」

「したした。きちんとしたよ」

協一郎は慌てて答えた。

藍子は素早く冷蔵庫を開けて中をチェックした。

「どうせゆうべも外食だったんでしょう？　あたしも電車で疲れちゃったから、ここで食事しましょう。湯葉とお漬物と、あとうどんすきの真空パックのセットをお土産に持ってきたのよ。なかなかおいしいの。これで十分酒の肴《さかな》になると思うわ」

「いいね。僕、湯葉大好き」

多聞がにこにこした。

「湯葉って、なんだか多聞さんに似てるものね」

多聞はしばしその意味を考えた。

藍子がてきぱきと準備するのを手伝って、三人で鍋を囲むと、疑似家族のようだった。

「なんだか場末のクラブのホステスになったような気分だわ」

ペンダント型の照明の下でお酌をしながら藍子が呟いた。

「藍子ちゃんじゃ若すぎるよ。あとせめて十歳は上でないと」

「あら、多聞さんはまるで場末のクラブに行ったことがあるような口ぶりね」

「ホステスっていうのは自己申告の商売だからね。自分が若いと認めればいつまでも『若いホステス』なのさ」

「確かにそうね」

カセットコンロの上の鍋の湯気は、この部屋に似合っていた。太いこしのあるうどんと冷酒。多聞は今頃になって、自分が旅の空にあることを実感していた。藍子の細うで繁盛記が酒の肴になる。藍子は実によく喋った。多聞はいつも感心するのだが、彼女は話の順序を誤ることがない。話し下手にありがちな、話の中心を迂回《うかい》したり引き返したりということがないのだ。多聞はどちらかと言えばうまく説明できずにうろうろするタイプなので、藍子の話は理路整然としていて新鮮だった。協一郎の相手のあとではなおさらである。

「あー、すっきりした。久々に言いたいこと言って、すっごく満足」

本当にすっきりした顔でビールを飲む藍子に、協一郎が毒づいた。

「全く成長しとらんな、おまえは。もうちょっと黙って人の話が聞けるようになってるかと思ったら」

「いいじゃないの、一晩くらい。明日からは聞き役に回るわ。あら、もうこんな時間。ホテルに戻らなきゃ」

「多聞君、申し訳ないがこのうるさいのをホテルの近くまで送ってやってくれよ。道が真っ暗なもんでね」

「わーい、多聞さんと相合傘だあ」

「藍子ちゃん、傘は？」

「さすのが面倒臭いんだもん」

「あ、そういえば、まだ白雨が戻ってきてないな」

玄関のドアの隅に開けられた猫用のドアを見て、多聞が呟いた。小さな蝶番《ちょうつがい》が付いていて、押し上げて開くようになっている。

「――白雨？」

藍子が聞き咎《とが》めた。

「うん、先生が飼ってる猫だよ。白っぽくて、痩《や》せててなかなか品のある猫でね。夏の季語なんだってね。僕、初めて聞いたけどにわか雨って意味なんだってさ」

多聞は仕入れたばかりの知識を披露しながら傘をさして外に出た。

「それよりも――」

藍子が傘に入ってきた。何かを考えている様子である。

「白雨って、白秋の友人の名前よね」

「白秋ってあの――」

「そう、箱納倉が故郷の、大詩人の桐山白秋」

「そういう意味もあったのか」

細かな雨が肩にかかる。

「白秋の高校時代の親友で、白秋に負けず劣らず才能があったのに、なまじ語学に堪能だったせいで、ご時世柄スパイの疑いを掛けられてしまって、自分の喉《のど》を突いて自殺してしまうの」

「ひえっ」

「本名は中島なんとかって言ったかな。あたし、中学生の頃ここに来て、当時は真面目な文学少女だったから白秋一通り読んだのよね。その中に、白雨に捧げる歌があったわ。白いたんぽぽに君の血がしたたるっていう壮絶な歌だったはず」

多聞は無言で歩き続けた。

白雨の白い毛に、血がしたたるところが目に浮かんだ。

「先生は、もちろんその話はご存じなんだよね？」

「ええ。だって、お父さんから本を借りたんだもの」

「ふうん――」

多聞は考えこんだ。白雨もゲームの駒のうちなのだろうか？

それにしても、真っ暗だ。

見事な闇だった。時折ぽつんぽつんと街灯があるものの、この濃い闇に対しては限りなく微力である。歩くそばから光も足音も闇に飲み込まれていく。周囲は住宅街のはずなのだが、どこの家もひっそりと静まり返り、漏れる明かりもほとんどない。朝が早いのだろう。

「夜って、暗いものなのね」

藍子が呟いた。彼女の姿すら、闇に溶けてしまっている。

「うん。僕も今そう思ってたところ。ここは、凄く闇が濃いね。ずっしりしてて、重量感がある。ちゃんと闇が生きている。東京の闇は薄いからね。夜じたいが薄っぺらだから」

「そうね。でも、あのぺらぺらな夜が懐かしいな。夜なんか大したことないんだよって感じじゃないの、東京って。それが物凄く頼もしく思える時があるのよね」

「そうだろうね。でも、本当は、夜って大したことあるんだよね。夜のお陰で太古の昔から数限りなく人類は妄想を育ててきたんだからさ。たまにこういうところに来ると、それを実感するよね。面白いな。こういうところで本を読んだり音楽を聴いたりするのってどうなんだろう。同じ体験なんだろうか。都心のマンションの中で、ラジオやTVを点けっぱなしにして読む本と、こんなに静かな闇の底で、畑の真ん中の一軒家で一人読む本って同じなのかな。しかもそれが十代だったら、随分違う体験に思えるんじゃないかな」

「なんだか怖いわ」

藍子がぽつんと呟いた。

「人間の想像力くらい怖いものはないからね」

「そのことを知らない人があまりにも多いのが怖いわ」

雨の音が、闇に染み渡るように空間を埋めている。

多聞は子供の頃、雨の音が落下の音なのか着地の音なのかひどく気になったことがあって、雨が降る度に耳を澄ましたことを思い出した。

「ねえ、藍子ちゃんさ、あの堀のそばの家に入った時、何か気が付かなかった？」

「何かって？」

多聞はさりげなく尋ねた。

「あの部屋、濡れてなかった？」

「確かに湿っぽかったけど、濡れてるってほどじゃなかったわ」

「そうか。僕の考え違いかなあ」

「そう言えば、あの時、多聞さんやけにびっくりした顔してたわね」

「うん――部屋じゅうがびしゃびしゃに見えたんだよね」

「天井も？」

「うん。壁も、天井も。錯覚にしてははっきりしてたなあ」

「ふうん。幽霊のいたところは濡れてるっていうけど」

「いやだなあ。怖い話は苦手だよ」

「こんな暗いところは平気なのに？」

「これは自然の状態だもの」

「多聞さんてやっぱり変ね。何か怖くない話をして」

藍子の声が耳元でするのが不思議だった。時間も距離も隔たっていた人間と、今こうして闇の中で言葉を交わし意思の疎通ができる。人間は闇の中を、電池もコンセントもないのに歩き回る。不思議だ。

「真珠湾のさ」

「え？」

「太平洋戦争は真珠湾攻撃で始まったでしょう」

「知ってるわよ。なんでそんな話になるの？」

「急に思い出したんだ。日本の暗号がアメリカに筒抜けだったのは有名な話だけど、開戦間近は暗号の量も多くて、海兵隊の解読部門は慢性的な人手不足だったんだって」

「それで？」

「海兵隊は、その解読部門に、暇だった軍楽隊のメンバーを投入して手伝わせた」

「なるほど。確かに非常時には暇そうな部署よね」

「そしたら、それが大当たりで、凄い成果を上げたんだそうだ」

「へえ」

「それ以来、アメリカの暗号解読のエキスパート養成部門では、適性を見るのに音楽的素養があるかどうかを重視するようになったんだってさ」

「ふうん」

「面白くない？」

「面白いわ。楽譜に強い人って、数学もできる人が多かったもの」

「一つの適性が他の適性にもなり得るのって面白いよね。きっと思いもよらない職業同士で適性が一致してるのがあるかもしれない。中国の奥地の一子相伝の伝統工芸の職業と、北欧のなんとか漁の技法の適性が一致してるとかさ」

「夢が広がるわね」

「その割には口調が冷たいんだけど」

藍子のクスクス笑う声が雨の中に響いた。

「塚崎多聞にはまれな適性が幾つも同居してるわよ」

「そう？」

「例えば——たぐいまれなるトラブルに引き寄せられる適性」

「あとは？」

見晴らしのいい前方に、ようやくホテルの明かりが見えてきた。

「そして、たぐいまれなるトラブルを解決できるかもしれない適性よ」

ホテルの玄関は港のようだ。

港の明かりの逆光の中で、藍子が多聞を見ているのが分かった。

「じゃあ、また明日ね」

多聞は手を振る。

「——多聞さん、あたしね」

藍子が低い声で呟く。

「何？」

「たぶん、多聞さんと同じものを見たことがあるわ」

「え？」

多聞は耳を疑った。

「あれは中学生の時――箭納倉に来たのは二度目だった。あたしが見たのはびしょ濡れになったお寺のお堂だったけど」

「藍子ちゃんが？」

「あたし、ずっと夢でも見たんだと思ってたの。お父さんにも話したことなかったし」

藍子はかすかに笑って手を振り、ホテルに入っていく。

「でも、どうやらいい夢じゃなかったみたいね」

濃い闇の中を一人で道を引き返しながら、多聞はそっと口笛を吹いてみた。

夜に口笛を吹いてはいけないと誰かに言われたような気がしたが、どんなふうに響くのか急に試してみたくなったのだった。口笛の上手い人は、フルートも上手い。これは分かりやすいな。

なぜか、浮かんだ曲目は『口笛吹きと子犬』だった。小学校の音楽の授業以外で聞いたことがない。陽気なスタカートは、吹くそばから失速して、たちまち闇に吸い込まれていった。あの部屋。濡れていたという言い方は、ちょっと違う。変質していたというか、変色していたというか——水の中に沈んだ部屋をレンズ越しに見ている感じ。これが一番近いような気がする。

藍子も見ていた。同じものを子供の頃に。多聞の拙《つたな》い表現で、自分が見たものと同じだと気付いたのだから、よほど鮮烈な記憶だったのだろう。藍子は、叔父夫婦の失踪についてどのくらい知っているのだろう？　どう認識しているのだろう？

たぐいまれなるトラブルに引き寄せられる適性。

このゲームは、どうやら昨日今日に始まったものではないらしい。多聞が協一郎と知り合うよりもずっと前に起源を発しているようだ。こんな大きなゲームだったなんて、ずるいなあ。多聞は心の中で協一郎に文句を言った。

復路というのはいつも短く感じるものだ。身体が慣れて警戒心が薄れた分だけ、脳の情報処理量が大幅に省略されるのだろう。

前方に、街灯に照らされた平べったい家の群れが見えてきた。降り続く雨で、どの家の周りにも大きな水溜まりができている。この暗さではまともに足を突っ込みかねないので、多聞は身体をかがめて足元に注意しながら玄関に辿りついた。

「ただいまー」

傘の水を切って、ぐっしょり濡れた靴からむくんだ足を苦労して抜く。ついでに靴下も脱いでしまう。気のせいか、この二日間で足がふやけたようだ。大抵のことは我慢できるが、濡れた靴下だけは我慢できない。近々コインランドリーに行こう。

足を乾かそうと片足立ちで指を動かしていると、かたんと音がして玄関のドアの下の方に何かの動く気配がした。

「白雨か？」

名前を口にしたとたん、さっき藍子と話をしていた時に浮かんだ血のしたたるイメージが蘇って、多聞はほんの少し躊躇《ちゅうちょ》した。

のっそりと雨に濡れた白い猫が入ってくる。

「遅かったじゃないか」

湿った身体を撫でてやろうと多聞が手を伸ばした時、白雨はコンクリートの三和土《たたき》の上に、何かを口から吐き出した。

「うん？」

自分の身体の陰になっていた白雨の吐き出したものを見るために、多聞は身体をずらして三和土をのぞきこんだが、たちまち小さな悲鳴を上げて上がり口の上に尻餅をついた。
きょとんとした顔でこちらを見上げる白雨の足元にある灰色のもの。
それは、どう見ても人間の耳に見えたからである。

chapter V

そう——それは私がずっと一人で封印してきた記憶だった。

第一、その記憶を、多聞先輩の口から聞くまで私自身すっかり忘れていたのである。

しかし、あの日彼とホテルの入口で別れてから部屋に着くと、たちまちその古い記憶は確かな風景となって私の中に蘇ってきた。

部屋のドアを閉めたとたん、足元がせりあがってくるように、セミの声が聞こえてくるような錯覚を覚えた。

夏の終りの暑い一日だった。

私は祖母の葬儀で箭納倉を訪れていた。中学校の夏服を着て退屈で蒸し暑い葬儀を終え、全く知り合いのいない私は居場所がなく、みんなが集まって世間話をしている時も、一人でふらふらと街の中を散歩していた。親戚たちも葬儀を無事に終えてホッとしたのか、私を見咎める人は誰もいなかった。

見知らぬ街はとても静かで、まるで眠っているようだった。真っ赤なカンナだけが、堂々と鮮やかな色を並べていた。どろりとした掘割の水が、世界の罅《ひび》のように黒くあちこちに延びていた。

赤いカンナの群落を曲がると、巨大な黒い影が目に飛び込んできた。

あっ、お寺が崩れる。

私はその瞬間そう思った。

そこには小さな寺があったのだ。黒い瓦は歳月の重力にたわみ、苦渋の叫びを上げて瓦解していくように見えた。

が、それは私の勘違いだった。

大きな堀を背にしたその寺は、濡れそぼっていたのである。黒い影は、濡れてユラユラと歪んでいた。

陽炎《かげろう》？

私は自分が目にしているものが理解できなかった。

違う。陽炎じゃない。濡れている。この寺は、すっぽりと水の檻《おり》に入っているのだ。

不思議な風景だった。小学校の頃、図画の授業で使っていた丈夫なビニールの水入れを思い出した。使っていない時は小さく畳める水入れ。水を入れると、直方体のケースになる。

目の前にあるものは、透明なビニールの巨大な直方体の水入れのようだった。その中に寺が一つ沈んでいる。しかし、どこにもビニールの壁はない。ひたひたと揺れる水の塊が、空気の中にそびえたっているという状態なのだ。

近付く勇気はなかった。いや、近付こうという考えすら浮かばずに、私はその場に釘付けになっていた。しかし、確かにそれは水だった。水の壁を通して、寺の屋根が、障子が、柱が揺れている。

いったい何だろうこれは？

突然、私が見ていることに気付いたかのように、水の壁の水位が下がり始めた。見る見るうちに、クリアな寺の姿が上から現れてくる。寺を覆っていた透明な壁がたちまちすーっと下がってゆき、あっという間に姿を消した。どうやら、それらの水は寺の向こうにある堀へと吸い込まれていったようであった。

とたんに、セミの声が私の周りを埋め尽くしていた。

私は、蒸し暑い昼下がりの、古く埃っぽい無人の寺の前に立っていた。

「どうした？」

目にしたものの衝撃の大きさに動けなくなっていた多聞の背中に、協一郎がのんびりした声を掛けた。

「あ――え――その、白雨がそれを――」

多聞は、自分の声を聞いて、自分がかなり動揺していることに気が付いた。

「なんだ」

協一郎は多聞の肩ごしに、三和土に落ちているものをのぞきこんだ。

白雨はもう自分が運んできたものに興味を失ったのか、廊下に所在なげに落ちている多聞の濡れた靴下を足拭きマットにしてから、ぺたぺたと寝床へ姿を消した。

協一郎はじっと灰色の塊をのぞきこんでいる。

多聞は彼の横顔を見守った。驚いたことに、協一郎の顔に驚愕はない。

「――できそこないだな」

協一郎はぼそりと呟き、大きくかがみこむとその小さな塊を拾い上げた。

「あっ」

多聞は声を上げた。

「よく見ろ。これは、本物じゃない」

「えっ？」

多聞はようやくよろよろと立ち上がると、協一郎の意外に綺麗な掌に載せられたそれを見た。

あれっ、と思う。

確かにそれは人間の耳そっくりだった。まず色が自然だ。そして、微妙なラインもゴムのおもちゃのような曖昧《あいまい》さがない。中に血管や筋肉を感じさせる、一分のスキもない精巧さだ。しかし、その巧みな仕事は途中で放棄されていた。耳の下三分の一が、のっぺりと餅を伸ばしたように平らなのである。

「本当だ。でも、すっごくよくできてますね。まるでハリウッドのSFX工房で造ったみたいだ」

ようやく落ち着きを取り戻し、多聞は協一郎の手からその『耳もどき』を取り上げた。

ひやりとした感触も、ぞっとするほど本物に近い。

「白雨、いったいどこからこんなものを」

多聞は廊下の隅の籠《かご》に入った古いクッションで丸くなる白雨に目をやった。

「あいつには才能があるのさ」

協一郎は、多聞をキッチンに手招きした。

「君に見せたいものがある。さっき藍子が冷蔵庫を開けた時は焦ったな」

協一郎はおもむろに冷蔵庫を開けて、小さな茶色い紙袋を取り出した。

「なんですか、これ」

「出してみな」

紙袋の中身をテーブルにあけた多聞は、再び飛び上がる羽目になった。

「こ、これは」

指だ。

指が一本、テーブルの上に転がっている。

カセットコンロに載った土鍋や皿の隣に指がころんと転がっているのは、なんだか滑稽でグロテスクな眺めである。

やはり精巧な造りだ。爪の伸びかけたところの白い部分といい、うっすらと表面を走る縦の筋といい、ホラー映画の小道具としては申し分ない。しかし、これもまた、完成間際にやる気を失ったかのように、根元の方は伸びた餅の状態だった。

「同じ作者に見えます――けど」

多聞は手に持っていた耳をそっと指の隣に置いた。まるで、食べ残しみたいだった。

「恐らく、な。こいつも、二日ほど前に白雨が拾ってきたのさ」

多聞は指と耳を取り上げて、匂いを嗅いでみた。全くなんの匂いもしない。

「これ、なんでできてるんでしょうね？」

「よく分からないが、有機物であることは間違いない。その証拠に、四、五日もすると縮んでなくなってしまうからな」

「え？　消えちゃうんですか、これ」

「うむ」

「交番とか大学に持ってってみるとか」

「なんて言って？」

「猫が拾ってきたって」

「考えないでもなかったがね」

そう言うところを見ると、協一郎はこれを誰にも見せていないらしい。

「高安さんにも見せてないんですか？」

「うむ。だいたい、これは人間の一部じゃないんだから、ただのゴミなんだよ。どこに、なんの必要があって届けるんだね？」

「うーん。でも、作者を知りたいじゃないですか。これだけの腕があれば、ぜひ形成外科か特撮映画への道を勧めたいですね」

どちらからともなく、二人は再び飲み始めた。

「本当に、作者を知りたいかね？」

協一郎が脅すように多聞の顔を見た。

「ええ」

多聞はあっけらかんと答える。

「それがこのゲームの答なんですか？」

「さあね。だといいんだが」

協一郎はそっけなく返事する。

多聞は頭の中がやけに覚醒してきていた。ホテルの入口の明かりの逆光の中の藍子。

「四、五日で消えてしまう――つまり、先生は、これと似たようなものを前にも見たことがあるわけですね？」

協一郎は小さく頷いた。

「他にも見つけてる人はいないんでしょうか？　こんなギョッとするようなものがあちこちに落ちてたら、話題になりそうなものですが」

「私の知ってる限りではいない」

多聞は改めてしげしげと指と耳を見た。昨日、今日と歩き回り舟で巡った箭納倉の街並みが頭の中に次々と浮かんでくる。いったい、二、三時間も歩けば一回りしてしまえるようなこの街のどこにこんなものが隠されているというのだろう？　道端の柳の木の根元に落ちているとか？　橋の欄干に引っ掛かっているとか？　茄子畑の隅っこから掘り起こしてくるとか？

「それに――それは落ちてるんじゃない。見れば分かるだろう」

協一郎は酒を注《つ》ぎながらぶっきらぼうにテーブルの上の二つの塊を指さした。

「え？」

「それは、白雨が嚙みちぎってきたものさ」

「嚙みちぎって――何から？」

多聞はぽかんとして尋ねる。

協一郎はまだ分からないのか、という顔で吐き捨てるように答えた。

「本体からさ」

「本体って――つまり」

多聞はそこまで呟いてハッとした。

「まさか、まるごとこれでできた『人間もどき』があるってことですか？」

突然、頭の中に絵が浮かんだ。古い住宅街の、ひっそりした小さな工場の暗い倉庫の中に、錆びたストレッチャーに載せられた白い身体。それは、若い男性で、丸坊主で、裸である。

ひんやりと冷たく、ずっしりと重い『人間もどき』が、この街のどこかに横たわっているとしたら。

　背筋がぞくりとした。

「まさか、そんな。そんなものが」

　ストレッチャーの脇には、人影がある。顔は暗くて見えないが、ぼんやりとそこに佇《たたず》んでいる。恐らく彼は目の前の物体を造り上げた人物なのだ。

「先生は、その本体を見たことがあるんですか？」

　多聞は青ざめた顔で恐る恐る尋ねた。

　協一郎は左右にはっきりと首を振る。

「どこかにあるはずなんだ。でも、見たことはない。白雨を何度かつけてみたこともあるんだが、相手は猫だからね。いつも見失っちまう」

「じゃあ、他の犬や猫が咥《くわ》えてきたことは？」

「不思議なことに、それも聞いたことがない。白雨に才能があると言ったのはそのせいさ。なんせあいつは」

　協一郎は言いかけて突然やめた。

「あいつは？」

「いや、なんでもない。白雨はずっと前にやっぱり『耳もどき』を持ってきたことがあった。飛び出していて柔らかい部分だからちぎりやすいんだろう。今回は、去年の後半辺りからしばしば持ち込むようになった」

「去年の後半——続いて起きている失踪事件と関係あるんですか？」

「その因果関係はよく分からない」

多聞は、一瞬笑いだしたいような衝動を覚えた。いやあ手の込んだ冗談ですねえ、こんな小道具まで用意して、と協一郎の肩を叩きたかった。だが、目の前にある物体は目をつぶってもなくならず、悪戯で造るにはあまりにも精巧で手間も費用も掛かっていることは歴然としている。多聞はふと、別のことに気が付いた。

「前も耳を持ってきたということは——そいつは何体も存在してるってことですかね？　何年間も？」

町工場の中のストレッチャーが増えていた。暗い倉庫に幾つものストレッチャーがひっそり並んでいるところが浮かんできて、思わず腰を浮かせてどこかに逃げ出したくなる。

「先生、これって、かなり怖い状況ですね」

「そうだろ？　気に入ってもらえたかね」

「気に入るも何も——いったい、こんなものを幾つも誰が造ってるんですか？　まさか自然発生するわけないし」

　多聞はパニックに陥りかけた自分を励ますかのように日本酒を一気に飲んだ。鼻にツンと来る刺激に、よけいパニックが増幅されただけだったが。

「自然発生するわけない――か」

　協一郎が自分に言い聞かせるように呟いた。

　その口振りに引っ掛かった多聞は訝《いぶか》しげに尋ねた。

「こんなものが自然発生していると？」

　協一郎は一瞬遠くを見るような目付きをした。

「箭納倉には、古くから河童が棲《す》んでいるって伝説があったな」

「河童？　あの、頭にお皿のある？」

「そう。熊本の球磨《くま》川から天草灘を渡ってきて、箭納倉の堀の三か所に住みついたって話だ」

　河童にでも引かれたかね。

　突然、多聞の脳裏にインタビューのテープの声が蘇ってきた。失踪者の一人の声だ。しかし、河童と目の前の物質がどう結び付くというのか。

「最近、河童は宇宙人だったたってファンタジー映画がありましたけど――河童の仕業だなんて言い出すわけじゃないでしょうね」

「そんなことは言わんよ。ただ、昔から天変地異や病気や災害を、怪物にして言い伝えてきたのは確かだからね。ヤマタノオロチは氾濫する暴れ川のことだったって説もあるくらいだし。だから、河童も何か口では説明できない別の現象を表現するのに当てはめた可能性もあるんじゃないかと思ってね。その現象がこの件に関係しているというつもりではないんだが、今急にふっと思い出してね」

「河童が表す現象――単純に考えると、水にはまって不慮の死を遂げることだと思うんですけど。河童って、右と左の腕が繋がってて、片方の腕を伸ばすともう片方の腕が縮むって聞いたことがあります。それで、その長い腕で人間を水の中にひきずりこんで尻子玉《しりこだま》を抜くんでしょう？　尻子玉ってなんなんですかね、ずっと不思議に思ってたんだけど。腸のことでしょうか？　それとも、魂みたいな意味なのかな」

「さあね。とにかく、長い間人々の口に上らせるだけの力があるということは、やはり何か元になるような事件があったってことだ」

「ここ、昔から今回みたいな失踪事件が多かったんですか？」

「え？」

協一郎がギクリとしたような顔で多聞を見た。

先生は、まだいろいろな情報を隠しているようだ。多聞は、今は押してみるべきだと判断した。

「高安さんからちらっと聞きました。先生の弟さん夫婦も、同じような状況で戻ってきてらっしゃるそうですね。失踪者の一人が言ってましたね。『河童にでも引かれたかね』って。失踪者の家はみんな堀に面している。弟さん夫婦の家もそうです。先生の考えてらっしゃる『河童』とは、堀のそばに住む人間が失踪することなんじゃないですか？　実際に河童が人間を堀にひきずりこんでるとは思えないけど。先生は、この失踪事件と、白雨が持ってきたこの物体は関係あると思ってるんでしょう？」

協一郎は盃を持ったまま、つかのまじっとしていた。

「ヒントが多すぎたかな、今回は」

「僕でもそれくらいは分かりますよ」

多聞は協一郎の盃に酒を注いだ。

「弟の話は明日にしよう。今日はいろいろあったからな」

「そうですね。とりあえず、事件は忘れて飲みましょう。あの、もうこれしまってもいいですか？　夢に見そうで」

多聞は苦笑しながら、テーブルの上の指と耳を紙袋に入れ始めた。

夢は見なかったが、いささか飲みすぎて翌日は鈍い頭痛とともに目覚めた。

窓べのサボテンたちの向こうの空は、相変わらずの曇天である。そのせいか、どうも新しい朝が来たという気がしない。しかし、よく眠ったお陰で昨夜の恐怖はどこかへ追いやられていた。

ひょっとして、あれは夢だったのではないだろうか。

希望的観測を込めてそっと冷蔵庫を開くと、あの紙袋が奥に押し込まれていた。

多聞は小さく溜め息をつきつつ扉を閉める。

「藍子は午後からここに来るそうだ」

コーヒーを運んできた協一郎が独り言のように呟いた。

滞在三日目になると、特に目新しい話題もない。二人はのんびりと古いレコードを掛け、新聞や本を読んで過ごした。もちろん、この曖昧な時間は、問題を棚上げにしているだけだと互いに承知しているのだが。

不思議な時間だった。何かの事件に巻き込まれているらしいのだが、果たしてそれが急を要するものなのか、それとも長い出来事の中の一場面なのか分からない。じりじりとどこかで何かが進行しているようなのだが、今はこうして寛《くつろ》いで新聞を広げている。

『ミンガス・アット・カーネギーホール』を聴いていると、玄関のチャイムが鳴った。

時計を見ると、十一時である。藍子にしては早すぎる。

協一郎が出た。

地元の人らしい中年女性の声が聞こえる。多聞はステレオのボリュームを下げた。

ぼそぼそと喋る二人の声が廊下の壁を伝わってくる。

「昨日の朝はいらっしゃいましたよ」

「ですよね。私がおととい来た時はいつも通りで、特に具合の悪いような様子はなかったんですけど。でも、お留守のようなんです」

「それは変ですね。二人揃ってどこかに出かけるなんて話は聞いてない」

「あの、申し訳ないんですけど、私、鍵はお預かりしてますので、一緒に入っていただけませんか」

「お安い御用ですよ」

協一郎がサンダルを引っ掛けて外に出る気配がした。

多聞は膝の上にいた白雨を抱いて玄関に出た。

紫色のエプロンをした女性と協一郎が隣の家に歩いていくところだった。耳の遠い老夫婦が住んでいるという家である。どうやら、隣の家に通ってくるホームヘルパーの女性らしい。

どうしたんだろう？

好奇心を覚えた多聞は、こっそりと靴を履いて外に出た。

雨は降っていなかったが、足元は水溜まりにぬかるんでいた。茶色い水に家の屋根がさかさまに映っている。

二人は玄関の方に回っていった。多聞もそれに続く。

玄関の前に、小さな鉢植えがたくさん並べてある。それらも雨に濡れ、鉢の中に水が溜まっていた。

女性はベルを押し、「飯田さん。飯田さん、お留守ですか。井上です」と何度か声を掛けた。しばらく待つが、家の中からは何の反応もない。

女性は協一郎の顔を見て頷くと、緊張した面持ちでポケットから鍵の束を取り出した。がちゃがちゃと鍵を回し、ドアを開ける。

こもった空気と、かすかに線香の匂いがした。

ヘルパーの女性は勝手を知っているようで、すぐに玄関の電気を点け、協一郎とともに中に上がった。多聞もあとについていく。懐かしい匂いがする。協一郎の家と同じ造りなので、デジャ・ヴを見ているような奇妙な感じがした。

二人は奥の和室に入っていく。

年寄りの家というのは、なぜ小さく感じるのだろう。世界が縮んだような感じ、壁や天井が迫ってきているような感じがするのだ。それは恐らく、彼等の把握している世界がもうそれだけの大きさになってしまっているからだろう。

奥をのぞきこむと、二人は和室の中に立ち尽くしていた。

部屋はもぬけの殻だった。しかし、最近まで人のいた気配は濃厚だった。ずっと敷いてあるらしい布団には人の寝ていたような形に丸く跡ができているし、小さな合板のテーブルの上の湯飲みのそばには錠剤の包みが広げてある。座椅子には赤い膝掛けがちょっとだけ押し退《の》けたふうに置いてあり、枕元の煙草盆には老眼鏡と毛糸の帽子が載っていた。

色褪せた緑色のカーテンは半分だけ引かれていて、曇ったサッシュが少しだけ開いていた。

その様子を見て、協一郎とヘルパーの女性は不穏な予感を抱いたようだった。出歩くのもままならぬ老人が、眼鏡を置いて出ていくとは思えない。

「飯田さん」

協一郎がよく通る声で叫んだ。二人は家の中をあちこち見て回っている。多聞はそうっと布団を踏まないようにサッシュの方に移動した。製薬会社の名前の入ったティッシュボックスを蹴とばしてしまう。

少しだけサッシュを開けて、庭をのぞきこんだ。隣家との間に一間くらいの長さの木の塀があり、錆びた物干し台が置いてある。物干し台の下は、大きな水溜まりになっていて、家の周りは池のようになっていた。その池は裏手の茄子畑へと延びている。

多聞は白雨を抱いたまま外へ出た。

沈み込む足元に気を配りながら、茄子畑へと歩いていく。

小さな池は、一メートルくらいの幅で茄子畑の畝《うね》の間に続いていた。降り続く雨で、水溜まりが繋がってしまったのだろう。

多聞は足を止めることができずに、水溜まりに沿って歩き始めた。

今日も街は静かだ。遠くの道路を車が走る音はするものの、それ以外の場所は相変わらずひっそりとしている。

土の匂いと、植物の匂いと、水の匂いが混ざりあって全身を包み込んでいる。身体のどこかの眠っていた部分が覚醒しつつあるのが分かる。生きている。こいつらは、みんな生きている。そういう実感がじわじわと染みてくる。

水溜まりはとぎれることなくひっそりと続いていた。畑の終わったところを曲がり、小さな屋敷林を抜けると、茶色い水溜まりは黒い水を湛えた静かな掘割にちょろちょろと流れ込んでいた。

協一郎とヘルパーの女性が交番に行っている間、多聞は一人、協一郎の家で待っていた。

堀のそばに住む人間が失踪する。

この事件はそのシリーズの一部なのだろうか？

多聞は、もう何杯目か分からないコーヒーを飲みながらソファの上に胡座をかいていた。

隣の家の庭先から堀まで水溜まりが続いていたという事実が何を示すのかは分からなかったが、とにかく隣人がこれまで起きた数件と同じような状況で姿を消したことは確かだった。

協一郎もショックを受けているのではないだろうか。わざわざ堀から離れた家に引っ越してきたのは、彼が堀を警戒していることを示している。その彼の隣の家で、こういう事件が起きてしまったのだから。

多聞は戻る時にさりげなく協一郎の家の周りをチェックしていた。水溜まりはあったものの、隣の家のようにどこかに繋がっているということはなく、今のところ堀に続きそうな大きなものは見当たらなかった。しかし、これからも雨が続けばどうなることか。

玄関のチャイムが鳴る。ハッとして時計を見ると、もう一時を回っていた。

「こんにちはー。あれ、お父さんは？」

藍子が入ってくる。緑色のTシャツの上にジージャン、カーキ色のコットンパンツという格好で、いきなり学生時代に引き戻されたような気がした。

「今ちょっと交番に行ってる」

「交番？　どうしたの、泥棒でも入ったの」

藍子は目を丸くした。

「いや、そうじゃないんだ」

多聞は説明した。

「そうなの——お隣さんが」

藍子は気味が悪そうに玄関の扉の方を見た。

まだ、私にも藍子の役割はよく分からんのだ。

藍子の横顔を見ながら、多聞は協一郎の言葉を思い出していた。

あれはどういう意味だったのか。藍子をこのゲームにひきずりこみたくないという意味だったのだろうか。しかし、昨夜の話から判断するに、藍子は協一郎の知らないずっと前からこのゲームに加わっていたように思える。

多聞は決心して口を開いた。

「藍子ちゃんは、箭納倉で連続して起きてる失踪事件のことを知ってる？」

「え？」

藍子は意表を突かれたようだった。そこで、多聞はできるだけ淡々と穏やかに、自分が知っていることを話した。協一郎の口からはまだ聞いていないが、協一郎の弟夫婦が失踪したことを知っていることも話した。藍子は大きな瞳でじっと多聞の顔を見つめながら聞いている。

話し終えると、多聞はなんとなくホッとした。恐怖を和《やわ》らげるには、人に話すのが一番だ。出口の見えない、説明のつかない事件だけに、口にしただけでぐっと肩が軽くなったような気になる。

「じゃあ今度も」

藍子はぽつんと呟いた。

「戻ってくるのかしら」

多聞はハッとした。そのことを忘れていた。今までの様子を見ると、失踪者はだいたい一週間から二週間で戻ってきている。

ひょっとすると、戻ってくるところを見られるかもしれない。

そう考えるとなんとなくドキドキしてきた。

「藍子ちゃんは、戻ってきた叔父さんたちに会っているの？」

「ええ。何回かはね。でも、もともとあまり顔を合わせたことがなかったから、そんなに親しくはないわ」

藍子はどことなく歯切れの悪い口調で答えた。急にそわそわし始めると、立ち上がってコーヒーを注ぎ、カップを持ってソファに戻ってきた。

「ねえ、多聞さん。『盗まれた街』って小説読んだことある?」

藍子はちらっと横目で多聞を見た。

「ああ、ジャック・フィニイの? 昔読んだことあるけど、細かいことは忘れちゃったな。『ボディ・スナッチャー』って映画の原作でしょう。石ノ森章太郎の漫画にリメイクしたのがあって、そっちの方が印象に残ってるよ。宇宙から来た種子が、人間そっくりに化けて本人に掏《す》り替わってしまうって話でしょ」

「そう。あたし、高校生の頃に読んだわ。地下室に入ると、空豆そっくりの莢《さや》の中に、人間になりかけたものが入ってるって場面が強烈で、毎年空豆の季節になって豆をむく度にあの小説を思い出すの」

「うん、漫画の方もそうだったな」

不自然な間があった。

多聞はきょとんとした顔で藍子の顔を見る。『盗まれた街』を引き合いに出した時点で、すぐに気が付くべきだった。

藍子はコーヒーカップの中の黒い液体を見ながらゆっくりと言った。

「戻ってきた叔父さんたちは、本当の叔父さんたちじゃないわ」

「え？」

藍子は乾いた目で多聞の顔を見た。

「そっくりだけど、にせものよ」

「ま、まさか。そんなことがあるはずないじゃないか」

反論しながらも、多聞の意識はキッチンの隅にある冷蔵庫に引き寄せられていた。

あの中に茶色い紙袋がある。人間そっくりの精巧なパーツの入った小さな紙袋が。

藍子は何も言わなかった。気まずい沈黙が部屋に落ちる。

そこへ、すうっと白い影のように白雨が入ってきた。

「あ」

藍子が目をやる。

「これが白雨？」

「そうだよ」

白雨は藍子を無視して、一直線に多聞のところにやってきて膝に登った。

藍子はどことなく敵意を滲ませた視線で白雨を見つめる。

「これは――白秋の子供ね。よく似てるわ」

「白秋？」

藍子は白雨から目をそらさない。白雨も、金色がかった灰色の目で藍子を見つめ返す。

「叔父さんたちは、一匹の猫を飼っていたの。名前は白秋。実は、叔父さんたちが失踪した時、飼っていた猫もいなくなったの。一週間経って叔父さんたちが記憶を失くして戻ってきた時、一緒に猫も帰ってきたわ」

白雨がニャーとけげんそうに鳴いた。自分に関係のある話題になっていることに気付いていたのかもしれない。

多聞は白雨を抱いたまま、藍子の話に聞き入っていた。膝の上の白雨がどんどん重くなる。

「そのあと、叔父さんたちが仕事の関係で福岡に引っ越すことになった時、賃貸マンション暮らしになるからとお父さんが東京に白秋を引き取ったの。とても利発な猫で、行儀がよくて、お父さんもすごく可愛がっていたわ」

藍子は言葉を切った。白雨はますます重くなってゆく。

「でも、何匹か子猫を産んだあと、どこかで除草剤を撒《ま》いた草か何かを食べたらしくって、苦しんで死んでしまったの。お父さん、がっかりしてたわ。ペットの死体って、保健所でも引き取ってくれなくて、ただのゴミ扱いになってしまうんですって。お父さん、ショックだったみたい。白秋をゴミとして処分するのに忍びなかったのね。あたし、知り合いのお寺で動物の供養をしてくれるところを知ってたから、そこに頼んで、お父さんと一緒に白秋のお葬式に出たわ」

藍子はコーヒーを一口飲んだ。

多聞はただじっと次の言葉を待っている。

「ペット専用の火葬場があるの。いえ、火葬場というよりも火葬車かしら。トラックの中に小さい焼却炉を積み込んであって、移動先でもペットを焼くことができるようになっているの。お花を供えて、お父さんと二人で白秋が焼けるのを待ったわ」

藍子は遠い目になった。

「白いトラックでね──一時間半くらい待ったかしら。ちゃんとお骨も拾うように、準備がしてあった。予定の時間に係員の人が焼却炉のドアを開いたわ」

白雨の灰色の瞳が、じっと藍子を見つめている。

「信じられる？　何も残ってなかったの。タールのような黒い液体がどろりと少し残ってるだけ。骨はひとかけらもなかった──骨らしきものも。係員の人もびっくりしてね。こんなことは初めてだって──温度もいつも通りで、もしめいっぱい温度を上げたとしても何も残らないことは有り得ないって——」

藍子はゆっくりと多聞の顔を見た。

「お父さんが箭納倉に引っ越す決心をしたのは、そのすぐあとだったわ」

chapter VI

私は、一目見た時からその男に興味を持っていた。

なぜかは分からない。だが、本屋に積んである新刊の中の一冊を見て、これは面白そうだとパッとひらめくように、初めて見た時、この男は『読み応え』がありそうだと感じたのである。

私は、見た目通りの単純な男だ。自分で言うのもなんだがすくすくと育ち、子供の頃からスポーツ好きで学生時代も体育会系のクラブでスポーツ漬けの生活を送った。成績も悪くなく、情緒もいたって安定していた。青春時代の鬱屈《うつくつ》や自意識過剰の迷路に陥ることもなく、平らな道をすたすたと歩いてきたと思う。しかし、自分がそういうタイプだったからこそ、私はそうでないものに強い興味を持っていた。つまり——いわゆる、『悩める青春』や、『感情のもつれ』や、『人間の心の闇』といったものにだ。

子供の頃から他人が羨ましかった。くよくよしたり、コンプレックスに苦しんだり、憎悪を必死にこらえたりという、どろどろした青春を謳歌している連中が。そういう連中は、私にとっては『自分』というものを楽しんでいるように見えたのである。彼等が、あたしって、私俺なんか、と一人称を飽きずに繰り返しているさまは、私には莫大なエネルギーを無駄に使っているとしか思えなかった。私は、ああいうふうには自分のことを楽しめなかった。そこまで自分にエネルギーを使えなかった。私は自分の性能をよく知っていた。あとは、その使い道を考えるだけである。彼等のように自分を楽しみたいとは思わなかったが、なぜ彼等がそうするのか、どういうふうに楽しむのかが知りたかった。

読書が好きだった。もちろん、自分が経験したことのない『悩める青春』や『感情のもつれ』や『人間の心の闇』を知るためだった。読めば読むほど、もっと知りたくなった。やがて、私は現実に存在する者たちを『読む』方が面白いことに気付いた。目の前で動き、話し、活動している者たちを『読む』方が遥かに複雑でスリリングだった。当然のことながら、すぐに読み終わってしまう人間もいるし、なかなかページをめくることのできない人間、読んでも読んでも次の章がある人間、とさまざまだ。『読む』ことに対しては貪欲な私は、たちまちもっと『読み応え』のあるものを求め始めた。もっと長い本、もっと面白い本を。その強烈な興味が、私にこの仕事を選ばせたと言えるだろう。

おまえには先入観がないな。

この仕事を始めてから、しばしば周りにこう言われる。それは、だいたいは褒め言葉であり、時に皮肉であったりした。同僚のほとんどは、正義感や使命感、文章修業、あるいはただ功名心や社会的地位やマスコミだからという目的でこの職業を選んでいた。

私とは違っていた。私は、とにかく一人でも多く『読み応え』のある人物に出会うことを望んでいただけなのである。

最初は次々と会う人々を『速読』することに興奮していた私も、ここに赴任してきてからは、同じ本を何度も読んだり、ゆっくり味わって読む面白さが分かるようになってきた。そんな時に現れたのが、その男だったのである。

どうやら、二枚貝らしい。

マテ貝に似ているような気もする。

しかし、問題なのは、その小さな楕円形の土色の貝殻から長く太く伸びているぐにゃりとした棒状のものだった。それは、貝殻の三倍ぐらいの大きさがあった。むしろ、直径五センチ、長さ三十センチの柔らかな棒のはじっこに、薄い貝殻がくっついていると言った方が正しい。

「これ、何？」

白い発泡スチロールの箱の中に整然と並べられた、土色の奇妙な物体を指さして、多聞は恐る恐る尋ねた。藍子は小さく首をかしげる。

「貝よ。名前は忘れたけど、こっちの地方に特有の貝。この長い水管を、茹《ゆ》でて食べるんじゃなかったかしら」

さすが料理屋の女将だけあって、この不気味な形状にも動じる様子はない。

「そうか、水管かあ。こんなでかい水管、初めて見たな」

多聞は久しぶりに使う単語に感心したように呟いた。

魚屋の店先である。何気なく目をやった多聞は、見たこともない物体が並んでいるのに驚いた。大きな貝が入った箱が幾つも並べられている。普段東京の魚屋で見ている、尾頭付きの魚やマグロはほとんど見掛けない。しかも、貝といってもシジミやアサリではなく、身の大きな、不思議なものばかりである。

「やっぱり日本は広いなあ。みんな、いろんなもの食べてるんだなあ」

多聞は変なところに感動した。藍子がその様子を見てクスリと笑う。

「ワラスボって知ってる？」

「ああ、あの『エイリアン』そっくりな奴ね。あれって魚なの？」

「うーん、なんなのかしら。焼いて食べるのよね」

「ほんと、最初に見た時はびっくりしたよ。本当に、頭の形とか、歯の並び具合とか『エイリアン』そのままなんだもの。『エイリアン』のデザインをする前に、ギーガーはあれを見たことあったのかなあ。でも、なんだか嫌だよね。食べたあとしばらくしてから、胃袋嚙み破って出てきそうで」

「やだ」

藍子は苦笑して歩きだした。

風はなく、空は重い。堀を彩る柳の木々も、どんよりした葉をうなだれたように垂らしている。藍子がどことなく不安そうな表情で周囲を見回した。多聞にもその不安が伝わってくる。穏やかな街並み。行き交う人々。平凡な暮らし。

いったい、ここで何が起きているのか？

多聞は、昨夜協一郎と話しながら思い浮かべていた、町工場の倉庫の中のストレッチャーのイメージがふっと頭をよぎるのを感じた。

この街のどこかに、今も横たわっているのだろうか。自分が今吸っている空気と続いたどこかの場所に、あのひんやりした精緻な物体が存在しているのだろうか——

そんなことをぼんやり考えながらも、多聞はまだ心のどこかで疑っていた。これは悪戯なのではないかと。物的証拠は何もない。インタビューのテープと、あの、よくできた指と耳のレプリカだけ。あとは全て伝聞だ。それが本当だという証拠はどこにもない。藍子の話にしても、タール状になった猫を見たと言われただけで、それが事実なのかどうかも分からないではないか。

藍子は硬い表情で多聞の隣を歩いていた。協一郎は、週に一度、市民大学で歴史の講座を持っているということで、交番から戻るなりあたふたと出て行ってしまった。なんとも居心地の悪い宙ぶらりんの状態で残された二人は、無言でインスタント・ラーメンの昼食を済ませたあと、箭納倉の歴史の中に何かのヒントがないかと図書館を目指したのだった。

「分かってるわ。半信半疑でしょ、あたしの話。無理もないけどね」

藍子はひきつった笑みを浮かべた。

「うん。正直言って疑ってる」

多聞は素直に頷いた。藍子が睨み返す。

「でもね、大部分では疑ってるんだけど、どこかで確信してるんだよね。これは本当のことだって。なぜだろう。直感なのかな。人間の直感てどこから来るんだろう。いったいどこを見て判断するんだろう」

話しているうちに、多聞はそっちの方が気になった。

「やっぱり経験じゃないの？　知らず知らずのうちに、周りの状況から情報を得てるのよ。あたしだって、初めて来たお客が長いつきあいになるかどうか、だいたい一目見れば分かるもの」

「へえっ、それは凄いね。どういうふうに分かるの？」

「なんていうのかな——その人の輪郭がくっきりして見えるわね。長いつきあいのお客って、当然波長の合う人が多いわけでしょ。だから、初めて面と向かって話した時に、その人からあたしに向かって道が開けてるというか、その人の持ってる『気』があたしのところに流れてくるような感じがするの」

「女の人って、そういうオカルト的な話を日常レベルでするよね」

「あら、別にオカルトじゃないわよ。みんな大なり小なりそういう経験はあるでしょう」

「そりゃそうだけど。まあ、毎日いろんな人と会ってる料理屋の女将が経験から得た直感というのは信頼できるとして、じゃあ、子供の直感はどうなの？　経験も、情報処理能力も未熟だけど、子供の直感って凄いじゃない」

「子供はね——逆に、情報が極端に少ないから凄いんじゃないかなあ。例えば、母親の表情だけを頼りにしてるとかね。何か一点についての変化を感じとってるんじゃないかな。彼等にとっては、まだ感覚が新鮮だから、一つ一つの情報がとっても巨大なものなのよ。ある情報をどう扱うか全身で考える、みたいな」

「ふうん。情報が極端に少ない、か。それよりも、子供の受け取ってる情報って、僕らとは質的に違うんじゃないのかな。大人の情報と子供の情報って別のものでしょう。感じるものも必要とするものも。情報の処理の仕方も違う。僕、反抗期って、子供の情報処理のシステムから大人の情報処理のシステムに移行する時の混乱なんじゃないかって思うよ」

「多聞さんて、反抗期なかったでしょ」

「うん」

「あなたの場合、ほとんど大人の情報処理のシステムに移行してないんじゃないの？」

「そうかもしれない。でも、逆に最初から大人の情報処理システムを持ってたのかもしれないよ」

「ああ、そういうこともあるかもね」

たらたらと道を行きながら、こんな話をしていることに、どこか浮き世離れした気分になる。街の中心部を貫く、川下りのコースにもなっている堀に沿って、遊歩道が整備されていた。散歩大好きの普段の多聞なら大いにはしゃぐような、歩きやすく美しい道だ。しかし今は、遊歩道に寄り添う堀に見張られているような気がして落ち着かなかった。

今日も、不透明な重い水を湛えた黒い掘割は、確かな存在感を持ってそこにいた。いや、周囲に住む人間が入れ替わっても、彼等は数百年も前からそこにいたのだ。彼等にしてみれば、こちらの存在こそが取るに足らぬ不確かなものなのかもしれない。

「あたしの親友に、新潟の旧家の娘がいるのよ」

急に藍子が話し始めた。

「あの辺の豪農って、こっちの想像を絶するものがあるわね。山を幾つも持っていて、そこを管理する人たちを何代も雇ってて、何が入ってるか分からない蔵がたくさんあって。しかも、ちゃんと自分たちの富を地域の人に還元してきたの。今でいう社会事業ね。道路を整備したり、学校を建てたり、見込みのある子供には奨学金を出して上の学校に行かせてやる。もちろん、戦後の農地改革で随分財産を失って、今の屋敷も財団法人にして保存という形になってるんだけど」

なぜか多聞は、掘割がじっと耳を澄ませて藍子の話を聞いているような気がした。

「彼女の話、面白いのよ。ちょっと多聞さん的。いろいろあるんだけど、あたしが一番印象に残ってるのが、晴れた日に女の子と遊ぶ話なの」

「女の子と遊ぶ話？」

「そう。とにかく大きなお屋敷でしょ。だいたい使用人がどこかにいるんだけど、時々彼女の目の届く範囲から全く人がいなくなってしまう時があるんですって。彼女は四人きょうだいの末っ子で、上の三人の男の子とは年が離れてるのね。男の子たちは揃って外に遊びに出てしまうから、彼女はいつも一人で遊んでたわけ。それで、誰もいない、風のない晴れた日に限って、どこからともなく一人の女の子が現れたそうなの」

「風のない晴れた日に限って？　雨の日とかは駄目なの？」

「そう。なぜか、風のない晴れた静かな日だけ。最初はね、たったったったって縁側を歩いてくる子供の足音が聞こえたんですって。それで、彼女の部屋の、廊下に面した障子に子供の影が映る」

その情景が目に浮かんだ。部屋の中で、一人遊びをする少女。明るい縁側の閉じられた障子。ぽっかりと浮かぶ黒い影。

「で、その子、香澄っていうんだけど、障子の向こうから女の子の声がするのね。『かすみちゃん、ちょうちょつかまえに行こうよ』って」

「ねえ、これって怪談？」

多聞はなんとなく肌寒さを覚えて恐る恐る尋ねた。藍子は笑って首を振る。

「違う違う。怖くないってば。彼女は使用人か誰かの子供だと思うから、障子開けるでしょ。でも、驚いたことに、そこにいた女の子というのが、彼女と同じ年くらいの身なりのいい子供なんだけど、金髪に緑色の目なんですって」

「でも、彼女への呼び掛けは日本語だったわけでしょ」

「そう。言葉は日本語だけど、見た目は完璧な外国人。彼女は当然驚いたけど、子供だし、言葉は通じるし、誰かが連れてきたんだろうと思って遊んでたそうなの。彼女は内向的な子供だったから、『おうちで遊ぼうよ』って言って、人形や折り紙で暫《しばら》く遊んだのね。で、二時間くらい遊んだら、その子はまたすうっと立って障子を閉めて、走ってどこかに行っちゃったんですって。そうしたら、そのあとどやどやと出かけてた家の人が帰ってきて、彼女がその子のことを説明したら、誰もそんな子供は知らないと言うの」

「へえ。外国人のざしきわらしっていうのは珍しいねえ」

「でしょ。彼女も不思議だなあと思ったけど、そんなに深く考えなかったらしいわ。でも、そのあとも何回かやってきて一緒に遊んだそうよ。いつも、『ちょうちょうつかまえに行こうよ』って来るんですって。彼女はいつも『おうちで遊ぼうよ』って返事して中で遊んでたんだけど、もし『うん』と言ってその女の子についていってたらどうなってただろう、って今でも時々考えるんだって」

「もしかして蝶々の幽霊だったんじゃないの」

「まさかあ」

「でもさ、風のない晴れた日っていうのは、蝶の飛ぶ日としては最適じゃない？　蝶って、少しでも体温が下がると飛べないっていうから。その女の子がいつも風のない晴れた日に現れたっていうのはそういう理由かもよ。それに、古くから日本じゃ蝶は死者の使いってことになってるじゃない」

「ああ、聞いたことがあるわ。蝶は人間の霊魂の象徴だって話でしょ。でも、蝶々の幽霊じゃあんまりサマにならないわねえ。外国人だし」

藍子は不満そうな顔である。

「なんでそんな話急に思い出したの？」

多聞が尋ねると、藍子はちょっとだけ押し黙った。

「彼女、全くそういうところはないのよ——いわゆる超自然的なものにのめりこむようなところは。今はバリバリの研究者で、人工知能と日本語の関係を調べてるの。で、彼女が真面目な顔で言ったことがあったのよ。日本人の脳は、虫の声とか雨の音とか、本来人間の脳が雑音として処理すべきものを情緒的な部分で聞いているって有名な話があるでしょう。あれが他のことでも言えるんじゃないかって」

「他のことって？」

「つまり、本来はただの事象として処理すべきことを別の意味付けをして情報処理しているがために、普通は見えないはずのものが本当に見えているということがあるんじゃないかって言うの」

「平たく言うと？」

「例えば、赤外線カメラみたいなもの。真っ暗で何も見えない、人間はそれでいいはずよね。実際、能力を超えているんだから。でも、赤外線カメラは違う。闇の中のものも見える。人間の目とは別のアプローチで、目の前の情報を処理しているから。同じように、周囲から受けとる情報を自分の中で処理する時に、通常とは違う組み立て方をする人は、幻ではなく本当に別のものが見えるんじゃないかって。分かる？」

「それって、超能力とは違うの？　人間が赤外線カメラなみの視力を持ったら、それは超能力っていうんじゃないの」

「そういうニュアンスじゃないの。あくまで情報の取捨選択の仕方が違うだけなのよ。えーと、例えばね。うちの旦那とつきあい始めた時に、東京で当時人気のあったレストランに行ったわけ。たまたまその日はとても空いてたのよ。あたしは混んでなくてラッキー、って喜んだんだけど、旦那は一言ぼそっと『これじゃあ人件費も出ないな』って呟いたのよ。ああ、商売人というのはこういうものかと驚いたのがとても印象に残っててね。彼は飲食店に入った時に、同じものを見てても全然考えてることや読み取ってることが違うわけ。あたしはテーブルの上に飾ってある花を見てもああ趣味がいいなと思うだけでしょ。でも、彼は店の場所や周囲の環境をチェックして、賃料が幾ら花代幾らクリーニング代が幾らと自然と値踏みしてるの。これはとっても大雑把な例だけど、同じ環境に置かれても、周囲から得る情報の取捨選択を、人間の見るという行為の無意識のレベルで行ってるんじゃないかってこと」

「ああ、なるほど」

「そういうふうに考えると、何が確かに存在するものかなんて分からないと思わない？　そもそも見るということが本当は主観的なことでしょ。どんなに頭のいい人だって、どんなにお金持ちだって、しょせん他人が見ているもの、感じているものは一生体験することができないんだもの」

「うーん。だから、面白いんじゃないのかなあ。みんな互いに考えてることがばっちり分かるんだったら、言葉も文字も発達しなかったかもよ」

「多聞さんらしい考え方ね」

「あ、あそこじゃない、図書館」

多聞は前方に見えてきた新しい建物を指さした。

その建物には見覚えがあった。川下りの途中で見掛けた、街の中心部の堀に面したまだ新しい建物だった。入口の柱に、ピンクのリボンを付けた毛の長い子犬が、主人を待っているのか、ぽつねんと繋がれて退屈そうにしている。

市の博物館を兼ねているらしく、中の区切られたブースに、掘割の歴史を説明するコーナーがある。映像資料も充実していて、多聞と藍子は神妙な顔で箭納倉の歴史を拝聴した。先日の協一郎の説明とほとんど同じだ。が、多聞は一つだけ先日の彼の説明に抜けていた点を発見した。箭納倉城が『水の城』と呼ばれていた所以である。協一郎は、堀に囲まれた城だからという話しかしなかったが、本当はもっと大きな理由があったのだ。つまり、敵が城の近くまで迫ってきた場合、普段水を堰《せ》き止めている水門を切って、城のある高台を除いた城下一面を水浸しにしてしまうという、捨て身の大技があったのだった。実際にそれを用いたことはなかったようだ。もっとも、そんな大技を使ったことがあったら、今の形で箭納倉が残っていることはあるまい。

「いい図書館ねえ。こんなのが近所にあったら、あたし、毎日通っちゃうような」

藍子が感心したように、居心地のいい図書館が奥に繋がっていた。天井が高く、ゆったりと本棚が並べられているし、雑誌も充実している。高い壁に大きく採光のための窓が取ってあって、読書スペースも豊富だった。隠居の身らしい男性が何人か窓際のソファに腰掛けて新聞を読んでいる。子供の本と彼等の読書スペースが大きく取ってあるが、まだ下校時間前のせいか、学齢に達していない幼児と母親が静かに絵本をめくっているだけだった。

図書館に入ると、いつもホッとする。静謐《せいひつ》な空気。いつもきちんと並べられた書物。頼もしき秩序。なぜか、護《まも》られているという安心感がある。

二人は思い思いに本棚の間をさまよっていたが、やがて郷土史のコーナーに引き寄せられていった。全国の掘割のある都市が連携して発行している雑誌。有明海の生物の図鑑。詩人や作家の多く住んだ土地らしく、純文学の同人誌も目についた。

二人はそれぞれ本や雑誌を手に取って、自分たちが探していると思われるもの——それが何なのかは、二人にもよく分かっていなかったのだが——を求めてひたすらページをめくり続けていた。

多聞はそれとなく『河童』という記述を探していたが、彼が求めるような詳しい記述はなかった。海を渡ってきた河童が堀に棲みついた、という他愛のない土俗的伝説が紹介されているだけである。藍子は、白秋が好んだという、掘割の景色を写した写真集に見入っていた。

多聞はふと、本棚の前で耳を澄ませた。

なんだろう、この音？

多聞は精神を集中した。

この音。低い音。どこかで聞いたことのある音。どこだ。どこでこの音を？

多聞は、その音のする方向に歩きだそうと足を一歩踏み出した。

その時である。

藍子がハッとするのが分かった。多聞も同様である。それは彼等だけではなかった。近くの受付に座っていた司書の女性も同時に顔を上げたのがちらっと視界の隅に入った。

その瞬間、図書館内にいた人間を一斉に緊張させたものはなんだったのだろう。

雷雲が近付くと、空気が重くなり、静電気を感じることがある。崖崩れの前に、山が鳴るのを聞いたことがあるという人がいる。そういうものに近かったのかもしれない。その時、音や動きを感じるよりも前に、彼等は何か大きなものの気配を察したのだ――もっと言えば、明らかな殺気を。

藍子と多聞は、自分たちをたじろがせたものの正体をお互いの表情の中に探したが、それは二人の混乱を増幅させただけだった。

不意に辺りが暗くなったような気がした。電球が切れる寸前のような暗さだった。

図書館の中が暗くなったのではなく、外が暗くなったのだと気付いた。

自然と二人の視線は大きく取られた窓に向かった。

窓べに座っていた老人が、腰を浮かせて外を見ている。

窓ガラスにぴしゃっ、と水飛沫《しぶき》が上がった。

また雨が降り出したのか？

多聞は窓ガラスを見つめた。しかし、その飛沫は、水よりも粘性が高かった。窓ガラスの上をゆっくりと滑り降りていく。その向こうに歪んだ木々が見えた。

誰も動かない。身体じゅうが目になったかのように、窓を見つめている。

沈黙が降りた。

全くの無音。

それがこれから起きることの前兆だと誰もが心のどこかで予感していた。

突然、雨のようなザーッという音がした。

視線が引き寄せられる。

水の膜が、窓ガラスの下から上に向かってみるみるうちに上がっていく。たちまち、窓ガラスの向こうは歪んだ景色にゆらゆらと揺れた。真っ青な顔の老人が慌てて窓から逃げ出す。

みしっ、という不気味な音がして建物全体が揺れた。ひきつったような悲鳴が上がる。

図書館が水の膜に飲み込まれる――

「あっ……あれ……」

藍子のかすれた声に振り向くと、それが目に入った。

図書館の開かれた入口から、まるで透明なビニールの絨毯を広げるように、五センチくらいの厚みを持った水の膜がゆったりと、しかし確実なスピードで、音もなく中に入ってきた。水飴のように、一番先端はとろりと丸まっていて、図書館の中の照明の光を映していた。

多聞は唐突にスティーブ・マックウイーンの映画を思い出した。彼が若い頃出演した、B級SFホラー映画。宇宙からやってきた、どろりとしたアメーバみたいな物体がどんどん人間を飲み込んでいく。液体状の怪物なので、通気口や排水口を伝い、どこからでも侵入できる。そいつは人間を飲み込み、どんどん巨大になっていく。街が大騒ぎになって、人々は逃げ惑う。スティーブ・マックウイーンは、ポニーテール頭の自分の恋人に、必死にこの状況を説明しようとする。「信じられないと思うけど、実は」彼は説明に詰まる。当時のスティーブ・マックウイーンはとても下手くそで、映画を見ていた彼は、これじゃあ恋人どころか今までの経緯を見ていた観客ですら信じられないよなあ、と思った。

この状況を、あとでジャンヌにどうやって説明すればいいのだろう？　彼女は恋愛に関しては些かロマンチックすぎるところがあるが、それ以外の分野に関しては一分のスキもなく論陣を張れる徹底したリアリストなのだ。――で、図書館で何が起きたんですって？　そう正面から言われたら、きちんと説明できる自信がない。――いや、そいつはさ、音もなくすうっと入ってきたんだ。うん、真っ昼間の図書館に。見た目は浅田飴のシロップタイプ。え？　ああ、いわゆる水飴って奴さ、僕が子供の頃は風邪ひいた時にこれを舐《な》めるのが密か

そこには、鮮やかなピンクのゴムボールがぷかぷかと浮かんでいた。

「キャシー？　キャシー、どこに行った」

混乱した老人の声に、多聞は振り向いた。窓べで新聞を読んでいた老人が、ロータリーに出てきょろきょろと何かを捜している。

「キャシー？」

藍子が訝しげな顔で多聞を見た。

多聞は顎で、玄関の柱を示した。そこには、紐だけがだらりと巻き付いている。

「――そこに繋がれてた犬だよ」


極度の緊張のあとの弛緩《しかん》が、コーヒーの香りとともに澱んだ空気を形作っていた。テーブルの上の灰皿とマッチ。食器棚の隣のワイドショーを映し出しているTV。ピンク電話の前に並べられた新聞。そういう陳腐な日常のものが、新鮮な現実として目に入ってくる。

こうして喫茶店の中で藍子を目の前にしていると、多聞はますます学生時代に戻ったような気がした。

当時は、多聞がいつもつるんでいた男が藍子と仲のいい女の子とつきあっていて、よく四人で飲んでいた。藍子は酒も強く話もうまく、藍子がいないと四人の宴会は盛り上がらなかった。当然、カップルの二人が帰ったあとで、多聞と藍子が残される場面も多くあったけれど、なぜか二人はロマンチックな関係にはならなかった。目の前に既成のカップルがいると、その連れの残り二人がくっつくのはあまりに安易な展開だと思われたし、多聞には当時、同学年の彼女がおり、例によって一方的に愛されていたためである。従って、多聞の友人と藍子の友人のカップルが破局に至った結果、彼が藍子と飲む機会はほとんどなくなってしまった。もっとも、その頃には既に彼と協一郎の友情は確立されていたのだが。

「よく飲んだよなあ、まずい酒」

多聞が呟くと、藍子も当時のことを思い出したのかようやく歯を見せて笑った。

「飲んだわねえ。二度と飲めないわ、学生街の日本酒とウイスキーなんて」

「貧乏だったもんね」

「武田先輩、卒業してから会ってます？」

「卒業して二、三年はちょくちょく会ってたけど、あいつが大阪に転勤になってからは結婚式以来会ってないな。ユウコちゃんとは？」

「似たようなものね。ＯＬ時代は会ってたけど、今は年賀状だけ」

「そういうもんだよね。不思議だね、あの当時は家族よりも一緒にいる時間が長かったのに、今じゃこんなに遠い」

藍子は外の道路を行き交う車に目をやった。

「あたし、よく眞弓先輩から電話が掛かってきたわ」

「えっ？」

昔つきあっていた女の子の名前を聞くと、どうしてこんなにギクリとするのだろう。

「あたしたちが四人で飲んでたのが気に入らなかったみたい」

「しょうがないよ。あいつ、いつも二人きりでいたがるんだもの」

「四人で飲んだのが分かると、必ず電話が掛かってくるの。別に文句を言うわけじゃないのよ。連絡事項とか言って、どうでもいいような世間話するの」

「全然知らなかったな。僕の前ではそんな素振り見せなかったし。藍子ちゃんて可愛いわねなんて余裕かましてたんだよ」

「多聞さんて、美女に熱愛される星の下に生まれてるんじゃないの？　あたし、羨ましかったなあ。眞弓先輩の素直さが」

「藍子ちゃんは素直じゃなかったの？　とてもそうは思えなかったけど」

「あたし、率直だけど素直じゃないのよ」

「それって両立するかなあ」

「するわよ。あたしの中ではね」

「女の子って面白いよねえ。内蔵してるベクトルの方向が全く違うよね」

「また変なこと言おうとしてるでしょ」

藍子は警戒した表情でコーヒーを飲んだ。

「こう、部屋の中にいっぱい矢印のモビールがぶら下がってるとするじゃない」

多聞は両手で部屋を表す箱を作ってみせた。

「男はさ、たまにバラバラな奴もいるけど、だいたい同じ方向向いた矢印がいっぱいぶら下がってるんだよ。でも、女の子って、向きの違う矢印がいっぱいぶら下がってるのね。だから、男は自分の矢印と女の子の矢印の向きを合わせようとするんだけど、女の子の矢印は全部方向が同じわけじゃないから、いつのまにか他の矢印と正面衝突したり立体交差になっちゃってたりする」

「言わんとすることは分かるような気がするわ、今回は」

藍子は再び外に目をやった。

「ねえ、多聞さんて、本当に奥さんのこと愛してるの？」

多聞はぎょっとしてコーヒーを飲む手を止めた。

「何言うんだよ、いきなり」

「そりゃ言いにくいわよね。じゃあ、眞弓先輩のことは？　多聞さんて、いつも一方的に愛されて、相手に押し切られてってパターンじゃない。自分から積極的に好きになったことってないの？」

「うーん。どうだろう。自分から何かしたことって、そう言えば記憶にないなあ。僕は、好きになっても遠くから見守るタイプだから」

多聞はコーヒーを一口飲んで続けた。

「実はね、今の質問、よくされるんだよ。一時期さ、僕って人を愛することのできない欠陥人間なんじゃないかって結構真面目に悩んだんだけど、結局『僕は愛される男なんだ』って割り切った」

「凄い台詞ね。多聞さんでなかったら『ふざけるんじゃないよ、このナルシストめ』ってハンドバッグでぶん殴ってるところだわ」

「それは安心した。でもね、そういう意味じゃないんだ。眞弓にしろジャンヌにしろ、なんていうのかな、能動的に愛することでしか愛情表現できない人っているじゃない。ゆったりとした愛情に包まれたい、とか、いつまでも大事にされたいとかじゃなくて、あくまで自分が主体的に愛したいって人」

「うん、いる」

「だから、僕の場合、受動的に愛されることが僕の愛情表現なわけ」

「重く感じることはないの？」

「特にないね。これ、僕の才能だから。愛情をいくらでも素直に享受できるところが」

「確かに才能だわ。あたしには無理だわ」

藍子は溜め息をついた。

多聞はふと、恐怖と愛情は似ているな、と思った。ほんの数十分前に起きた目の前の出来事で、自分と藍子は価値観が塗り替えられるほどの恐怖を味わったはずだ。なのに、この会話ののどかさは何だろう。自分たちが話題にすべきことはこんなことではないはずだ。しかし、映画でも小説でも、確かに恐怖は愛情を産むのがセオリーだ。恐怖を一緒に体験することで、愛のエネルギーは増強される。恐怖について語っていると、その反動で愛について語りたくなる。人々は恐怖を語ることで愛を語るのだ。

先程の出来事の痕跡は、図書館に全く残っていなかった。ゴムボールが堀に浮かび、柱に繋がれていた犬が消えたことの他は。犬だって、紐がゆるんで勝手にどこかに行ってしまっただけなのかもしれない。

あの時あの場所にいた人々は、自分たちの味わった感情が信じられないとでもいうように、

「何だったんでしょう、今のは」と口々に言い合っていた。

　大きなトラックか何かが通って、その振動で水が跳ね上がったんでしょうか。そう言えば、護岸工事の大きな機械を積んだ車が凄い地響きで通るのにびっくりさせられたことがあるからね。困りますねえ。

　多聞は人々の言い訳めいた会話を聞きながら、そっと玄関近くの絨毯に触れてみた。乾いている。玄関も、その付近の床も、水の膜が通り過ぎた跡は全くなかった。

　人々は、自分たちの日常を取り戻し、その常識の枠の中であの出来事を処理したようだった。今夜、夕食の席であの出来事は家族にどう語られるのだろうか。

　それとも——そういうふうに処理してしまうことに、ここの人々は慣れているのだろうか？

「多聞さん、見て」

　藍子の口調に、多聞はハッとした。

「あれ、白雨よ」

　藍子の指さす方向を見る。

　道路の反対側を、白い猫がきょろきょろしながら歩いていた。確かに、あの見覚えのある背中のラインは白雨である。何かを探しているかのようだ。

「あいつ、こんなところも行動範囲内なんだなあ」

「どこに行くのかしら」

――どこかにあるはずなんだ。

急に、協一郎の声が脳裏に蘇った。

――白雨を何度かつけてみたこともあるんだが、相手は猫だからね。いつも見失っちまう。

「追いかけよう」

多聞は無意識のうちに席を立ち、伝票をつかんでいた。

chapter VII

私が彼に初めて会ったのは、ここに赴任してきてから間もなくのことだった。

本社の政治部とは百八十度勝手が違って、何をやるにも一人だし、時間の進み方がえらくゆっくりなのに最初とまどったが、就職してがっくり減った読書量が復活し、系統立てて計画通りに本が読めるのは嬉しかったし、車を動かしてあちこち見て回るのは、地方の現状が『読め』て面白かった。もちろん人に会うのは大好きだが、かといって私は孤独が嫌いなわけではなかった。むしろ、ほとんどの人よりは孤独に強いと思う。人間は、一人では生きていけないが、一人で何もできないわけではないのである。くにの母は、夜討ち朝駆けの政治部にいた時は身体を壊すのではないかと心配し、箭納倉に赴任した時は、若い人の少ないところで私によい伴侶が見つからないのではないかと心配した。

学生時代からそれなりにガールフレンドはいたが、たいていはふられた。あなたは一人で完結している。あなたは私のことを必要としていない。いつもそう言って彼女たちは去っていくのだった。確かにその通りだったから、追う気もなかった。今も女友達は何人かいるが、例によって進展する気配はなかった。私にその気がないことを、彼女たちも薄々感づいている。

私は他人に対して先入観は持たないが、印象は大切にする。最初に与えられる情報から読み取れるものは大きいからだ。第一印象で判断するなと言われるが、長い目で見ると一番最初の印象が当たっていることが多い。

その男を初めて目にした時、たちまち注意が引き寄せられるのを感じた。

面白い顔の男だ。真っ先にそう思ったのだ。

彼は、箭納倉の中心部に住んでいた夫婦の失踪事件の時に東京からやってきた、失踪した男性の方の兄だった。東京の私立大学で歴史学を教えているということだった。

決して美男子ではなかったが、よく使い込まれた道具のように、ある種の美しさのある顔だった。なみなみならぬ知性と教養がそのくっきりとしたまなざしの奥に湛えられているのが分かる。長年学究の徒を勤め上げた人間には、固有の表情がある。私はそういう人間を見ると、整然とした棚の中に、何十年分もの大量の新聞が積み上げられている場面が目に浮かぶ。しかし、その男は、大きな甕《かめ》に入った古酒を連想させた。古い小屋の中で、表面に汗をかいている甕。中ではまだまだ発酵が進み、時折ぷくりと泡が立つ。熟成という錬金術的な老獪《ろうかい》さと、常に変化を続ける生々しさ。彼の中には、そういう一見矛盾したものがひしめきあっているように見えた。

この男は何を考えているのだろう。

私はいつも通り、如才なく彼に名刺を差し出し挨拶した。彼はそっけなく応えた。彼に、警察から仕入れた情報や近所の情報をそれとなく与え、さりげなく彼からも話を引き出す。彼は私とは目を合わせずにじっと私の話を聞きつつ、同時に猛然と思考を開始していた。私は、その表情の一つ一つを見逃さないように興味深く観察した。

この男は、何を考えているのだろう?

猫の追跡。

こんなことをするのは、いったいいつ以来のことだろう?

ふっと、鼻の辺りに懐かしい匂いがした。記憶の底から蘇ってくる匂いだ。猫を追って遊んだ頃の、草むらの匂い、裏町の匂い、工場街の匂い。かつては音と匂いを頼りに、世界中の低いところを駆け回っていた。少年の頃に住んだ異国の街の路地が、角を曲がったところに広がっているような錯覚を覚えた。

白雨は軽やかに道路を進む。多聞と藍子は少し距離を置いて尾行を続けた。

「あれ」

見覚えのあるところに出る。

図書館のロータリー。白雨は迷いのない足取りで、真っ先にさっき犬が繋がれていた柱のところに向かった。何かの痕跡を探しているかのようにうろうろと柱の周りを回る。

——あいつには才能があるのさ。

再び、協一郎の声が蘇った。だとすれば、やはり白雨はここで何が起きたのかを嗅ぎつけているのだ。藍子もそのことを感じているのか、息をつめて白雨の動きを見つめている。

やがて白雨は、階段状になっている掘割の側に近付き、やはりうろうろと堀に沿って歩き回っている。

「何を探してるのかしら」

「さあ——あっ、動き出した」

白雨は何かを見つけたようにスッと歩きだした。慌てて後を追う。

それにしても、こうも猫を追うのが難しいとは。多聞と藍子はひやひやしながら白雨の姿を追い続けた。猫と人間では空間の把握の仕方が全く異なる。人間はまっすぐ進むしか能がないが、猫の場合、塀の上や地べたに接した生け垣の下の隙間など、斜めのベクトルが存在する。はたから見たら、多聞と藍子は非常に滑稽な、危ない大人の二人連れに見えることだろう。

二人はひたすら白雨の姿を忠実に追い続けたので、気が付くと人の家の庭や畑に侵入していた。おっかなびっくりで逃げだすうちに、たちまち靴がどろどろになった。

悪態をつきつつ路地を走っていくと、白雨がまた、するりと人家の庭の生け垣にもぐりこむのが見えた。

「あーあ」

「待って、その向こうは堀だわ。絶対堀に沿っていくはずだから、先回りすれば出てくるはずよ」

藍子が別の方向に駆けだす。多聞も頷いて方向を変えたが、ふと疑問が浮かんだ。

「あれ、でも、堀に沿って右に行くのか左に行くのか分からないじゃない」

「明らかに、白雨は下流に向かってるわ。引き返すようなことはしないと思うの」

藍子が確信に満ちた声でちらっと多聞を振り返った。

下流。

道路を小走りで行くと、前方からひょいと白雨が飛び出し、石の橋を渡るのが見えた。

下流に何があるというのか。

猫の動きは、人形つかいの人形の動きに似ている。しなやかだが、時折やけに作為的にぎくしゃくするのだ。コマ落としで動作が強調されている間、時間が引き伸ばされる。猫の頭の中では、時間が伸び縮みしているのかもしれない。

白雨はぴんと尻尾を立ててすたすたと進んでいく。尻尾をアンテナにして宇宙からの情報を受信しているかのように。

確かに、白雨は川下りのコースに沿って歩いていくように見えた。

二人は無言で猫の後を追う。こんなに真剣に走るのは久しぶりだった。いささか足はくたびれてきていたが、全身に張り付くような緊張感がそれに勝っていた。

奇妙な追跡は続いた。廃屋の裏庭を通り、草が伸び放題の空き地を過ぎ、ぬかるみの畑を越える。それでも白雨を見失わなかったのは僥倖《ぎょうこう》としか言いようがない。

曇天の外側で、再び日が暮れようとしていた。

「水天宮だわ」

藍子がポツリと呟いた。

川下りの終点である。箭納倉を流れる水路の水が全て集まってくる場所でもある。船溜まりと呼ばれる漁船の集積所が近くにあって、有明海はもうすぐ側まで来ている。

海の気配だ。

多聞は、空気の中にかすかな海の匂いを感じた。

前を行く白雨もその匂いを感じているのだろうか。急に、スピードを上げて駆け出した。

「あっ」

二人も慌ててスピードを上げる。

さっと狭い路地に駆け込む白雨。

二人がその路地に辿り着くまでに、十秒ほどかかってしまった。

曲がり角の先には、うねうね曲がった道に、静かな古い街角が続いていた。ひっそりした無人の路地。白雨の姿は影も形もなかった。

「しまった」

二人は路地を歩きながら、白い猫の姿を捜したが、幾つもある角のどこに入っていったものやら皆目見当がつかない。見失った、という確信が、ずしりとそのまま落胆となって肩や足に重くのしかかった。

「どこに消えちゃったのかしら」

藍子があきらめきれないように、汗ばんだ顔できょろきょろと辺りを見回す。

二人は引き返すこともできずに、船溜まりの方に何となくのろのろと歩いていった。

箭納倉の水の最終出口である水門の向こう側に、ズラリと小型の漁船が並んでいる。遠くに楕円形の大きな木造の橋のシルエットが黒く浮かんでいる。

どことなく切なく、懐かしい風景だった。たくさんの小さな灰色の蟹が、コンクリートの上を這っているのが見えた。

橋の向こうに見えるのは、有明海に繋がっている、広い総外堀だ。開けた空間がその先にある予感が、水の上に吹く弱い風に感じられた。

いったい白雨は何を追って堀を下っていったのだろう。この景色のどこかに、彼女が追っていったものが存在しているのだろうか？

ふっと頭にちぎれた指と耳のレプリカが浮かんだ。

「今夜も白雨のお土産があるかな」

多聞がそう呟くと、藍子が思い切り顔をしかめた。

「そんなお土産、見たくもないわ。帰りましょう」

怒ったように歩きだす藍子の背中を見ながら、頭を掻く。彼女の後に続くように歩きだしながら、ふと多聞はなんとなく後ろを振り返った。

誰かに見られている？

むろん、そこには誰の姿もない。あるのは開けた場所の先に広がる海の予感だけだ。

多聞は首をかしげつつも、振り返り振り返りしながらその場所を離れた。

またしても雨が降り始めていた。

コインランドリーの店先の紫陽花が、たちまち無数の水滴に叩かれていく。

座りの悪いパイプ椅子に腰掛けて、二人はスニーカー専用の洗濯機の中で、ゴトゴトとスニーカーの回る音をぼんやりと聞いていた。近くの金物屋で買った黒のゴム長靴を、お揃いで履いて座っていると、農作業帰りの夫婦のようだ。

「たまらないわね、この蒸し暑さ。不快指数二百パーセント」

藍子がげんなりした声で空を見上げた。

「靴を洗ったのはいいけど、乾かないね、これは」

多聞は隣で伸びをする。

「ゴム長靴なんか履くの何年ぶりかしら。しかも黒」

「気が大きくなるね。こう、どかどか大股で歩きたくならない？」

「困るわ。これで歩幅が大きくなっちゃったら、着物で歩けなくなっちゃう」

雨の合間を縫って、洗ったスニーカーを肩にぶらさげて家に戻った。

協一郎はもう帰ってきていて、夕刊を広げていた。

「お帰り。随分運動したみたいだな」

「狭い街の割にはスペクタクルな一日でしたよ」

エアコンがドライになっているのが有り難い。ホッとした表情で二人はソファに座り込んだ。

「お疲れのところ申し訳ないが、高安君を呼んである。今日は四人で外食だ」

「四人で？」

協一郎は、新聞から笑っていない目を上げた。

「作戦会議だよ」


強い雨足の中を、三人は協一郎を先頭にして歩いていた。三人とも黒いゴム長靴を履いているのが奇妙と言えば奇妙である。

辺りはもうすっかり真っ暗だ。派手に飛沫《しぶき》を上げて行き交う車のヘッドライトの中に、白い線が密に浮かび上がる。

雨は粒なのに、どうしてこんなにたくさんの線に見えるんだろう。

多聞はその光の線を見ながら、素朴な疑問を覚えた。やっぱり時間って見えるのかな。

どこからか、柔らかい味噌の香りがした。そう言えば、昼間見た図書館のビデオで、ここは古くから醸造業がさかんだったと説明していたな。

白く線を引いただけの狭い歩道を歩きながら、協一郎はようやく目指す店に着いたらしく、古い民家の引き戸をカラリと開けた。が、外に置いてあるコーヒー豆メーカーの名前の入った白いプラスチックの看板から判断するに、民家と見えたそれは、中を改装したフレンチ・レストランらしい。

ひっそりとクラシックが流れている店内は、贅沢に木を使って内装されていた。シックな黒い木のテーブルと椅子。奥にカウンターが見える。壮年の男女が静かに話をしながら食事をしていた。いかにも普通の家を改造したらしく、右手は靴を脱いで上がる座敷だ。開いている襖の向こうから、相変わらず上背のある高安が正座をして大きな掌をこちらに振った。

上がり口の石に載り切らず、三つのゴム長靴が下に並んだ。

藍子と高安が名刺を交換しているのは、面白い眺めだった。たちまち藍子は女将の顔になっていた。高安からは、藍子に向かって『気』が流れてきただろうか？

コース料理を頼み、酒を注文した。若い娘が冷えたグラスを運んでくる。

遠くで激しい雨の音がした。雨の檻にすっぽり入っているような気がした。

ガラスの皿に盛られたオードブルが来た。

和室の座布団に座ってナイフとフォークを使いながら、多聞はなんとなく口を切った。

「今日ね、図書館でこんなことがあったんですよ」

多聞は淡々とあの出来事を話した。サーモンのミルフィーユを切りながら、詳しく説明した。自分でも、昨夜見た夢を話しているような気分で、恐ろしいことのように感じられないのが不思議だった。ピンクのゴムボールが、鮮やかに脳裏に蘇ってくる。

他の三人は、黙々とワインを飲み、上品にオードブルを口に運びながら多聞の話に聞き入っていた。藍子と協一郎はともかく、高安まで平然とした表情で聞いている。

「なるほど。それならば、一応今まで起きた失踪事件は説明できますね」

多聞が話し終えると、高安が落ち着いた顔で頷いた。オクラのスープが来る。

「ねえ、もうちょっと驚いてよ。これって普通なら、一笑に付すとか、軽蔑した顔で否定する場面でしょ。馬鹿にされたって怒って帰っちゃうとかさ。そうすると、多分次の犠牲者は高安さんになるんだよね。帰ったところで、ざばっと水が上がってくるよ、支部に」

多聞がつまらなそうな顔でスープを啜《すす》った。

高安と藍子がスープを飲みながらくくく、と笑いを漏らした。

「なんなのかしら、こういう状況でこの緊迫感のなさは」

藍子が疲れたような顔で笑った。その笑い顔を見て、多聞はかえって自分たちがまぎれもない現実に異様な体験をしているのだという実感を急に覚えた。

「あのね、僕は説明がつくと言っただけで、信じたわけじゃないですよ。水のようなものが上がってきて人間もしくは動物をさらっていく。これならば、水路に面した家に住む人々がいなくなった理由を説明できる」

高安がスプーンをちょっと空中で振るようにしながら乾いた口調で答えた。

「そうこなくっちゃ」

多聞が畳の上の盆に置かれた銀のワインクーラーからボトルを取り出し、高安のグラスに注いだ。

「じゃあ、なぜ水は上がってくるんでしょう？　僕は、あながち、図書館で地元の人たちが言ったことは間違ってないんじゃないかと思います。最近、急速に掘割の環境は変わっている。護岸工事に水路の整備。思いもよらぬところで何かが起きても不思議じゃない。他の街で、掘割を潰したために極度の地盤沈下が起きたところもあるのはご存じでしょう？　水路は市の面積の一割を占めてるんですよ。いろんなところで繋がってるし、どこかをいじったために古くから保たれてきたしくみが狂って、水位が上下してしまったりしてるんじゃないか。もしくは、自然現象だという可能性もあります。僕たちが知らないだけなのかもしれない。アマゾン河が年に一回逆流するって現象があるでしょ。僕、あれだって、ＴＶの映像で見るまでは嘘だって思ってた。でも、実際に信じられないような自然現象はいくらでもある。そういうものなのかもしれない」

「模範的なお答、ありがとう」

わざと意地悪な調子で言葉を並べる高安に向かって、多聞はぺこりと頭を下げた。

高安はワインを水のようにくいっと飲むと、言葉を続けた。

「僕もね、いろいろ考えてみたんですよ。これらの事件になるべく合理的な筋道を付ける解答はないものかって」

「で、見つかったのかね？」

協一郎が興味を示して尋ねる。高安はちょっとだけ唇を上げた。

「やっぱり最終的に辿り着いたのは、人為的なものですね。誰かが堀の側から家に忍び込んで、気絶させて連れ出している」

「なんのために？」

藍子が瞬《まばた》きもせずに質問した。

「僕が考えたのは、『赤毛同盟』なんですよ」

「シャーロック・ホームズの？」

「そう。要するに、その場所に用があるんで、そこに住んでいる人をよそに移動させる。いなくなるその人自身が目的なのではなく、その場所を空けることが第一目的である。だから、その人にはなんの危害も与えない」

「なんで？」

「みんな堀のそば、ということは、古くから動いていない場所ということですよね。例えば、大昔、埋蔵金のような何か宝物を堀のそばに埋めたとか。幾つか場所に候補があって、その候補地の人をさらった」

一斉にブーイングが上がった。次の皿を運んできた店員がびっくりしたような顔で入ってくる。

「水が上がってくるのよりも面倒臭いよ。人をどかしても、今度は畳上げて床も剝《は》がさなきゃならないじゃない。そんなことして、家人が気付かないはずないよ。だいたい、みんな誘拐されたって自覚もないんだよ」

「例えばの話です。考え方としてですよ」

高安は別に気を悪くした様子もない。魚介と温野菜のサラダをむしゃむしゃと食べ始める。

「お父さんは、どうしたいの？」

急に背筋を伸ばして座り直した藍子が、単刀直入に切り出した。

協一郎はちらっと娘を見る。

「さっき、作戦会議だと言ってたわよね。いったいなんのための作戦会議なの？　高安さんは、父になんと言われてここにいらっしゃったの？　この件についてどこまでご存じなの？」

藍子は畳み掛けるように質問を続けた。

おいでなすったぞ、と多聞は身構えた。背筋を伸ばすのは、藍子が一歩も引かずに追及を開始する時の戦闘態勢なのだ。

協一郎は知らん顔で料理をつついた。藍子の不穏な表情を見て、多聞は慌てて彼女のグラスにワインを注いだ。

「高安さん、一つの仮説として聞いてくださいね。要するに、こういうことです。ここの堀には、昔から水に似た生命体が棲んでいる。そいつは、時々岸に上がってそこに居合わせた人間をさらっていき、限りなく似ているけれども別の生命体でできたにせものを作って返してくるらしい。あたしは勝手にそのことを『盗まれる』って呼んでるんですけど。かつていなくなって戻ってきたうちの叔父夫婦について、少なくともあたしは、そういうふうに疑っています」

知り合いの工務店に、料亭の改装の見積りを相談するかのような口調で、藍子はハキハキと説明した。これにはさすがの高安も一瞬あっけに取られたようだ。彼女が冗談を言っているのかどうか確かめるように、きょろきょろと協一郎や多聞の顔を見ている。しかし、二人とも全く表情を変えないのを見て、ちょっとしたパニックに陥ったようである。

多聞はなんとなく気抜けした。言葉にすると、なんと荒唐無稽な話なんだろう。今まで口に出さずに感じてきたことを説明すると、たったこれだけの文章になってしまうのか。彼は、なんとなく高安を騙しているような気分になってもぞもぞと身体を動かした。

藍子はそんな多聞と協一郎を『意気地なし』とでも言うように睨みつけ、ぐいっとワインを飲んだ。自分が説明する役回りを引き受けてしまったことに憤慨しているらしかった。

「弟さんたちが？」

高安は気を取り直して協一郎に尋ねた。

雨の音がますます強くなった。

藍子はじりじりするように協一郎の顔を見た。

「私が初めてそれを疑ったのは」

協一郎は唐突にボソリと話し始めた。その乾いた口調にみんながハッとする。

「二人が戻ってきて二日目だったかな。例によって、記憶がないわけだ、二人とも。ぽかんとしてる。こっちはほとんど眠れなかったっていうのに。怒るやらホッとするやら。近所の人に挨拶して、警察にとりあえず説明して、とにかくめでたしめでたしだから飯でも食おうと焼肉屋に入った」

協一郎は煙草を取り出した。食事中だが、藍子は何も言わずに聞き入っている。

「同じなんだよ」

「え？」

多聞は思わず聞き返した。協一郎は返事を急ぐようでもなく、煙草に火を点ける。むしろ、答えるのを先延ばしにしたいようだった。

「食べる速さがさ」

「どういうこと？」

藍子が眉をひそめた。

「箸の運びが同じスピードなんだ。まるで、鏡に映った人を見てるみたいに。こう、タレに肉を付けて口に運ぶまで、二人ともぴったり同じ速さなんだ」

協一郎が、手真似をしてみせた。多聞はゾッとした。

「おまえらどうしたんだって聞いたら、二人ともびっくりしたような顔をして互いの顔を見合わせてね。それからは、おのおののスピードで食べ始めたんだが」

協一郎は思い出したようにサラダを口に運んだ。

「記憶も確かだ。思考能力も、趣味も嗜好も全く変わらない。だが、一瞬無意識になった時に分かるんだ」

「何がですか?」

「同じ意識の支配下にあることがだ」

高安はのろのろとグラスの脚を撫で回していた。自分の行為を自覚していないらしい。協一郎はゆったりと続ける。

「こんなこともあった。三人でいた時に、家の窓ガラスに小鳥がぶつかってきたんだ。いきなりガシャンと凄い音がしてね。その時、二人はそれぞれ部屋と廊下に立っていた。どうなったと思う?」

協一郎は無表情な目で三人を交互に見た。誰も答えない。

協一郎は、顔の前に無造作に広げた掌を上げてみせた。そのままピタリと止める。

「こういうふうに、全く同じポーズをしたのさ。やはり同じスピードでね」

協一郎は、ぱたりと手を降ろすと高安のグラスにワインを注いだ。

「どうだ。信じるかね? 先入観のないジャーナリストの君としては」

かすかな笑みを浮かべて高安を見る。

高安はひきつった顔でグラスに目をやっていた。が、ぽつんと呟く。

「正直言って信じたくないです。でも、たぶんどこかで信じているんでしょう。実は今、かなり怖い」

「叔父さんたちは――戻ってきた人たちは、自分が変わってしまったということを自覚しているのかしら？」

藍子が協一郎に尋ねる。

「恐らく、分かってはいないと思う。心のどこかで意識しているかもしれないが。自分がタッチされて鬼になってしまったという自覚はないだろう」

襖が開いて、ウエイトレスが肉の皿を持ってきた。四人は黙りこんで、それぞれの前に置かれた皿の中を見つめている。ウエイトレスは不思議そうな顔をしながら外に出た。協一郎が赤ワインのフルボトルを頼む。

「なんで年寄りばっかりなのかなあ。女性も多いし。こう言っちゃあ先生の弟さんに失礼ですけど、年配の方たちばかりですよね。やっぱり弱いからかしらん」

多聞が肉を切り分けながら呟いた。

「塚崎さん、僕の食べるスピードに合わせないでくださいよ。気持ちが悪い」

高安が、肉を口に運びながら苦笑した。

「あ、ごめん。同じスピードで食べるのって難しいのかなって思って」

多聞は肩をすくめた。

「そうとは限らないんじゃないかな」

協一郎がやけに落ち着いた声で答えた。

「えっ？」

多聞は顔を上げた。協一郎はじっと多聞の顔を見た。

「彼等が変わったのが分かったのは、彼等が失踪していたからだ。数日間、姿を消していた。だから我々は疑った」

「はあ。そうですね。で？」

きょとんとした顔の多聞を遮るように、藍子が小さく叫んだ。

「まさか」

「気が付いたかね」

「短時間で戻ってきていたから気付かなかったケースもあるっていうの？」

自分の言葉の意味に言ってから気が付いたというように、藍子は青ざめた顔で口をつぐんだ。多聞と高安はぎょっとしたような顔になる。

「つ、つまり」

高安は言葉に詰まって喉を鳴らした。

「そう。根拠はないが、私が思うに――藍子の言葉を借りると、『盗まれる』のには時間がかかる。恐らく、その人間の新陳代謝のスピードに比例しているんじゃないだろうか。だとすると、新陳代謝の遅い老人は戻ってくるまで時間がかかるというわけさ。だから、新陳代謝の活発な子供や若い人は、ごく短時間で——例えば一晩で戻ってきてしまって、いなくなっていたことが発覚しなかっただけなのかもしれない」

多聞は背中からざあっと血が引くのを感じた。全身が浮き上がるような、奇妙な感覚だった。それが激しい恐怖のせいだと気付くのに一瞬遅れた。彼は反射的に後ろを振り返っていた。なぜかは分からない。襖の向こうに、同じ目をした、同じ意識を持ったたくさんの人々がひっそりと立ってこちらを見ているような気がしたのである。

同じような恐怖を覚えたらしく、藍子と高安もそわそわと自分の後ろを見ている。

「いやあ、怖い」

多聞は思わず大きな声を出した。

「僕、怖いです。尻尾を巻いて箭納倉駅に駆け込みたくなりました。先生、みんなで逃げましょう」

多聞はあわあわと両手を振り回した。

襖が開いたので、みんながぎょっとして振り向く。振り向かれた娘の方も驚いて、思わずナフキンで支えたワインのボトルを持って後退《あとずさ》りをした。

「いや、ごめんごめん」

多聞が慌てて作り笑いをした。娘はじろじろ四人を見回しながら、ワインの栓を抜いた。「みんなで逃げましょう」という部分が聞こえていたら、食い逃げされるのではないかと疑われているかもしれない。

「どこに逃げるというんだ」

協一郎はあきれたような顔で多聞のグラスに新たに開けられたワインを注いだ。こぽこぽという明るい音が、やけに間抜けだった。

「どこにって――どこへでも。堀のないところに。今夜にも堀にひきずりこまれるかもしれないじゃないですか。僕、そんなの嫌です。まだまだ作りたいアルバムがいっぱいあります」

多聞は狼狽《ろうばい》した声で腰を浮かせたまま、辺りをきょろきょろと見回した。

「きちんと戸締まりをしておけば大丈夫だよ。全く、気の弱い男だな。せっかく君と見込んで呼んだのに」

「そんな、僕なんか何の役にも立ちませんよ。腕力はないし、頭は悪いし。でも、この場合勇気があったってしょうがありません。相手の正体も何も分からないし、第一こんな話誰が信じてくれるっていうんですか。弱い者の知恵はただ一つ。三十六計逃げるが勝ち、です」

相変わらず動じない協一郎に腹を立てたように、多聞は珍しく声を荒《あら》らげた。

協一郎は、テーブルの上の皿をずらすと胸ポケットから折り畳んだ地図を取り出した。

皆あっけに取られて、机の上に広げられた地図をのぞきこむ。

「これは」

「箭納倉市とその周辺の広域地図さ」

「それで」

「よく見てみろ。水色の部分が堀と遊水池だ」

協一郎は地図を掌でバンと叩いた。

多聞は思わず地図に顔を近付けた。さっき高安が、市の面積の一割は堀だと言っていたのを思い出した。それにしても、水色の部分は半端ではない。ぎっしりと、まるでぼろぼろになった古文書の虫食いのように堀が延びている。さながら毛細血管のようだ。それは近隣の都市でも同じことだった。むしろ、堀の隙間に人間が住んでいると言ってもよいような気がする。

「えっ。こんなに」

「みんなここで大昔から生活してるんだ。堀は風景と生活の一部なんだ。人間は水なしでは生きていけない。どこに行ったってしょせん同じことだ。今更逃げられん」

協一郎はぶすっとした顔できっぱりと言った。

多聞はへなへなと座布団の上にへたりこむ。

「どうして二人ともそんなに落ち着いてるんだよ」

恨めしそうに藍子と高安の顔を見ると、藍子が淡々とした声で呟いた。

「だって、多聞さんを見てる方が面白いんだもの。先に一人で動揺されちゃうと、かえって残された方は冷静になるものよ」

「――いったい我々は」

高安が低い声で他の三人を見た。その目に、先程見せた動揺は既に見当たらない。

「何をすればいいんでしょうか」

度胸を決めたようにテーブルの上でゆっくりと指を組む。

改まった様子で、四人は互いの顔を注視した。高安は続けた。

「そもそも、今どのくらいの人たちが『盗まれて』いるんでしょうか。昔から起きていたとなると、相当な数です。出入りしてよそに移ってる人も入れれば、物凄い数になっているかもしれない」

高安は暗算をするように天井を見上げた。協一郎は左右に首を振る。

「見当もつかないな」

「でも、最近になって増えてきたということは確かなことですね。もし氷山の一角だったとしても、いなくなったら必ず人の口に上るはずだし。なぜだろう」

「何か環境が変わったのかしら」

「堀を潰して怒ってるとか」

「そんな」

「その——もっと簡単に、ある人が『盗まれて』いるかどうかを確かめる方法はないんでしょうか。先生のさっきの話だと、二人以上が同じ場所にいないと見分けるのは難しいようです。しかも、いちいちびっくりさせたり大きな音を立てて振り向かせるわけにはいかないでしょう」

「ヘレン・ケラー役のオーディションみたいだな」

「身体的な特徴はないのかしら」

皆がいっぺんに話し始める。協一郎が口を開いた。

「それを見つけるのが先決だと思う。それを探すんだ。そして、どのくらい『盗まれて』いるのかを調べる。それから」

「それから？」

協一郎は一瞬口をつぐんだ。

「あれをつかまえる方法を考える」

みんなが黙りこんだ。あれをつかまえる。そんなことが果たして本当にできるのだろうか。みんな同じことを考えていたが、誰もそう口には出さなかった。

「あっ。そう言えば」

だしぬけに多聞が口を開いた。

「今日、図書館で聞きましたよ、あの音。あいつが現れる前に。ね、藍子ちゃんも聞こえなかった？　低い振動みたいな音」

「え？　テープに入ってた音か？」

協一郎と高安が多聞の顔を見つめた。多聞は自信ありげに頷く。

「なんの音かは分からなかったけど――きっとあれはあいつの現れる前兆の音なんじゃないかな。もしかすると、あいつの『声』なのかも」

「『声』か」

協一郎はうつむいて考えこんだ。が、その目はどことなく暗い光を帯びている。何かを思い付いた目だ。その目が多聞を見据えていた。

「君は、それの正体をつきとめるんだ。もしかして、それがあいつをつかまえるきっかけになるかもしれない」

店を出ようとして急に足を止め、多聞はいきなり後ろを振り向いて「あっ」と大声を出した。

勘定を済ませた協一郎と、長靴に足を突っ込んでいる藍子、トイレから出てきた高安のみならず、店員もびっくりしてこちらを振り向く。

「あっ、何でもない。ごめんなさい」

多聞はにっこり笑って両手を広げる。

「何よ、また何か思い出したの？」

藍子が立ち上がって軽く睨みつける。外に出た多聞はそっと藍子に耳打ちした。

「大丈夫だったよ。ここにいる人たちは『盗まれて』ないみたい。みんなバラバラの反応だったもの」

「でも、それって二人以上『盗まれて』いた場合に分かるんであって、誰か一人だけ『盗まれて』た場合分からないんじゃないの？」

「あ、そうか」

「第一、多聞さんが『盗まれて』ないって誰が保証できるの？」

「それもそうだ」

雨足は相変わらず強かった。四人は傘を広げ、深い闇の中に出ていった。

この闇のどこかに、あれがいる。

多聞はそのことを強く感じたが、今はもうさっきのような恐怖は感じなかった。たった四人の間でではあるが、漠然とした不安が公にされたこと、それにどう対処するか当面の方針が決まったこと、ワインで酔っ払っていること、考えるのに疲れたこと、そのどれもが理由として考えられるだろう。

でも、この闇のどこかに、あれがいるのだ。

多聞は心の中でもう一度繰り返した。

「ひどい雨。こんな夜は、誰も窓なんか開けないわね」

藍子が空を見上げながら、自分を納得させるように呟いた。

雨音に塗り込められた濃い闇の中、四人は身体を寄せあうように、わざと軽口を叩きながら歩いていく。明るい口調で話してはいても、自然と道路のはじを避けて道の真ん中の方へと足が向かってしまうのだった。

四人の歩く道のそばにもいつも通り水路はひっそりと流れ、今この瞬間も激しい雨を受け止めて、街の中を縦横に埋め尽くしている。そう、もし今彼等が足を止め、その暗い流れをじっくりとのぞきこんでみたならば、白い楕円形のものが浮かんでいるのに気が付いたかもしれない。

ぽつんぽつんと、堀の中に白い楕円は浮かんでいる。それはゆっくりと流れている。

それは、能面のようにも見える。なんだろう？

さらに近付いて見てみると――

顔だ。

顔が流れている。デスマスクのような、無表情にまぶたを閉じた青白い顔が、堀に浮かんで音もなく流れていくのだ。奇妙な眺めである。額、鼻、唇、顎。でこぼこの部分だけが水面の上に飛び出しているのだが、その水面下には何も見えない。何かがあるようにも見えないのだ。ぴくりとも動かぬ小さな顔が、雨を受け、水面でかすかに揺れながらもまっすぐに流れてゆく。

横殴りの雨。街灯の光すらも溶かす、巨大な闇。

傘の下で身体をすくめ、家路を急ぐ人々の中で、その光景に気付いた者はない。

chapter VIII

私は、あの時点で気が付くべきだった。

彼の話を聞いた時に予想していてもよかったのだ。

その時には自覚していなくても、あとで思い出した時に、その時が転換点になっていたのだと気付くことがある。あの夜はまさにそうだった。我々が、それを言葉にした時から、何かが大きく動き始めたのである。

古典を読んでいる時に、一番とまどうのは名前だ。高貴な人間ほど、名前がたくさんある。同一人物なのに、いろいろな呼び名がある。遠回しに住んでいる場所で表すとか、誰それの娘とか。決して直《じか》に名前を呼ばないのだ。名前を口にするということは、恐ろしいことだ。

口にしたとたんに、何かが動き始める。

言葉を扱う商売でありながら、あの夜のことに気付いた時くらい、言葉にするという行為の恐ろしさを実感したことはない。それは、いつも仕事の時に感じている感覚とは少々異なっている。取材をして、いろいろな話を聞いて、それを枠の中に収めた時に感じているあの違和感。活字になった時に、感じていたことがバッサリと削《そ》げ落ちていて、何も伝わっていないと感じる無力感。その癖、いったん活字になってしまうと、それがたちまち事実となってくっきりと刻みこまれてしまう恐ろしさ。

そんなことは、自分の商売柄、身に染みていたはずだ。が、それでもまだ分かっていなかった。あの時四人で話をした時に、何かを立ち上げてしまったことに気付いていなかった。我々の話の内容を考えてみれば、気付くべきだった。その『意識』は、街の中の少なからぬ空間を占めているはずだと。その、複数の人間を支配している『意識』が、こちらが意識した瞬間に相手も意識するはずだと。

あの時私たちは気が付くべきだったのだ。

藍子は、小さなカメラを持っていた。

時折ひっそりとカメラを手にして、さりげなくシャッターを押していたことには気付いていたが、それがあまりにもさりげなく、あまりにも何もない場所でシャッターを押すので、たいして気にも留めていなかった。

翌朝やってきた藍子が、すっとカメラを取り出してソファに丸くなっている白雨を収めると、フィルムが巻き戻される音がして、彼女がかなりの枚数を撮っていることに気付かされたのだった。

「いったい何を撮ってるの？　観光スポットを撮ってるってわけじゃなさそうだよね」

多聞がコーヒーを注ぎながら尋ねると、藍子は小さく頷いた。

「そう、メモ代わり。もしくは日記代わり。写真を見ると、その写真を撮った時に何をしてたか、何を考えてたか、鮮明に思い出せるの。他の人には何の意味もない風景だろうけど、あたしが見ると思い出せる。日記をつけるのは大変だし、誰かに読まれたら困るというのもあるけど、写真だったら他人が見ても意味が分からないから重宝よ。何か感じたらパッと一枚撮る。日付も入るしね」

「なるほど。いいかもね。僕も始めようかな」

「思わぬ情報が記録されて、あとで役に立つこともあるのよ。バス停で何気なく写真を撮ったら、バスの発車時間がばっちり写ってて、重宝したこともあったわ」

「ふうん」

巻き戻し音がとぎれ、藍子は小さなフィルムを取り出した。

「お父さん、一番近い写真屋さんはどこ？」

「国道沿いのコンビニだろうな」

「ああ、あの大きなところね。ホテルから見えたわ。ちょっとひとっぱしり行ってくる」

「ついでに食パンと牛乳買ってきてくれ」

「はーい。六枚切りでいい？」

「いや、八枚にしてくれ」

「了解」

藍子が家を出ていくと、協一郎がコーヒーカップを持ってソファに座った。

「君はこれからどうする？」

「とりあえず、あのテープをもう一度聴きます。それから、高安さんのところに行って、オリジナルの編集してないテープを聴かせてもらう。いざとなったら博多の友人に連絡取って、スタジオ借りてみようかとも思ってるんですけど、なんとなくここまで出てきてるような感じがするんですよね」

多聞は喉に手を当てた。それは嘘ではなかった。昨夜夢うつつにあの図書館での出来事を思い出しているうちに、自分は確かにあの音を知っているし、それが何であるか言葉にすることができるという確信がじわじわと身体の中に満ちてきたのである。それは、彼の職業的なカンだった。デモテープを聴いているうちに、これはモノになるという予感がくっきりと形をとる瞬間。それと同じ予感を自分の中に見いだしていたのだ。

「うむ。頼む」

「先生は？」

「私はちょっと心当たりのある人物をあたってみる。このへんの歴史に詳しくて、なおかつ、ここと距離を置いているような人物をね。何か見聞きしていないか、それとなく探ってくるよ。高安君は、過去の記録や警察をあたって、いったいどのくらいの人間が『盗まれて』いるのか見当をつけられないかどうか調べてみると言っていた。今夜は四人で、うちで食事する」

「その人が『盗まれて』いる可能性は？」

「恐らく、大丈夫だろう。少し箭納倉とは離れているし」

「お気をつけて」

「君もな」

協一郎は残りのコーヒーを一気に飲み干すと、立ち上がった。

素早く立てつけの悪いアルミサッシュの扉の鍵を開けると、高安は支部の明かりを点けて、中に入った。肌にまとわりつく湿気に顔をしかめ、すぐにエアコンのスイッチを入れる。留守電を確認するが、何も入っていなかった。支局からの回覧や通達がごちゃっとＦＡＸ受けに溜まっている。

支部と言っても、裁判所の近くに長屋のように並んでいる、平屋建ての司法事務所の建物の一角を間借りしているだけだ。スチールデスクと、ＦＡＸと兼用になったコピー機、パソコンと電話と本棚。スケジュールやメモの貼ってある仕切り壁の向こうは、今までの新聞や資料を積んである形ばかりの倉庫である。

電気ポットに残っていたお湯を捨てて、水をいっぱいにするとほとんど反射的にコンセントを入れた。ポットが小さな音を立ててお湯を沸かし始めるのを確認してから、高安は自分の任期よりも前の日誌を引っ張り出した。

どのへんからいこうか。

高安は日誌をデスクに運びながらじっと考えた。ようやくあの失踪事件が、『事件』として形になって、自分の仕事の範疇《はんちゅう》に入ってきた今、一つの事象としてとらえる方法を考えなければならない。

彼の前任者は二、三日引継ぎをしただけで、広島に転任になった。人の善さそうな中年男の姿が脳裏に浮かぶ。ざっと日誌を見てから、あの男に電話を掛けた方が早いかもしれない。

地方版ですら、箝納倉の記事が載ることは少ない。せいぜい観光行事や、交通事故くらいだ。本社のデータベースで『箝納倉』を検索してみたが、例の事件に関わる記事は全くと言っていいほど見つからなかった。見事な隠蔽《いんぺい》。いや、隠蔽という自覚すらないのかもしれない。すぐにでも前任者に電話をして、似たような失踪事件がなかったかどうか確認したかったが、まず前任者の残した資料を見るのが礼儀だなと我慢する。確か、赴任したての時に、日誌の書き方の参考にぱらぱらめくった以外でこの日誌を開いたことはなかったはずだ。日誌は三年分あった。

まず、これだ。

高安は、電気ポットのコポコポいう音を聞きながら、日誌を次々とめくって斜め読みを始めた。

朝のコンビニエンス・ストアでは若い勤め人が手に取った飲み物を忙しくレジに運んでいた。会社に着いて朝一番で飲むのだろう。若い店員がバーコードを読み込ませる電子音がとぎれなく続いている。

藍子は、殺気だった勤め人の一団が去るまで待とうと、食料品の棚のあたりをぶらぶらしていた。パンと牛乳を店の緑の籠に入れる。雑誌のコーナーで、何か読みたいものはないかと物色した。店の中には、若いＯＬやサラリーマン、仕事前に飲み物を買いに来た土木作業員など十数人が居合わせている。

その時、キイーッという悲鳴のようなブレーキ音が響いた。

思わず外を見る。

すると、変な方向に回りこんできたワゴン車が、交差点でオートバイに接触するのが見えた。ヘルメットを着けた若い男が大きく口を開いているのがパッと目に入った。

事故だ。

そう思った瞬間、オートバイがはねとばされて、運転していた若い男ごと、あっというまにコンビニエンス・ストアの入口に突っ込んでくる。

激しい衝撃音がして、自動ドアが開くのよりも早く、オートバイと男がドアに叩きつけられ、ドアが粉々になった。バラバラと破片が飛ぶ。

悲鳴を上げることもできず、藍子はふと店の中に視線を走らせた。

みんなが、一斉に口に手を当てた。

その衝撃を、なんと説明すればよいのだろう。

そこにいた十数人——麻のスーツを着た若い娘も、つなぎを着た壮年の作業員も、カウンターの中にいる学生アルバイトも——その誰もが一斉に同じ角度、同じポーズで凍り付いていた。示しあわせたかのように、同時に。

ざあっと悪寒が全身を走り抜ける。背中がくすぐったいような、ふわっと暖まったような感触に震えた。

みんなの目がその瞬間、空洞のようになった。みんな同じ目だった。もしそれぞれの目をのぞきこんだならば、同じ闇がその奥に繋がっていることを確信した。

ワゴン車は歩道に乗り上げていた。車の止まる音がして、あちこちから人が飛び出してくる。入口に放り出されたオートバイと若い男に恐る恐る目をやると、若い男は呻《うめ》き声を上げて腕を動かした。床の上はガラスの破片が大量に散乱している。

「救急車だ！」

一番近くにいた中年サラリーマンが我に返って店員に叫んだ。みんなが一斉に動き始める。人々の中に、さっき藍子が目撃した闇を窺わせるものはもうない。

店員は慌てて通報した。外を歩いていた若い男も、店をのぞきこんで携帯電話で救急車を呼んでいるらしい。

「君、大丈夫か？」

「動かない方がいい」

「じっとして」

人々が男の周りを囲んで、口々に声を掛けた。

藍子は、自分の手が震えていることに気が付いた。

落ち着け。落ち着くんだ。

しかし、さっき受けた衝撃はなかなか身体を去らなかった。みんなが——ここにいるみんなが——まるで、ミュージカルの振り付けのように、同時に。

そんな。まさか、そんな。

藍子は頭の中で必死に見たものを否定しようとしていた。大きな音がすればみんなが一斉にそっちを向くのは当然だ。自然な反応だ。

でも、あの手は。あの目は。

ざわざわと人が集まってくる。しかし、藍子は一歩も動くことができなかったし、何も聞こえていなかった。

多聞はソファの上で胡座をかいて、繰り返しあのインタビューのテープを聴いていた。

記憶の中の、図書館での音と比べてみる。同じだ。あの音と。そして、これは人工の音だ。

自然音ではない。知っている。俺は、この音を知っている。

目を閉じて、記憶のインデックスを探る。不快な音ではない。むしろ、どことなく懐かしい音だ。子供の頃の、古い記憶の中にある音だ。まだ世界が夢と地続きにあった頃。黄昏《たそがれ》の向こうに、名もない妖精や怪物が住んでいた頃。その頃聞いた音だ。

でも、今がそうでないと言えるのだろうか。

多聞はふとそんなことを考えた。今だってそうだ。日常の世界と地続きに、こんな悪夢にひきずりこまれるとは、全く予想していなかった。

さらに繰り返しテープを聴く。いつしか緊張していた。もどかしい。まどろっこしい。すぐそこまで答は近付いているのに。

あまりに繰り返し聴いたので、三人の女性の声が頭に焼き付いてしまった。

多聞は大きく溜め息をついて、頭を搔いた。

そう言えば、まだ藍子が戻ってこない。どこかで道草を食っているのだろうか。

壁の時計を見上げる。

さっき施錠していったから、藍子は鍵を持っているのだろう。協一郎は、多聞にも家の鍵のスペアを渡していた。そう考えると、居ても立ってもいられなくなる。

高安のところに行こう。ついでに、あの三軒の家をもう一度回って、あの音が聞こえないかどうか確かめてみよう。

多聞はステレオの電源を切って立ち上がった。


電気ポットがとっくに『保温』になっていたのに気付き、高安はインスタント・コーヒーの壜《びん》に手を伸ばした。日誌に目を向けたまま、マグカップに振り出す。お湯を注ぐと、腕にはねてびくっとした。コーヒーの香りが狭い部屋に満ちる。

前任者の記述は、いささかルーティンワーク的ではあったが整然として分かりやすかった。習慣らしく、一面の見出しが何だったか毎日書いてある。お陰で、日誌の書かれた当時の世界が記憶の底から蘇ってきた。きちんと記録をつけるということの大事さが身に染みる。

目指す記載は、彼の来る一年ほど前と、もう一年前とにあった。真相の分からない失踪事件。『?』マークが書いてある。

失踪事件は、なぜか続けて起きることが多いようだった。なぜ続くのか不思議に思うという記載が見える。前任者の任期中には、二度ほど続けて失踪事件が起こっていた。二人、もしくは三人。やはり、暫くしてから戻ってきている。どれも老人ばかり。やはり、みな女性だ。戻ってきたという記述はあったが、それに関する意見はなかった。特に突っ込んで調べてみたわけではなさそうだ。前任者もただの徘徊《はいかい》だと思っていたのだろうか。

失踪事件の起きた日付をメモする。が、その脇に薄く何か書いてあるのが目に入った。

『農協倉庫？』

よく見ると、そう書かれている。

高安は目を凝らした。日誌に記載したというよりは、無意識のうちに走り書きしたという感じだった。

付箋を貼りながら、失踪事件に関する記述を繰り返し読む。あとで、この日の地方版も探してみなければ。

やがて、彼は、別のページにも同じ走り書きを見つけた。

『農協倉庫から』

やはりそう書かれている。

農協倉庫。市の南側の外堀近くにある、石造りの大きな備蓄倉庫である。相当古い建物だ。これがどうしたというのだろう？

高安は地図を広げてその場所を探した。暫くその箇所を見つめていたが、やがてデスクの上のバインダーを開くと、広島支局の電話番号を指で探し当てた。

救急車で若い男が運ばれていったあとも、警察の人が写真を撮っていた。ワゴン車の運転手も、うなだれて交差点で警官に事故当時の模様を説明している。

藍子たち店の客は、奥の通用口から外に出された。慌てて会社に向かうサラリーマンたち。藍子はなんとか平静を装って写真を現像に出し、パンと牛乳を買った。野次馬と警官の姿を遠巻きに見ながら、よろよろと歩きだす。

コンビニエンス・ストアが遠くになってから、ようやく彼女は落ち着きを取り戻した。

あの事故は偶然だった。まさしくみんなが無意識になった瞬間だったのだ。

ということは、やはり相当数の人間が――

みんなが一斉に口に手を当てた瞬間の映像が頭の中に蘇り、背筋がぞくりとした。

道の向こうから、自転車に乗った若い母親がやってくる。腕の間に座っている男の子と何かこそこそ話している。

すぐ後ろから、制服を着た少年が、走って藍子を追い抜いていく。頬を上気させ、汗が額に光っている。

藍子は、自分が異物のような気がした。周りを歩いている人間が、皆、未知の生物のように見えてくる。そのうち突然、一斉に指をさされて、あいつは違う、あいつはまだだと叫ばれるのではないかという被害妄想がじわじわと心の奥に育ち始める。

そして、そこにはそれがあるのだ。

藍子はひっそりと道路に寄り添うようにすぐそこにある流れを強く意識した。あたしたちは常に囲まれている。

藍子は青ざめた顔で、脇目もふらずに協一郎の家を目指した。早く多聞の顔が見たかった。ねっとりと蒸し暑いのに、全身が冷たい。嫌な汗を身体に感じる。

ほとんど走るようにして、藍子は家に辿り着いた。呼び鈴を押すが、家の中からは何の反応もない。鍵を開けると、三和土には父の靴も多聞の靴もなかった。もう出かけたらしい。

藍子は素早く玄関の鍵を掛けると、ドアに背をつけたまま長く溜め息をついた。

突然、電話のベルが鳴り始めた。藍子はびくっとする。まるで、彼女が家に着くのを見計らっていたかのようだ。

藍子は、全身を強張らせて、暗い家の中で鳴り響くベルの音をじっと聞いている。


昨日までと変わらず、一歩内側に入れば静かでのどかな街だった。

今日は雨は降っていなかったが、相変わらずの曇天。見渡す限り、乾いた場所がない。道路も、柳の木も、屋根も、石の橋も濡れそぼったままだ。

多聞は、彼らしい一見のんびりとした足取りで遊歩道を歩いていた。

カササギのような白と黒の鳥が、畝になった畑の中をちょこちょこ歩いている。

昨夜の動揺と恐怖が、嘘のような気がした。

こうして自分はぺたぺたと箭納倉の街を歩いている。そのどこかで何かが進行し、自分の理解を超えた生命体が世界を静かに侵食している。今、この瞬間もそれは続いているに違いないのだ。

にもかかわらず、こうして正気でのほほんと歩いている自分は、なんなのだろう。昨夜、協一郎は、あれをつかまえる方法を考えると言った。そう聞いた時に感じた、冷笑のような、徒労感のような違和感はなんだったのだろう。

滅びつつあるのだろうか、と多聞は考えた。

人間が意識を獲得し、社会を作り、倫理や哲学を確立して自らの行く末を模索してきた歳月も、生命というもの自体の巨大で冷徹な流れには何の関係もない。

もしかすると、もう終わってるのかもしれないな。

掘割の船着き場に、デコイのようにじっと動かず丸くなっている鴨を見ながら考える。

時々、こんな感覚を覚える時がある。

自分がもう幽霊のように思える時。いや、世界全体がもう滅びたあとの幽霊のような気がする時がある。こうしてぺたぺた静かな遊歩道を歩いている自分は、滅びた世界が見ている夢の一部なのかもしれない――

小さな喚声が上がった。

声のする方に目をやると、半ズボン姿の子供が堀のところに三人、集まって何かをしている。魚か何かを捕っているらしい。

水辺というのは、世界との接点だな。子供にも、大人にも。

そう思いながら歩いていくと、そのうちの一人がポケットから何か白いものを取り出すのが見えた。

それが目に入った瞬間、頭の中で何かが弾けた。

そうか、そうだったのか。

多聞は思わず口の中で小さく叫んでいた。

前任者は外出していたが、二十分も経たないうちに折り返し電話が来た。

携帯電話が普及して、格段に連絡がつきやすくなったことを実感する。

「もしもし、高安か？」

外らしい雑踏の音が聞こえる。

「ご無沙汰《ぶさた》しております。お忙しいところ申し訳ありません。ちょっと佐々木さんの任期中のことでうかがいたいことがありまして」

「長そうな話か？」

「もしかすると長くなるかもしれません」

「じゃあ、もう社が近くだから、会社から掛け直す。携帯だと高いからな」

いったん電話が切れた。

コーヒーのお代わりをいれていると、再び電話のベルが鳴った。

電話の向こうが静かになっている。自分のデスクに到着したのだろう。

「どうした」

「単刀直入に言います。今、箭納倉で連続して起きた失踪事件を調べているんですが、それに関係する記述がないかどうか佐々木さんの日誌を見ていました。で、似たような事件が九三年と九四年にも起きていますね？　状況は、現在調べている事件と酷似しています。当時、何かこの件について調べたことがありますか？」

電話の向こうで押し黙るのが分かった。やがて煙草に火を点ける音がした。

「また起きたか」

佐々木がボソリと低い声で呟く。

その声を聞いて、高安は、佐々木が何か知っていると直感した。

「戻ってきただろ」

佐々木が探りを入れるような声で囁《ささや》いた。高安がどのくらい入り込んでいるかを推し量っているかのようだった。

「ええ。失踪中の記憶をなくしてね」

「ぴんぴんしてるしな」

「ええ。その通りです」

「戻ってきてるんだから、何も問題はない。そういうスタンスで通した方がいいぞ。君だってそろそろ異動になるだろうし」

佐々木の乾いた声を聞いて、高安は目を見開いた。知っている。彼もここで何かが起きていることを知っているのだ。

「何か、圧力でも？」

「いや、そういうわけじゃない。俺も最初不審に思っていろいろ聞き回ったんだ。なにしろ暇だったからな。でも、誰も取り合わないんだ。別にわざとじゃない。みんな、本当にたいしたことじゃないと思っているんだな。無事帰ってきたんだからいいじゃないの。みんなそう言って不思議そうに俺のことを見る。警察もそうだ。家族は揃ってるし、日常生活が再開されているのに何の問題があるんだとばかりにな」

受話器を握る手にじわりと汗が滲んだ。

「で？　佐々木さんは、一連の事件の原因について何か思うところはあったんですか？」

高安は緊張した声で尋ねた。

再び受話器の向こうに沈黙が降りる。

「思うところはあるが、あまりにも荒唐無稽な話なんで言いたくない」

ぶっきらぼうな声がぼそぼそと聞こえてきた。

きっと、今俺の頭の中にある説と同じだと思いますよ。

高安は、喉元までその台詞が出かかっていたが、かろうじて抑えた。現役の新聞記者二人が電話で話し合う内容ではないことは、たぶん二人ともよく承知しているのだ。

「俺がいた頃、妙な話を聞いてね」

急に佐々木は話題を変えた。

「なんですか？」

「葬儀社で働いてる人がぽろっと漏らしたんだが、時々骨のない仏さんが出るというんだ」

話を聞いてね」

「そう。骨粗鬆症《こつそしょうしょう》がよほど進んでるのか、もしくは覚醒剤でもやってたのかは分からないけど、時々全く骨の残らない仏さんが出るって話でね。遺族で拾うものがなくて当惑したって話を聞いてね」

「気味が悪いですね」

高安は受話器を握り直した。

「ところがだ」

佐々木の声は嘲《あざけ》るような調子になった。

「暫くしてから、もう一度その人に会う機会があってそのことを確認したら、あれは冗談だったって真顔で言うんだ。ちょっと怪談めいた話をしてみたかっただけだってね」

高安は絶句した。

「それで？」

「それだけだ」

二人で黙り込む。

「深く考えない方がいい。俺からの忠告だ。それに、もしかすると、本当に何でもないことなのかもしれないからな」

そんなはずはないだろう、と高安は心の中で反論した。何人もの人間がいなくなり、その誰もが記憶をなくしているという状態が何でもないこととは言えないだろう。

しかし、高安は、そう口に出すことはできなかった。

佐々木はあきらめたような声を出した。

「まあ、好奇心を持つのは分かる。俺もそうだった。高安だったら、ますます気になるだろう。もう一つだけ言っておこう。隣のS市に、小林武雄という男が住んでいる。箭納倉の中学で歴史を教えていた男だ。もう退職しているが、不思議な男でね。箭納倉出身なのに、わざわざ家を出てそっちに住んでいる。箭納倉の歴史について一家《いっか》言《げん》持ってる男だ。本人は真面目だが、周りはいわゆる『トンデモ』系の郷土史研究家だと思ってて、相手にされてない。俺の古い名刺録を探してみな。そいつの名刺が残ってるはずだ。君の個人的な好奇心を満足させるためだけなら、役に立つかもしれない。ただし、周りの人に彼に会ったことを話すんじゃないぞ。君も色眼鏡で見られるだけだからな」

協一郎は、一番後ろの座席でバスに揺られていた。

前方の座席に座っているのは、皆老人ばかりである。

昨夜、あの三人には言わなかったが、既に箭納倉のかなりの人間が『盗まれて』いることを彼は確信していた。

だがしかし、俺が『盗まれて』いないと誰が保証できるだろう？

協一郎は時折その不安が頭をかすめることがあった。

自分の無意識は分からない。瞬きの間は、別の意識が自分の目から外を見ているのかもしれないのだ。『盗まれた』人間の意識がどうなっているのかは分からないが、少なくともそれまでの生活と何等《なんら》変わるところはない。

今のところそれはないだろう。

協一郎は自分を励ました。

俺の年齢では『盗まれる』のに数日はかかるだろうし、そんなに長いこと記憶が欠落していたことはない。毎日きちんと日記をつけているが、どれもきちんと埋まっているし、記憶も現実も連続している。しかし、なんといっても自分はもうリタイアした人間なのだし、もし何日か姿を消していたとしても、誰かがそのことに気付くのは時間が掛かるだろう。この先、そんなことになったらどうする？

彼は時々夢を見る。ふとある日目が覚めると、家の中が黴臭《かび》くなっている。玄関を見ると、何日分もの新聞が溜まっている。そして、ＴＶのスイッチを入れると、自分の記憶にある一週間先の日付をアナウンサーが読み上げている——

夢はいつもそこで覚める。思わず起き上がって日めくりで日付を確認する。一番新しい新聞と、最後に書いた日記の日付を確認する。それから、それが夢であったことを改めて自分に言い聞かせるのだ。

ある朝、目覚めた時、自分が『盗まれて』いることに果たして気付くことができるのだろうか？　『盗まれた』時に、自分が『盗まれた』ことが理解できるのだろうか？　もし理解できるのならば、その時自分は何をすべきなのだろうか？　藍子や多聞や高安に、どう接すればいいのだろうか？

次々と湧いてくる疑問を考えていると、彼は純粋な好奇心が自分を満たすのを感じる。それがどのような体験なのか切に知りたいと思う。それを知るために、『盗まれて』みてもいいのではないかとすら考える時がある。

しかし、やはり、最後の瞬間まで自分はそれを否定するだろう。それがなぜなのかはよく分からないが。

国道は混み合っていた。信号待ち。よろよろとバスが止まる。

初めてあの男と言葉を交わした時のことを思い出す。

同業者は分かるものだが、最初、地元の文化人の多い居酒屋で隣り合わせた時は、元教師だとは気付かなかった。

人を食ったような、どこか西洋人の血が混じっているようなひょろ長い顔の男は、突然協一郎に向かって話しかけた。

あなたね、我々はね、きちんと文学作品を読んでいないんですよ。白秋だって、福永だって、みんな気付いていた。その断片を、我々に向かって自分の作品の中でメッセージにして送っていたんです。ところがね、誰もそんなことに気付かない。箭納倉の美しい自然が、だの、日本人の旅情だの、見当違いのことをめそめそ言う。違うんですよ、そんなものじゃないんです。もっと恐ろしい、人類の秘密がここ箭納倉には秘められている。先人はそのことをちゃんと我々に教えようとしていたんですよ。お分かりか？

その身なりのいい紳士然とした男の話を、協一郎はあっけに取られて聞いていた。言葉にも全く訛《なま》りがないので、てっきりよその人間かと思ったが、箭納倉の大きな味噌屋の息子で、大学時代以外はずっと箭納倉に住んでいると聞いて驚いた。

あとから漏れ聞いたところで、その男は地元では有名な人物だということだった。知性も教養も愛嬌もあり、みんなに好かれてはいるのだが、あのとんでもない自分の歴史観を展開するのだけはどうも、という位置づけである。

それ以来、度々挨拶を交わすようになったが、何度か話すうちに、もしかするとこの男は頭がよすぎるのではないかと思うようになった。彼の教養や思考の回転の速さは、尋常ではない。むしろ、その速さを本人も持て余して、自ら道化となり、道化としてしか周囲も受け入れられないのではないかという印象を受けたのである。あまりにも真摯《しんし》でいちずなドン・キホーテが、哀しい道化としか受け取られなかったように。それほど彼は生真面目に自分の論旨を展開するのだった。

彼の話をよく聞いていると、とんでもないことを言っているように見えるが、論旨はしっかりしている。別に今までの歴史をねじまげているわけでもなく、よくいる牽強付会《けんきょうふかい》気味な歴史研究家のそれとは根本的に異なっているのだ。それどころか、確かに現実に起きている事象や、街の歴史として残されている記述を見ると、彼の言うことがあながち嘘ではないのではないかと思うようになったのである。

協一郎も最初は、弟たちの失踪事件にしても、そのあと焼肉屋で目撃した光景にしても、馬鹿げた推測だと自分の中から追い出そうとしていた。それが当然な反応だろう。しかし、彼の話を聞いていると、彼の言おうとしていることが、まさに自分の目にした事象を説明しているということに、しばしば愕然《がくぜん》としたのだ。

ねえ、なぜ河童だかお分かりか？　みんな河童に足をつかまれひきずりこまれる。足からね。お分かりか？　これがどういうことか？

彼の言葉が脳裏に蘇る。あの時も、彼が何のことを言っているのかさっぱり分からなかったが、今ではその意味するところがよく分かる。彼の言葉は、一から十まで説明するという類《たぐい》の話し方ではないから、ただ聞いただけでは彼が何を言っているのか理解できないのだ。しかし、その裏にある論理に思い当たると、すっきりとした無駄のない言葉だけが放たれているということに気付く。

バスが工事現場を通り、がたがたと揺れた。

車はこんなにも揺れる。しかもうるさい。いったい、こんなにもたくさんの車を走らせる理由が、本当に存在しているのだろうか？　このあいだ多聞が話していた運河で行き来する国になったら、どんなに静かで美しいだろう。緑の平地を縦横に横切るクリーク。滑るように進む舟。絵のような風景。そんな国であれば、神も妖精も舞い降りてくるだろう。

知り合って暫くすると、彼は突然家族を置いて箭納倉から隣の新興住宅地に移り住んでいった。むろん、しょっちゅう箭納倉にやってきて、いつもの居酒屋で持説を披露しているのだけれども。

彼が移り住んだ理由について、妻や息子たちとの不仲説や、年の離れた愛人を拵《こしら》えた説など、それなりに地元では陰で取り沙汰されたが、表面上はすんなりと引っ越したように思われた。だが、協一郎から見ると、その頃には、何かをあきらめたような、何かを覚悟したような諦観が彼の顔に浮かんでいるように思えてならなかったのだ。

こうしてこの自分が、彼の家を訪ねていくことになろうとは。

協一郎はどことなく歪んだ照れ笑いを浮かべた。

バスは田園の中を通り、前方に見えてきた真っ白な建物の群れに向かっていた。

ぺらぺらな新興住宅地。団地と呼べばいいのか、マンションと呼べばいいのか分からぬ無表情な名なしのコンクリート群。お子様ランチの添え物の乾いたパセリのような街路樹。真新しいバス停に降りた協一郎はあっけに取られておもちゃのような管理棟を訪ね、半分眠っているような管理人に『小林武雄』の住みかを聞いた。

驚いたことに、彼は、広場の手前の、一番味も素っ気もない棟の四階に住んでいた。

あの趣味のいい、調度や街並みにうるさい男が。

協一郎は目を丸くしたまま入口に向かった。入口はしんとして薄暗く、錆びた子供用自転車がひっそりと階段の陰に置かれていた。

むろん、通学や通勤が一段落した時間ではあるが、こんなに静かなものなのだろうか。

協一郎は白昼夢の中に紛れ込んだかのような錯覚に襲われた。

それでなくとも、日の射さぬ、自分の影もない午前中だ。このまま永遠に無人の街をさまよっているのではないかという恐怖を覚える。

玄関で部屋番号を押す。

雑音と共に、「はい」というぶっきらぼうな声が答えた。

「三隅です。お時間を頂戴しに参りました」

見えないけれども、インターホンの向こうで、彼が乾いた笑みを浮かべたような気がした。

「どうぞ。上がって」

カチリとオートロックが解錠される音が聞こえ、ドアの前に移動すると重い唸《うな》りを上げてドアが開いた。

がらんとした静かな廊下は、また白昼夢の中に引き戻されたようだった。永遠に続く廊下。目的の部屋のチャイムを押すと、ドアの向こうに誰かの歩いてくる気配がした。

ガチャリとドアが開く。

あの、表情の読めない国籍不明の顔がドアの隙間に現れた。

協一郎は小さくお辞儀をしたが、ふと、目の前の男がゴムの長靴を履いているのに気付いた。どうやらそれを、部屋の中でも履いているらしい。

協一郎の視線に気付いたように、男の目が笑みとも怒りとも取れる奇妙な光を帯びた。

「河童だよ。お分かりか？」

協一郎を見つめたまま、男はぼそりと呟く。

協一郎は小さくゆっくりと頷いた。

「ええ。やっと意味が分かりました。本当に、ようやくね」

男は後ろを向き、協一郎に中に入るよう促した。

chapter IX

私は、いつかその男が私を訪ねてくるであろうことを知っていた。

なぜかは分からない。でも、私は自分の予感というものを過大評価しない程度には信じていた。見えないものがこの世にたくさんある以上、予感というものもそんなに馬鹿にしたものではないからだ。

私は、子供の頃から深く絶望していた。ものごころついた時には、既に絶望していたように思う。だが、周りにはそうは見えなかったらしい。どちらかと言えば、平然とおかしなことを言う剽軽者《ひょうきんもの》だと思われていたようだ。

私はいつも大真面目だった。生まれてこのかた、一度も冗談を言ったことがないと記憶している。至極真面目な性格に加え、それなりに環境にも恵まれ、この自分が属する世界というものを少しでも多く理解したいと努力してきたつもりである。自分が幼い頃から感じていた、理由のない絶望を説明するため、または打ち消すために、いろいろな方法を試みた。哲学や宗教を研究してみたこともあるし、恋愛対象にそれを求めたこともある。しかし、結果として、私の絶望が癒《いや》されることはなかった。私が最も絶望したのは、他の人々が、私のように絶望していないことだった。なぜこんなにも不条理で恐怖に満ちた世界に、彼等は絶望しないのだろう？

私は絶望することにも疲れ果てて精神科医の門を叩いてみた。だが、彼は数か月に亘るカウンセリングの末、肩をすくめて、「あなたは至って正常です。他の誰よりも。私なんかよりもずうっとね」と答えただけだった。

この絶望が暴力にも自殺にも向かわない種類のものならば、深い思索を通して哲学者や文学者を目指すべきだったのかもしれないが、生憎と私は何かを究めるような才能には恵まれていなかった。長い間、教師をしていたが、父が他界してからは仕方なく家業を継いで、すっかりお馴染みになってしまった絶望と暮らしながら生きてきたのだ。しかし、外見には、私の人生は順調らしかった。家業はまずまずで新規事業も成功、美しく聡明な妻と自慢できる子供たち、頼りになる友人。だが、誰にも私の感じていることは理解できなかったように思う。ただ、自分たちがそれを理解できていないということには彼等も前々から気が付いていたようである。私がこの新興住宅地にもう一つの家を持つという酔狂な申出をした時も、彼等は何かのアクシデントが起きた時の心配はしたが、そのこと自体には全く文句を言わなかった。

そして、私は今、自分の絶望について、もう一度深く考えてみる機会を得た。それが、私の愛する故郷であり生活場所である箭納倉という場所に起因しているという事実に関しても。


暫くためらったのち、藍子は思い切って受話器を取った。

「はい、三隅でございます」

おのずと声が硬くなる。

「藍子さん？」

おっとりとした声が流れ出る。

「お義母さん」

藍子はびっくりした。なぜそんなにびっくりしたのか、自分でも分からなかった。考えてみれば、今まで三日と家を空けたことがない。数日家を離れていれば、様子を確かめに電話を貰っても不思議ではないのだと気付き、いかに自分が『日常』から遠ざかっていたのかということに強いショックを受けた。

「すみません、あたしから電話しなきゃならなかったのに」

藍子はすぐに『日常』の顔に戻って義母と話し始める。店の様子、子供の様子。女どうしの情報交換に、会話が弾む。だが、藍子は自分の口だけが『日常』に戻っているのだと全身でひしひしと感じていた。

あたしは今、演技をしている。こんなに全身が強張っているのに、いつも通りの自分を演じている。義母に余計な心配をさせないためだ。

藍子が何も言わなくても、義母はまだ藍子の『リフレッシュ休暇』が終わっていないことを察したようだった。むろん、最初から藍子にその期間を任せて送り出した以上、そのことをぐだぐだ言う義母ではない。

「ゆっくりしていらっしゃい。あたしも秋には心置きなくお友達とヨーロッパ旅行に行かせてもらいますからね。おとうさまによろしく」

義母は泰然とした声でそう言って電話を切った。藍子は思わず電話に向かって頭を下げる。お義母さん、ごめんなさい。

自分が今置かれている状況をどう説明すればいいのだろう。いや、果たして義母にこの状況を説明する時が来るのだろうか？

藍子はそう考えてから、その疑問の不吉さに思い当たって慌てて打ち消した。

なんと京都は遠いのだろう。

藍子は薄暗い部屋の中で、切った電話の受話器を押さえたまま静かに溜め息をついた。急に空腹であったことに気付き、コンビニの袋から食パンを取り出す。食欲を感じて、ようやく全身の緊張がほぐれてきた。トーストを焼いている間に戸棚から紅茶の葉を見つけだし、熱いお湯を注ぐ。そこだけ生きているかのような、カップの中の琥珀《こはく》色の紅茶の香りを吸い込み、黙々とトーストを食べる。

突然、ノックの音がした。

ぎくりとして、玄関を見る。

しんと家の中が沈黙する。

藍子は動きを止めて、玄関のドアを見つめた。

「はーい」

首を伸ばして、返事をしてみる。しかし、ドアの向こうは静まり返ったままだ。

父か多聞だったら、鍵を開けて入ってくるだろう。それに、なぜ呼び鈴を押さずにノックなのだ？

ひんやりと冷たいものが背中を這い上ってくる。藍子はどうすればいいのか分からず暫くじっとしていたが、やがてそっと立ち上がると抜き足差し足で玄関に向かった。

ドアの向こうの様子に耳を澄ますが、何の音も気配もない。ゆっくりとサンダルを履いて、ドアの真ん中の覗き窓に目を当ててみる。歪んだ丸い視界には誰もいない。

それでも暫くの間息をひそめて身動きしなかったが、そのうち痺《しび》れを切らして、わざとがちゃがちゃと音を立てて鍵を開け、思い切ってばっと大きくドアを開いた。

湿った、虚《うつ》ろな空気。

ぽつぽつと思いだしたように雨が降っているだけで、辺りに人の気配はなかった。灰色の水溜まりに、気まぐれな輪が浮かぶ。

藍子は不意に自分がその水溜まりを恐れていることに気が付いた。その水溜まりに近付き、そばを通るのが嫌だと思っている自分を意識した。なぜならその水溜まりの先にはあの暗い流れが繋がっていて――

藍子は頭を軽く左右に振ってその考えを打ち消した。

空耳かしら？　いや、でも確かに聞いた。誰かがドアをノックしたのだ。その音のせいで食事を中断されたのだから。

藍子はきょろきょろと辺りを油断なく見回しながら必死に冷静になろうと努めていた。

ふと、隣の家のサッシュが開いているのに気が付く。その向こうで、何かの黒い影がすっと動いたような気がした。

あれ？　お隣の人って、いなくなったんじゃなかったかしら？

藍子は背伸びをして、板塀で仕切られた隣家をのぞきこむ。

それとも、ヘルパーの人？　でも、明かりが点いてないわ。

藍子は吸い寄せられるように隣の家の玄関に回りこんでいった。見ると、玄関の扉も半開きになっている。中は暗かった。近付くと、家の中にしみついた線香の匂いが漂ってくる。

心のどこかでは変だと思っていた。ヘルパーだったら、家に入ったら明かりを点けるだろうし、玄関はきちんと閉めるだろう。

藍子はそっと家の中をのぞきこんだ。薄暗い廊下の奥は、しんと静まり返っている。

「ごめんくださーい。どなたかいらっしゃいますか？」

泥棒かもしれない。

声を掛けたとたんにそう思い付いて全身が凍り付いた。

思わず身を引いたのと同時に、奥でくぐもった音がした。

声？

藍子は再びそっと廊下をのぞきこむ。和室の襖が開いていて、そこから何かが出てきた。暗いので、影になってよく見えない。何かが動いている。

藍子はきょとんとした顔でそれを暫く見つめていた。それは、こちらにゆっくりと近付いてくるようだ。

なんだろう。犬かなんかが迷い込んだのかしら？

突然、藍子は自分が見ているものを認識した。

だが、それは彼女の理解を遥かに超えていた。

凄まじい金切り声にぎょっとした彼女は、それが自分の上げたものであると気付くまでに少なからぬ時間を要したのだった。


フローリングのがらんとしたワンルームである。窓には、昼間なのにカーテンが引いてある。よく見ると、それはクリーム色の厚いビニールカーテンだった。

「殺風景な部屋だな」

協一郎は遠慮のない言葉を呟いた。武雄は低く笑う。

「思索のための部屋だからね。余計なものは入れなかった」

部屋の中央に畳が四枚敷いてある。四畳半の部屋の、真ん中の畳がない形だ。その場所には小さなコーヒーテーブルが置いてあり、読みかけの本が載っていた。畳の上には、一人掛けのソファと、二人掛けのソファが載っている。

「なんでわざわざ畳の上にソファを載せているんだい？」

二人掛けの方のソファに腰掛けながら協一郎は尋ねた。

「気休めだよ。少しでも段差があった方がいいだろうと思ってね」

武雄は、室内では異様に見える灰色の長靴でフローリングの床の上にきゅっきゅっという音をさせてキッチンに向かった。お湯の沸く音がする。

「ここにはちょくちょくお客が来るのかな？」

武雄からコーヒーカップを受け取り、協一郎は探るような目付きで部屋を見回した。

「いいや。君が初めてだ。家族もここには来ないしね」

武雄は一人掛けのソファに座って首を左右に振る。

「それにしても、おかしなところだね、ここは。記憶喪失の人間みたいな場所だ。過去も未来もない。自分が幽霊になったような気分になる」

協一郎は目の前の男を見ながらコーヒーを啜った。置物のような男だ。ひんやりして、すべすべした陶器の置物みたいだ。

「いいんだよ、その方が落ち着く。ここはシェルターだから」

陶器のような男はぴくりとも表情を変えずに呟く。

「シェルターか――なるほど。で、君はいつからあれに気が付いてたんだね？」

協一郎はおもむろに本題に入った。目の前に座っている男は無表情である。

「というよりも」

協一郎は言葉を継いだ。

「なぜ他の人はあれに気が付かない？」

武雄はちょっとだけ首をかしげた。

「さあね――でも、そういうことって多いだろう。みんながどっぷり平凡な日常に浸っていて変化に気付かない。または、頭から変化を否定して気付かないふりをしている。よくあることさ――それこそ、みんなが幽霊になってしまっても誰も気付かないかもしれない」

武雄は淡々と几帳面な声で話し始めた。

「恐らく、この世界というものが――私は別に神の存在を信じているわけではないが、それに類する何かの力というものはあると思う――秘密や真実を見せる人間を限定しているのだろうね。いわゆる、天才や異端と呼ばれてきた人たちだが、その秘密を与えられる代償を払える人間だけが秘密をそっと教えてもらえる。別に私がそういう人間だというつもりはさらさらないが、そこに近いところをうろうろしている人間だというのは確かだろう。君もそうだ。君も、近いところにいる。あれは世界がのぞかせる真実の一つなのさ。真実や秘密にもいろいろあって、時と場所によって万華鏡のように姿を変える。例えば中世のイタリアだったら、あれと同じものが別の秘密として誰かの耳に囁かれたに違いない」

協一郎はその話に引き込まれた。なるほど、一つの事象が時代や環境や価値観によって全く違うものに見えるというのは有り得るだろう。

「例えば、現代の日本、二十世紀末の我々から見えるあれに対する説明を考えてみると」

武雄は教師の口調になって続ける。

「君はあの説を知っているだろうか？——もともと生命は水の中から来た。海の中で生まれたものが徐々に陸《おか》へと上がっていき、過酷な地上での環境に順応して進化していったわけだが、最初、人類もいったん陸上に上がったものの、激しい温度変化や厳しい重力に耐え切れず再び水中に戻った時期があるという説だ。我々は、地上に生きる動物にしてはあまりにも不完全だろう？　体毛がほとんどなく、体温や体内の水分が奪われやすく、おまけに重力にも逆らって二足歩行している。人間の身体は、どちらかと言えば水中で生きる生き物の形態に近い。水中で生きる身体のまま、陸に上がったように見える。これがどういうことか、お分かりか？」

武雄は口癖である『お分かりか？』を放つと協一郎の顔を見た。

「つまり、我々は急に水から上がったんだよ。本来ならば、ゆっくりと時間をかけて地上に適応させるはずだった。また、そうでなければ適応できないほど、地上の環境は過酷だった。ところが、身体を地上に十分適応させる時間がないほど、急いで我々は地上に上がる必要があったのだ。なぜだろう？」

　武雄はじっと協一郎を見つめる。

「急いで陸に上がらなければならないほど恐ろしいことが、水の中で起きたのに違いない」

　この男はほとんど瞬きをしないな、と協一郎は頭の隅で考えていた。

　この男が『盗まれている』という可能性はあるだろうか？

「それがあれのことだと？」

　協一郎は質問した。武雄は話を続ける。

「我々は、少なくともあれから逃げてきたはずだ。なぜなら、あれは『ひとつ』だからだ。あれにつかまると、我々は誰もが同じ『ひとつ』のあれになってしまう。我々は無意識のうちに他者と同化することを避け、恐れてきた。なぜならば、多様性こそが我々の生物としての戦略だからだ。私はかねがね免疫というものを不思議に思っていた。または、臓器移植の際の拒絶反応というものも。移植されたものを自己と認識しない、異物とみなして攻撃する。確かに、毒物が侵入した時に拒絶するのは当然だ。自分の生命を維持していくという目的に反するのだから。しかし、自分の生命活動を助けるものを取り入れることをも拒絶するのはなぜだろう？　種の繁栄のためには、互いの細胞を共用できた方が効率がいいのではないだろうか？　それなのに、あれだけ激しい拒絶を示すということは、個別の個体を持つということに、もっと重要な意味があるのだ。我々は個々に、誰にも頼らずにそれぞれの可能性を試さねばならないに違いない。それこそが、生物として正しい戦略なのだ。これが私の得た結論だ」

　武雄はそこまで一気に喋ると言葉を切った。

「だが、一方で、我々は常にあれにつかまりたいという誘惑と戦っている。『ひとつ』になりたいという誘惑だ。宗教も、家族も、社会も、我々の『ひとつ』になりたいという誘惑が生み出した形式なのではないかと思うことがある。なぜなら、個々に自分の戦略を探るのは大変なストレスが伴うが、『ひとつ』になるのは楽だし何も考えずに済むからだ。だが、そこに生物としてのジレンマがある。『ひとつ』になってしまったのでは、多様性が生じない。山や海や川辺に兄弟が散らばって暮らしていれば、山が大噴火を起こしても、他の場所に住む兄弟は生き残るが、低地に兄弟が固まって暮らしていれば、洪水が起きた時にみんなが死んでしまう。『ひとつ』でいると、何かの弾みに根こそぎ駆逐されてしまうということが有り得るのだ。だから、我々はさらに複雑な戦略を生み出した。『ひとつ』になりたいという誘惑と、個々におのれの戦略を模索したいという欲求の間で常に揺れているという戦略だ。大勢の個体が皆個別行動を取るというのは、かなり危険が伴う。場合によってはみんなが行き倒れになってしまう。それを防ぐためには、時には寄り集まって情報を交換し、共同体でなければ難しいインフラを整備し、安全地帯を作っておく必要性がある。しかし、共同体も長く続くと衰退する。その頃には、また個別の戦略を模索したいという欲望が膨れ上がり、共同体が破綻して分散し、それぞれが違う方法を考える。これを繰り返すことによって、人類は安定した繁栄を享受してきたというわけだ」

「じゃあ、今は？」

協一郎はぼそりと尋ねた。

武雄は一瞬押し黙る。が、低く呟いた。

「我々は『ひとつ』になりたがっているのかもしれない。もしくは、無意識のうちに、あまりにも人間という生物の戦略の収拾がつかなくなったのに気付いていて、もう一度『ひとつ』に戻ろうとしているのかもしれない」

二人は互いに目をそらすと、無言でコーヒーを啜った。

「ねえ、きみ、それちょっと僕に見せてくれる？」

多聞はどきどきしながら、魚捕りをしていた少年に声を掛けた。

三人の少年はきょとんとした顔で多聞を見た。それから、三人で顔を見合わせる。

多聞は精一杯なごやかな笑顔を浮かべてみせた。

自分は彼等の目にどんなふうに映っているのだろう。昼間からぶらぶらしている怪しいおじさんに見えるのだろうか。

「それ？」

少年たちは多聞の指しているものがどれなのか分からなかったようで、きょろきょろした。

「その白いものだよ」

多聞が、中の一人の少年が手に握っているものを指さすと、彼は「ああ」と呟いて多聞に掌を広げて差し出した。

小さな掌が目の前にある。そして、その真ん中に、白い素焼きの鳩笛が載っていた。

これだ。

頭の中で、しっかりと何かが嚙み合わさった。

あれは、これの音だったのだ。人工的なようでいて、そうでない、どことなく懐かしい響きの音。

多聞はかすかな興奮を覚えながらそれを見つめた。

「吹いてもいいよ」

少年はぶっきらぼうに言った。

「いいかい？」

多聞は会釈してから鳩笛を手に取った。素朴でシンプルなデザイン。そういえば、箭納倉では古くからこういう小さな玩具を作っていたという話だった。郷土玩具として、鳩笛が紹介されていた記憶がある。つまり、箭納倉の人々は古くからあの音を聞いていたのだ。どちらが先だったのかは分からない。あの音が鳩笛に似ていると気付いたのか、あの音を模して鳩笛を作ったのか――

そっと口に当てて息を吹き込む。

予想通りの、低く切ない音がした。古い記憶を揺り起こされるような響き。

「それ、あげるよ」

少年は相変わらずぶっきらぼうに言った。多聞はびっくりする。

「え？」

多聞が熱心に見ているので気味が悪くなったのかもしれない。慌てて返そうと手を伸ばした。

「ごめんごめん、いいんだよ、見せてもらえばそれだけで」

が、少年は後退りして両手を後ろに隠した。

「ほんとだよ。うち、じいちゃんがいっぱい持ってて、それと同じの、まだあるから」

少年は大人びた口調でもう一度きっぱりと言った。

多聞は、本家に借金をねだりに来た情けない親戚のおじさんになったような気がした。

「いいのかい？」

どことなく口調も情けなくなる。

「うん」

大きく頷きながら、少年は他の二人の顔を見て促した。場所を変えようという合図のようだった。少年たちは、無言でぱっと駆けだしていく。

「ありがとう」

多聞は彼等の背中に声を掛けた。道路を渡り、田圃《たんぼ》の間の畔道《あぜみち》をぱたぱたと駆けていく少年たち。田圃の中を歩いていた鳥の群れが、もつれあってばさばさと飛び立つ。

多聞はぎゅっと掌の中の鳩笛を握り締めた。その小さな玩具が、ほのかな熱を放っているような気がした。

あの音が鳩笛の音にそっくりだというのは分かった。

多聞は再びあてもなく歩き始めながら、考えた。この時点で、もう高安を訪ねる必要はなくなった。どうしよう。家に戻ろうか。

足はふらふらと、家とは逆の方向に堀の側を歩き続けている。

しかし、それだけでは何の解決にもなっていない。どういう状態の時に、あいつはあの音を発するのだろうか。あれは、そもそも何の音なのだろう。あの時、音が聞こえて少し間をおいてから、窓の外を水が這い上ってきた——

図書館での場面が頭の中に蘇る。

あれはあいつの移動してくる音なのか、それともあいつが出す威嚇の声なのか。それでは、なぜ高安の録《と》ったテープにあの音が入っていたのだろう。自分が箭納倉にやってきてから、道を歩いていてあんな音を聞いた覚えがない。それが、高安のテープでは、二度とも録音されていた。

あいつは分かっている。

突然、その考えが頭に降ってきた。

インタビューを受けた人々は、既に『盗まれて』いて、無意識ではあいつの支配下にある。あの女たちは、どこかで薄々感じていたに違いない。高安がこの連続失踪事件に不審なものを覚えているということを。まだ事実には辿り着いていなかったものの、あいつの存在に近付きつつあったということを。その警告に共鳴して、あいつは声を上げていたのだ。あいつは、俺たちの考えていることが分かるのだ。なにしろ、この街を縦横に走る水路はかなりの面積になり、あいつの支配下にある人間たちの無意識はかなりの量になるのだから——

多聞は思わず堀から離れ、落ち着きなく辺りを見回した。

それじゃあ、ひょっとして。

背筋が冷たくなり、世界がゆっくりと回り始めたような気がする。

俺たちがあいつの存在に気が付いたことを、あいつも気が付いているのではないだろうか？

その瞬間、**うぉーん**という地響きのような音が空気を満たした。

聞き覚えのある、鳩笛のような低い音色が。


高安は、交通量の多い道路の歩道を急いでいた。

なぜかは分からないが、気ばかり焦っている。ワイシャツはもうすっかり汗で湿っていて、不快を通り越していた。

何をやっているんだろう、俺は。

高安は焦りながらも、心のどこかでやけに冷静に考え続けていた。

あんなところに行ってみたからって、何があるというんだ？　何が分かるというんだ？

まるで意味のない行動なのは自分でも分かっている。それでも、彼はそこに行かずにはいられなかった。

顔見知りに会い、にこやかに会釈しながらも、彼は歩調をゆるめなかった。

擦れ違った相手が不思議そうにこちらを振り返るのが分かる。きっと、高安が急いでいたことは、のちのちどこかで話題になるだろう。

頭の中に、日誌の走り書きが浮かんでいた。

『農協倉庫』

高安がその意味を問うと、前任者がしまったとでもいうように小さく舌打ちするのが電話の向こうの気配で分かった。

「なんでもないよ」

努めてさりげない様子でその話を打ち切ろうとするのを感じたが、高安は食い下がった。

「でも、二か所もありましたよ、同じ走り書きが。どんなにつまらないことでもいいんです、農協倉庫がどうかしたんですか？　何か話を聞いたんですか？」

電話の向こうは、暫く静まり返っていた。かすかな息の音だけが、電話線を隔てて行き来している。

根負《こん》けしたのか、溜め息が聞こえた。

「ちらっと噂を聞いたんだよ」

あきらめたような声で、前任者は話し始めた。

「家に戻ってくるまでの間に、失踪した人を農協の備蓄倉庫で見掛けたという噂だ」

「噂？」

「あそこで？」

「はっきりとしたものではないんだが」

受話器の向こうで、歯切れの悪い声が言い淀んだ。

「おかしな話なんだ。それも、備蓄倉庫の中に立っているのが見えた、というだけでね。何かの見間違いかもしれないし、他の人だったのかもしれない、と目撃者も認めている。だが、一年後にまた失踪事件が起こった時もそういう噂があったんだ。備蓄倉庫の窓に、いなくなった老女の顔が見えた、と、下校途中に見掛けた小学生が口々に噂していた」

「倉庫の窓に——」

高安はその場面を想像してぼんやりと呟いた。

電話の相手はコホンとわざとらしく咳払いをした。

「ただの噂だよ。面白がって子供が広めたんだ。家族が本気にして倉庫に行ってみたけど、何も見つからなかったしね。人の顔なんざよく見間違えるもんだ」

あくまで前任者は『なんでもない話』に収めたいようだった。高安は、それ以上追及しないことにした。他に幾つか当たり障りのない日常業務の質問をし、社内のゴシップを交換すると、礼を言って電話を切る。

まず、古い名刺録を探し出して、紹介してもらった男の名前を探し出した。

小林武雄。味も素っ気もない、名前と住所と電話番号だけの名刺だ。その黄ばんだ名刺を取り出して、机の前のボードにピンで留めておく。が、その間も頭の中には、街外れにある古い大きな備蓄倉庫が浮かんだままだった。

今まで全く意識したことのない建物だった。時々米を運び込んでいるのを見掛けたことがある程度である。

高安は目の前の名刺を睨みつけた。電話をしてみようかと、指がプッシュホンに伸びる。しかし、頭の中にはコンクリートの四角い倉庫がでんと居座っていた。

小さく溜め息をついて彼は立ち上がる。

どうしても自分の目で見ておかないと、気が済みそうになかった。何がしたいというわけではない。現地に立って、あの建物を見ておきたい。そういう衝動が、彼の内側をいっぱいに満たしていた。

高安は戸締まりをすると、外に出た。そして、歩きの方がいいだろうと判断して、こうして足早に倉庫を目指してきたのである。

住宅地の奥に、その建物が見えてきた。

巨大な直方体のコンクリートの建物は、長い歳月に耐えてきたらしく、あちこち罅が入り、もとは濃いピンクに塗られていた壁もすっかり色褪せてしまっていた。

それでも、古い建物特有の、どことなく優雅な香りがあり、屋根にはゆるやかな傾斜が設けられている。

急いで歩いてきた高安は、その建物の前に立つと大きく息をついた。

ただの建造物である。敷地には雑草が伸び、錆びた黄色のフォークリフトが隅に置かれていた。敷地の門は開いていたが、巨大な倉庫の大きなシャッターは固く閉ざされたままだ。

普段から人が出入りするような場所ではない。今も、敷地内も建物もひっそりとして、全く人影はなかった。

暫く倉庫を見上げていたが、高安はどこかに入る場所はないかと倉庫の周りを歩き始めた。足が玉砂利を踏んで、ざくざくと音を立てる。

しかし、裏口も、窓も、しっかりと鍵が掛けられていた。金属の網の入った曇りガラスの向こうは真っ暗で、目を凝らしても何も見えない。

当然だな。簡単に出入りできるようじゃ困る。

高安は苦笑いしながらのろのろと建物の周りを巡り続けた。

倉庫の裏手には、総外堀が見える。総外堀に沿って走る道路を、相変わらずトラックがびゅんびゅんと通り過ぎていた。その当たり前の風景を眺めていると、徒労感が襲ってくる。

何をやってるんだろう、俺は。

さっきから何度も繰り返している質問を、もう一度自分に対して投げてみた。

夢でも見ているのだろうか。昨夜、レストランで交わした会話は冗談だったのだろうか。本当に、こんなところで何かが起きているのだろうか。

ふと、何かに躓《つまず》いた。

足元を見下ろすと、錆びて大きな丸い鉄の蓋があった。水道局のマークがついている。

下水道への入口か？

高安は、何の気なしに蓋の穴に手を掛けた。思いのほか重たかったが、ずるずると少しずつひきずって蓋をずらす。

ぽっかりと、深い穴が闇の奥に消えていた。耳を澄ますと、ちょろちょろと水の流れている音がする。音の方向から言って、どうやら外堀と繋がっているらしい。

高安はじっとその暗い穴を見下ろしていた。

なぜだ？　なぜ俺はこの蓋を開けたんだ？

彼は穴の奥から目を離すことができなかった。

なぜこんなに緊張しているんだ？　なぜさっさとここを立ち去ろうとしないんだ？

じっとりと背中に新たな汗が滲んでくる。

駄目だ、ここに降りるとしてもこんなに真っ暗じゃあ。懐中電灯が必要だ。それに恐らく、長靴も。

一方で、冷静にこの中に降りていく算段をしている自分がどこかにいる。

高安はイライラしながら穴を見下ろしていた。

どちらにしても、今の状態では降りられない。準備をしてこなくちゃ。

そう心の中で結論を出し、振り切るように身体を起こす。

再び鉄の蓋に手を掛けた瞬間、彼はその音を聞いた。

うぉーんという、地の底から響いてくるような懐かしい音を。


水が上がってくるのではないかという錯覚に襲われ、多聞は弾かれたように走り出していた。どうにも説明のつかないパニックに全身を鷲掴《わしづか》みにされたように、頭の中が真っ白のまま彼は走った。

遠くへ。遠くへ。堀から離れて、遠くへ。そんな場所など、ここではありはしない。市の一割を掘割が埋め、我々は水に包囲されている。このまま駅に向かえ。駅で電車に飛び乗り、一刻も早く箭納倉を離れるのだ。

擦れ違う人々が、走馬灯のように後ろに消えていく。舟に乗ったのはいつのことだったろう。もう、遥か遠い昔のような気がする。滑るように水の上を平行移動していくどんこ舟。死ぬ前に蘇る記憶はきっとあんなスピードで――紫陽花。合歓《ねむ》の花。ひらひらと舞うピンクの花。ルビーのように赤いタニシの卵。

頭の中をさまざまなイメージが行き来し、彼はその時完全に理性を失っていた。ただ、自分が恐怖に駆られて声にならない悲鳴を上げ続けていることを知っていた。

それでも、彼の足は駅には向かっていなかった。無意識のうちに、彼は協一郎の家を目指していた。ぽつぽつと顔に雨が当たる。くそいまいましい水が、空からも攻めてくる。多聞は不意に怒りを感じ、肩で息をしながら足を止めた。だらだらと汗が全身から噴き出してくる。弛緩した表情で辺りを見回すが、何か異状が起きている気配――あいつが襲ってくる気配はない。

多聞はよろよろと歩き始めた。

さっきの音は、なんだったのだろう。俺の意識に共鳴したのは確かだ。やはり、あいつは分かっているのだ。

汗が目にしみる。こんなに全力疾走したのは何年ぶりだろうか。

あいつに、意思はあるのだろうか？　それとも、ただ単にこちらの意識に反応しているだけなのだろうか。

すっかり自分の家のようになったあの平屋建てが近付いてきた。

誰か帰ってきているだろうか？

玄関の前に立ち、鍵を取り出そうとすると、中から「だれっ」というヒステリックな声がした。藍子の声だ。だが、やけに近い。

「僕だよ」

多聞がそう言うと、ドアの向こうに人の近付く気配がし、がちゃがちゃと鍵を開ける音がした。ドアが開く。

目の前に、藍子の真っ青な顔があってぎょっとした。

様子がおかしい。茫然と多聞の顔を見上げている。

「どうしたの」

藍子はぎゅっと多聞の腕をつかんだ。痛みを感じるのとともに、彼女がぶるぶると震えていることに気が付いた。

「お隣に」

藍子はぼそっと呟いた。

「お隣？」

多聞は後ろを振り返った。板塀の向こうの家はひっそりとしている。

「何かがいるわ」

「何か？」

多聞は藍子の顔を見た。藍子の目は、多聞の肩越しに隣の家を見ている。その瞳の色に、多聞はぞっとした。

「何かとしか言いようのないものよ。おかしなもの。でも、動いてたの——あたし、見ちゃったの。見なければよかった」

藍子はひきつった声で呟いた。

「警察を」

多聞は声をひそめた。藍子は激しく首を振る。

「お願い、多聞さんも見て。あたしの幻覚じゃないと証明して。いえ、そうじゃない、あれがあたしの幻覚だと証明してほしいの。お願い。たぶん、もう大丈夫。たぶん、あたしたちに危害を加えられるようなものじゃないと思うわ。ええ。もう、死んでると思う」

藍子の言葉は支離滅裂だった。普段の明晰な彼女からは想像もつかない。そのことが、余計多聞を動揺させた。多聞はごくりと唾を飲み込み、後ろを振り返った。

静まり返った隣の家。

大きな水溜まり。ずっと大きくなっている。水溜まりはぐるりと家を囲んでいる。それは畑の中の水溜まりに続き、さらに堀へと道筋を作っていて――

多聞は呼吸を整えようと努力した。

行かない方がいい。ここで警察を呼ぶのだ。

どこかでそう叫ぶ自分がいた。しかし、多聞はゆっくりと歩き始めていた。藍子は多聞の腕をつかんだまま静かについてくる。

よせ。引き返せ。見ない方がいい。

頭の中で、警告を発する声ががんがんと響いていた。だが、足は止まらない。

そろそろと回りこみ、隣の家の玄関の前に立つ。扉はかすかに開いていた。

心臓が激しく打ち始める。

よせ。まだ間に合う。

そう叫びながらも、彼の手はゆっくりとドアを開けていた。

薄暗い玄関に何かが倒れている。何か、ぐにゃりとした灰色のものが。

線香をにぎったしわだらけの手が目に入る。

多聞の視線は、その手の繋がっているところに向かう。

そこには、人間のようなものが横たわっていた――恐らく、老婆に似たものが。毛糸の帽子をかぶり、灰色の髪の毛が見え、落ち窪《くぼ》んだ目と頬が見える――しかし、それは半分だけだった。それは、人間の右半身だけだ――もう半分は、引き伸ばした餅のようだった。こちらを向いた右半身の下にあるのは、どろりとした灰色の、床の上にべちゃっと貼りついている、柔らかそうな物体に過ぎないのだった。

chapter X

郷愁。

曖昧で、感傷的で、そしてどこか苦みのある言葉だ。

この箭納倉が、日本人の郷愁のイメージで語られるようになったのはいつからだろう。やはり、桐山白秋の歌で有名になってからだろうか。確かに彼の歌は美しく、普段我々が心の隅に押し込んでいる、恥ずかしくて柔らかな部分に触れるものがある。しかし、なぜいつも彼等は白秋のその部分しか見ないのだろうか。美に敏感なものは、醜にも敏感であるとなぜ気付かないのだろうか。

例えば、川端康成に対するイメージなどにも私は反発を覚える。川端康成と言えば、『雪国』。もしくは、『伊豆の踊子』。何度も映画化されたイメージ。主演のアイドル歌手が微笑《ほほえ》む爽《さわ》やかなポスター。それらは、しょせん彼の世界の上澄みに過ぎない。彼は、私にとってはグロテスクで粘着質、怪奇趣味の強い作家だ。『掌の小説』の一部の短編などは、アメリカのSF作家ブラッドベリの怪奇短編を連想させる。そして白秋もまた――

箭納倉が美しいということに異論はない。私もまた、子供の頃から堀の風景に魅了されてきた一人だ。自分の世界のフレームのように、いつもそれはそこにあった。だが、一方で私はそこに別の匂いを感じとっていた。この風景の後ろに何か暗黒に似た異様なものが存在することを。そして、この場所を愛した詩人や文学者たちも、恐らく私と同じものを幻視していたのではないかと思うようになった。彼等はこの地の美しさと叙情を語りつつ、二重写しのようにこの地の暗黒を語っていたのではないだろうか。


薄墨色の雲がゆっくりと動いていた。

かすかになまぬるい風も吹いている。

土手を埋め尽くす、むっとするような草の匂い。

低い空の下、遠くの方には送電線の鉄塔が殺風景に続いている。

相変わらず、総外堀を囲むように走っている国道はひっきりなしに車が走っているが、堀の内側の街はねっとりとしたいつもの日常だった。

土手の上に、ぽつんと白い猫がうずくまっている。

白雨は、ぴんと髭《ひげ》を立ててじっと目を見開いていた。かすかに顔を上げ、空気の中に紛れ込んでいる何かを見つめているように見える。

実際のところ、彼女は箭納倉の街に起こりつつある変化を感じとっていた。

何がきっかけだったのかは分からないけれども、確かに何かが変わりつつあった。なにしろ、箭納倉を形成する、太古からの生命体の一部が彼女の身体を構成しているのだから、その変化は彼女にも影響を与えていた。

彼女には、飼い主である三隅協一郎や、その娘の藍子たちが何を疑いどんな行動を起こそうとしているのかは分からないけれども、彼等とあれとの間に一種の緊張関係が生まれていることに気付いていた。少なくとも、そのことがあれの変化に何かをもたらしたことは間違いがなく、あれが何かをしようとしているという気配だけは察していたのである。

彼女の脳裏には、この広い空間を縦横に走る堀を埋めるあれが、ゆっくりと思索をしながらゆらゆらと流れているさまがはっきりと浮かんでいた。あれは考えていた――考えているという言葉が正しければの話だが。考えているというのか、反応しているというのかは不明だが、明らかに何かをしようとしている意思が感じられた。

今まで感じたことのない空気に、白雨は緊張し興奮していた。彼女もまた考えていた。それもまた考えているという言葉が正しければの話だが。彼女はこの先この世界が、かつて誰も見たことのない世界に変容していく予感を、湿った風の中に感じ取っていたのである。

そして、白雨は、自分の背後を一人の男がふらふらと歩いていくのに気付かなかった。その男は、彼女も何度か会ったことのある男だったのだが。もっとも、男の方も白雨には気付かず――いや、誰と擦れ違っても今の彼には目に入らなかっただろう――青ざめた顔で歩いていた。

高安は、よろけるように道を急いでいた。

先ほど、農協倉庫へと向かっていたのとはまた違う足取りで。

わざと、俺に見せた。わざと見させたのだ。

高安の頭の中では、ぐるぐるとその言葉が確信となって回っていた。

あの振動のような響き。テープの中で聞こえたものをもっと大きくしたような、全てを見透かされているような響き。

高安は息を切らしながら道を進んだ。

こんなことになろうとは。

彼は衝撃を受けていた。恐怖していた。激しく動揺していた。そして、何より自分でも驚いたことに、彼は非常に興奮していたのである。それは、動揺や恐怖を上回るくらい強かった。彼は、生まれて初めて、こんなに強い感情を味わったような気がした。そして、そんな自分を心のどこかで面白がっているということを自覚していて、改めて、俺って変な奴だな、と思った。

スクープ、という文字も脳裏に浮かんだが、不思議なことに職業意欲はかきたてられなかった。

俺は、このことを記事にしたいだろうか？　心の中で自問する。しかし、彼の中のその部分はしんと静まり返ったままだった。あの場所を写真に撮り、このことを記事に書いたらどうなるだろう？　騒ぎは想像もつかなかった。大勢の人間が押し寄せ、たちまちパニックになるに違いない。みんなの世界観が百八十度変わってしまうのだ。世界観どころか、社会にも、国家にも、計り知れないほどの影響を与えてしまう。人間ではないものが税金を払い、社会の構成員として生活しているのだ。そんなことが判明したら、いったい世間はどういう反応を示すだろう。そういう点では興味があったが、彼の中では、むしろ個人的な感慨でいっぱいだった。

やっと——やっと、俺も内側に入れた。

それは奇妙な感慨だった。いつも味わってきた疎外感。他の人たちのように、自分の人生に熱中できないという虚無感。しかし、今、彼の手の中に、この世界の真実が姿を見せているのだ。日常というのどかな壁の裂け目の下に、あんなものが存在していたことを誰が知っていただろうか？　彼は、ひそかな満足と優越感すら覚えていた。

相変わらず、強い興奮と衝撃に突き動かされていたものの、徐々に彼の本質的な冷静さが蘇ってきた。協一郎か多聞を連れていかなければならない。ロープと懐中電灯。発表するかどうかはともかく、克明な記録を付ける必要がある。フィルムをたくさん。一人は写真を撮り、一人はビデオカメラで一部始終を撮影する。それでも、やらせだフェイクだと言う人間はいるだろう——その写真とビデオを誰かに見せることがあればだが。しかし、彼は心のどこかで、それらが日の目を見ずにお蔵入りするような予感がした。

何だろう、このあきらめに似たような感覚は。

青く揺れる柳の枝を見ながら、高安は再び自問した。

あきらめ、もしくは、あまりにも予測不能な未知の世界が目の前に広がっている時の頼りなさに似ている。

ふと、目の前に古い木の橋が浮かんだ。どこの橋だろうと一瞬考えたが、郷里の高校の近くの橋だということに気付いた。入試を全て終え、結果発表を待つばかりの宙ぶらりんの時期、部活動の顧問に挨拶をして一人であの橋を渡った。あの時も、今のようなぼっかりと空白の未来が目の前に広がっていることを奇妙な感慨とともに感じていた——ふいに懐かしさが胸を突いた。

だが、今目の前に広がっている未来は、あの時と比べものにならないくらい茫漠として予測がつかない。この件にどんな形で決着がついたとしても、その時の自分はもうそれ以前の自分とは全く別の人間になっているだろう。いや、あれを見た瞬間から、既に俺は違う世界に足を踏み入れ、違う人間になってしまったのだ。

日が暮れる前に、もう一度あそこに行って写真を撮っておきたい。

高安は、はやる気持ちを必死に抑えながら支部へと急いだ。

「藍子ちゃん、カメラ貸してくれる?」

多聞は自分でも意外なほど早く落ち着きを取り戻した。既にあの耳と指を見ていただけに、ある程度予想がついていたからに違いない、と心の中で自分を分析していた。

「ええっ、写真撮る気?」

藍子はとんでもないと言うように小さく叫んだ。

「うん。証拠写真。あ、あとであの耳と指も写真撮っておこう」

「そんな——嫌よ、あたしのカメラにこんなのの写真が写ってるって考えるだけでも」

藍子は多聞の後ろで身震いした。

「しょうがないなあ。じゃあ、使い捨てカメラ買ってくる。家で待っててくれる？」

「一人で待ってるのはもっと嫌だわ。分かったわよ、あたしのカメラ持ってくるわ」

藍子はようやく普段の調子を取り戻し、ぱっと玄関を出ていった。

多聞は、半分だけの老婆とその場に取り残された。あまりいい気持ちはしない。あまりにもおぞましい物体だが、その癖、視線は引き寄せられていく。

多聞は気味悪さよりも好奇心が勝って、まじまじと目の前の物体を見つめていた。

それにしても、なんてよくできてるんだろう。肉体はおろか、着ていた着物まで正確に再現されている。着物も、帯も、半分までが完璧に本物そっくりだった。

多聞は、床に面した下半分のどろりとした部分との繋ぎ目をしげしげと観察した。

やはり全てが物凄い力で引き伸ばされたようになっていた。ふと、彼は、友人でフィギュア作りおたくがいたことを思い出し、そいつにこれを見せてやりたいと思った。あいつなら、持って帰りかねない。多聞は、フィギュアだらけのそいつの家の応接間に、この物体が置かれているところを想像した。カードが貼ってある——作者不詳。

玄関にしゃがみこんで老婆の虚ろに開かれた目を見ているうちに、疑問がわいてきた。

なぜだ？　なぜこんな中途半端な状態で戻ってきてしまったんだ？　今までこんな失敗をしたという話は聞いたことがない。それに、第一失踪してから何日も経っていないではないか。この年齢ならば、これまでの例から言っても『盗まれる』には最低一週間は掛かるはずじゃないか。

「どうしてなんだ」

多聞は目の前の物体に向かって呟いた。

「そんなのに話しかけないでよ」

藍子が怯えた声で後ろからつついた。

「うーん。なんでこんな不完全な状態で戻ってきたんだろうね」

多聞はのんびりした調子で藍子を振り返る。藍子は肩をすくめてカメラを渡した。

フラッシュを焚《た》いた瞬間、動き出すのではないかという根拠のない恐怖に駆られたが、どんなにシャッターを押しても、目の前の物体はそのままだった。こいつの前でVサインをして写真を撮ったら、ばちが当たるだろうか。

「いったいなんでできてるのかしら、これ」

藍子は気味悪そうに離れたまま呟いた。

多聞はいろいろな角度から写真を撮っているうちに、むしろ感嘆の気持ちが起きてくるのにとまどっていた。

まだこの世には知らないこと、理解できないことがたくさんある。

目の前にあるこの物体を目にしては、そう素直に考えないわけにはいかなかった。

このようなものを造形する力、造形する意思があるということを考えると、あまりにも空恐ろしくて、普段の自分の仕事がちゃちでちっぽけなものに思える。

なぜ自分の目の前にこんなものがあるのか、なぜこれを見ているのが自分なのか、なぜ自分はこんなところに居合わせているのか、多聞は繰り返し誰かに向かって質問していた。ねえ、どうしてなんです？　どうして僕たちなんです？

「何ぶつぶつ言ってるの、怖いわ」

藍子が玄関の外に出た。

「交番に行きましょう」

多聞はきょとんとした。

「なんで？」

「なんでって、あの人失踪してたんでしょ？　あんな状態で戻ってきたんだから、届けなきゃ」

「でもさ、あの人ってもうあの人じゃないよ。あれは人間じゃないんだから。人間の死体じゃない限り、事件じゃない」

多聞は前に協一郎が言ったような台詞を藍子に繰り返した。藍子は絶句するが、彼女もやはりこれを公にすることには抵抗があるらしく、何も反論しなかった。

「このままにしておくの？」

その質問が、多聞に賛成したことを示していた。

「とりあえずはね。別に腐るもんじゃないらしい。だんだん縮んで、そのうちなくなってしまうらしいよ。先生が帰ってきたらどうするか決めよう。写真も撮ったし、家に戻ろうか。そう言えば、あの音の正体が分かったよ」

「ほんと？」

気が付くと、辺りが薄暗くなっていた。厚い雲がまたしても空に集まり始めている。おとなしい雨ではなく、激しい雨になりそうだ。

協一郎の家の玄関に足を踏み入れようとした瞬間、多聞は何かぐにゃりとしたものを踏んだ。

嫌な感触。厚みがあって、まるで――

多聞は薄暗い足元を見下ろした。

まるで、誰かの手を踏んづけたみたいだ。

そして、足の下に目をやると皺《しわ》だらけの掌があった。

藍子がひきつった悲鳴を上げて飛びのく。

多聞はあまりの衝撃に固まってしまった。足の下で、手の厚み、その中の骨に似たごりっという感触が全身を貫き、鳥肌が立った。

ようやく身体が動き、飛び上がるように多聞はそれから足をどけた。

藍子と寄り添いあうように後退《あとずさ》りをしながら、二人はそれを見つめた。

褐色の水溜まりの中から、一本の腕が飛び出していた。まるで穴から手を出しているように、老人の腕が地面を掻いている。

水溜まりは、隣家の軒下から続いていた。

「これってひょっとして、隣のおじいさん——こんなところに——」

多聞はどくどくと激しく打っている心臓をなだめながらぼそぼそと呟いた。

藍子は半ばパニックに陥っていた。

「いやっ——いやよこんなの」

身震いをしながら道路に飛び出し、電信柱の陰から多聞に向かって叫んだ。

足で掌を踏んだ感触が身体の中に残っていた。そのおぞましさにぞっとしつつも、多聞は好奇心に押されて、物干し台の側に置いてあった竿上げを手に取った。そっと手を伸ばし、水溜まりの中の手を押してみる。

「やめて、多聞さん、そんなのに触らないで！」

藍子が悲鳴を上げる。多聞は構わずに手を押し続けた。肘から先が細長く伸びてちぎれた腕が、泥にまみれて地面の上に転がった。さらに水溜まりの中を探ると、硬いものの感触がある。泥の中に、白い指が見えた。

藍子が悲鳴を上げ、今度こそ顔を背ける。背筋がぞくりとしたが、多聞はその硬いものを水溜まりの外に押し出した。

もうひとつの掌だった。しかし、こちらは手の甲の四分の三ほどしかない。

「いや——逃げましょう、こんなところ——あたしもう耐えられない」

藍子が首を左右に振りながら泣き声で呟く。

おかしい。

多聞は水溜まりの外に転がっている二つの手を見つめながら心の中で呟いた。

何かがおかしい。何かが狂い始めている。

ぽつりと頬に雨が当たった。

はっとして空を見上げる。

どす黒い雲がむくむくと蠢《うごめ》いていた。

暴力的な雨の予感は、たちまち現実となった。スピードを上げて大粒の雨が地面を打ち始める。ざああ、という激しい雨音が空間を埋め尽くす。水溜まりの脇の手の上で、白い飛沫が鞭打《むちう》つように跳ねる。

「中に入ろう」

多聞は慌てて腕を水溜まりの中に押し込むと、藍子の腕を引っ張って家に入った。

乱暴に鍵を掛け、扉に背を当てて暗い天井を見上げる。激しい雨の檻に、すっぽりと家が閉じ込められていた。殺気すら感じさせる雨音は、玄関で息をひそめている二人の存在すらもかき消そうとしているような気がした。


くそっ、なんて雨だ。よりによってこんな時に。

高安は舌打ちしながら、軒下からしたたり落ちる雨を見つめていた。

それでも、手はてきぱきと準備を整えている。白いビニール傘と透明な雨合羽《あまかっぱ》をロッカーからひきずりだした。

いざ支部を出ようとしたが、文字通りバケツをひっくりかえしたような雨に思わず躊躇した。

増水したら、あれはどうなるのだろう。沈んだり、流されたりするのだろうか。

高安はじりじりする思いで空を見上げた。凄まじい雨に、風景は白く濁って何も見えない。駐車場に向かって数歩進んだだけで、たちまち全身に雨が浸入してきた。しかも、むっとするような蒸し暑さで息苦しくなる。豪雨に右往左往する人々が、重い雨に逆らうようにあちこちに散っていく。車は川のようになった道路の水をかきわけるようにのろのろと走る。ヘッドライトが雨の中に鈍く光り、深海魚のように雨の底を進んでいた。

高安は苦労しながら車に乗り込んだ。車の中もすぐにびしゃびしゃになる。

あまりの雨のうるささに、かえって世界は無音に感じられた。

ただ行ったり来たりしているだけのワイパーの向こうに、サイレント映画のような白黒の世界が広がっている。

不思議だ。俺一人だけが世界の観客のような気がする。

高安はやけに平静な自分を奇妙に感じた。

これから何が起きるのか。何が俺を待っているのか。

船の舳先のように、車の周囲に波が立っていた。

それにしても、この蒸し暑さだけは耐えがたい。

高安は拭っても拭ってもしみだしてくる汗に顔をしかめた。

ハンドルを切り、ブロック塀の角を曲がると、前方の道路の中央に犬が立ちすくんでいるのが見えた。

「危ない！」

思わず叫んでいた。大したスピードは出していなかったが、車のボンネットに何かがぶつかった感触を覚えた。

ブレーキを掛けるが、雨でずるずると滑る。がくんと止まったとたん、雨の音が大攻勢をかけてきた。

ドアを開けると、さらに雨音が襲いかかった。殴りつけるような雨の中を、ざぶざぶと歩いて行く。靴の中に水が流れ込んでくる。

白い雨の中、毛の長い犬が転がっていた。

やっぱり撥《は》ねちまったか。飼い犬かな。

自分に腹を立てながら、高安は犬に向かって歩いて行った。いや、犬にしてはどこかおかしい——なんだか奇妙な形をしている——犬ではない？

訝しげな表情で、高安は足元に転がっているそれの上にかがみこんだ。

自分が見たものが暫く理解できず、彼はあぜんと目を見開いていた。

それは確かに飼い犬だったように見えた——頭にピンクのリボンが付いていたからだ。しかし、それは犬と呼ぶには些か体積が足りないように見えた。いや、はっきり言って、その犬は頭の部分しかなかった。長い毛の先の方は、みんなひとつに溶け合わさって平べったくどろりと伸びていた。まるで電球のような形に、首から下が細長く伸びて先端はちぎれていたのだ。

自分が見ているものを頭の中で描写しながらも、まだ高安は信じていなかった。

あの地下の貯水槽で見たものが脳裏に焼き付いていたにもかかわらず、彼は自分の足元に転がっているものの存在を、無意識のうちに否定しようとしているのだった。

バスの窓を、激しい雨が叩いて白く塗りつぶしている。

もう梅雨末期のような雨だな。

協一郎は大きな黒い瞳でじっと窓の外を見つめていた。

足には気を付けるんだな。

あの男の声が脳裏に蘇った。

なぜ河童かと言えば、泳ぐ時はみんな裸足だからだ。川の中で裸足でいる時こそ、河童にやられる。なぜ寝ている間にいなくなるかというと、寝ている時はみんな裸足だからだ。奴等は足からつかまえる。足の裏から我々を捕らえる――だから、私はこうして眠る時も長靴を履くようにしているんだ。川のないアスファルトに地面を封じられたマンション、中でもその中心に位置するマンションを買い、気密性が高く、階数も高い場所をわざわざ選んだ。少しでも奴等が近付く可能性を減らすために。だが、しょせん気休めに過ぎないことは分かっている。生命体としての我々は、『ひとつ』になることを望む時期に来ているらしいからな。そういう流れには逆らうことなどできない――我々は、静かにその時を待つだけさ。

激しい雨。暗い車内には、身動きしない老人たちが、一番後ろに座っている協一郎にひっそりと背を向けて座っていた。大きなワイパーがせわしなく動いているさまは目が回った。何かが動き出している。それは、スピードを上げて我々に迫ってくるだろう。

別れ際にあの男が言った言葉が蘇った。

次にお目に掛かれる時は、果たして本当に私なのか、君なのか。

彼はそう言ってかすかに笑った。協一郎も笑った。

二人とも、子供のような無邪気な笑顔だった。

激しい雨に、箭納倉の街全体がすっぽりと覆われていた。

夜になっても雨はいっこうに衰える気配がない。

協一郎の家で、多聞と藍子と高安は夕飯を黙々と食べていた。

「凄い雨ね——こんな雨でもお堀はあふれないのかしら」

ようやく落ち着きを取り戻した藍子が窓の外にちらっと目をやった。

「昔からのあのシステムが生きている限りは大丈夫さ」

協一郎はビールを飲みながら呟いた。

四人はとりとめもない会話を続けていた。昼間彼等が目にしたものを話し合った結果、農協倉庫に行くのは夜が明けて、雨がやんでからにしようということになったのである。それが何を意味する行為なのかは誰にも分かっていなかった。しかし、それが重要な行為であることはなんとなく感づいていたのである。

高安が前任者から聞いた話をすると、協一郎は小林武雄から聞いた話を続けて披露した。他愛のない昔話のような、のんびりした会話だった。

「河童も鳩笛も——結局、昔の人は薄々気が付いていたんですね」

多聞がぼそりと呟いた。

「うむ」

協一郎が言葉少なに頷く。

身体は疲れているが、眠れない。ここで眠りこんでしまうとどうなるか分からないが、みんなはちびちびと酒を飲んでいた。四人とも、家の中なのにゴム長靴を履いている。戸締まりはいつにもまして厳重だった。自分たちがどんな役割を担っているのか、何が自分たちを待ち受けているのか、誰にも答は予測できなかった。

「藍子ちゃんは、雨がやんだら帰った方がいいんじゃないの。子供がいるんだし」

多聞が言いにくそうな顔で藍子を見た。

子供、と言われて藍子の顔に、迷いが浮かぶ。藍子が頷くことを他の三人が望んでいることを、彼女はよく分かっていた。藍子は協一郎の顔を見た。協一郎は『帰りなさい』という目で彼女を見つめている。しかし、その目を見た瞬間、彼女の瞳に生来の強さと父親譲りの頑固さが蘇ったのが分かった。

「ええ、向こうには子供がいる。でも、ここにはお父さんがいるわ」

藍子はきっぱりと答えた。みんな無言だった。

「でもさ、いつでも気が変わったら帰ってよね」

例によって多聞がのんびりと言うと、藍子は小さく苦笑いした。

「ね、文学しりとりしましょう」

突然多聞が言いだしたので、三人はあぜんとした。

「ねえ先生、こないだ中断したままでしたもんね。どうせ眠れないならそういうどうでもいいゲームがいいんですよ。ええと、こないだは何で終わったんでしたっけ」

多聞は自分の思い付きが気に入ったように勢いこんで言った。

「よくまあそういうことをこういう状況で考えつくわねえ——多聞さんって、大物なのか小心者なのか、この期《ご》に及んでもまだ分からないわ」

あきれた顔で藍子が呟いた。

「このあいだは、ゴールズワージーの『林檎の樹』で終わったんだ」

協一郎がムスッとした顔で呟いた。

「はいはい、そうでしたね。じゃあ、僕。『キリマンジャロの雪』」

「『飢餓海峡』」

すぐに高安が答えた。顔にはニヤニヤ笑いが浮かんでいる。

「うわあ、渋いわね。じゃあたしは『海と毒薬』」

文句を言っていた藍子が後を続ける。

「『クリスマス・キャロル』」

協一郎がぼそぼそと呟く。

「ル！　ル、ですか。る。る。うーん。ルビーの指環、は歌だし。あ、これにゆきづまったら今度は曲名しりとりにしましょうね。あ、これはどうです、『ルバイヤット』」

多聞が叫んだ。すかさず藍子が突っ込みを入れる。

「ねえ、ルバイヤットっていうのは詩の形式名で書名じゃないんじゃないの？」

「いや、あるはずですよ、書名でも」

高安が言う。

「ま、いいか。こんな時にこだわってもしょうがないわね」

「僕はちゃんとこだわってるんだけどなあ」

藍子の台詞に多聞は不満そうだ。

「今度は僕ですね。『遠い声　遠い部屋』」

苦笑しながら高安が続けた。

「高安さんて、渋いー。文学青年じゃないの。や、や、ね。じゃあ、あたしの尊敬する亀井勝一郎の『大和古寺風物誌』ってのはどう」

なんのかんの言っても、藍子も文学少女なのである。

「『潮騒』」

協一郎はいたってシンプルに答える。

「『石の花』」

すんなり出たことにホッとしたような表情で多聞が続けた。

「『ながい坂』」

「それ、誰の？」

「山本周五郎ですよ」

「知らなかった。『風の又三郎』」

「『生まれ出づる悩み』」

「出たあ、懐かしい。記憶の底から蘇ってくるなあ。よし、『みだれ髪』」

「また『み』ですか——あ、『乱れたベッド』。サガンです」

「『ドリトル先生航海記』。大人の文学のあとは児童文学よ」

「『きけわだつみのこえ』」

「それって文学？　ノンフィクションだよね」

「まあ、いいんじゃないの、古典ってことで。有名だし。古典と言えば『エマ』」

「『マノン・レスコー』」

「この場合、『こ』でいいの？」

「うん」

「じゃあ、『金色夜叉』」

「『山の音』」

「『トニオ・クレーゲル』」

「いい調子ですね――る。る、か。るは難しいですね」

高安が考えこんでいると、急に辺りが静かになった。四人は、誰からともなく天井を見上げる。

「――雨がやんだ」

協一郎が呟いた。三人が協一郎の顔を見る。四人の顔に奇妙な表情が浮かんだ。

「湿度が高いし、窓を閉め切っていたからどの家も蒸し暑いだろう」

協一郎は淡々と呟いた。

「つまり？」

藍子が無表情に尋ねた。

「みんなが窓を開ける。もしかすると、そのまま寝る」

協一郎の返事に、みんなが黙りこんだ。めいめいが、その意味するところを考えている。

やがて、申し合わせたようにそれぞれのグラスに口を当てた。

「あたしたちに何ができるのかしら。あたしたちは、何をすればいいのかしら」

藍子が呟いた。

急に静かになったので、その静けさがかえって不気味だった。やけに互いの声がはっきりと響く。

「分からないけど、もう引き返せないですね。とにかく、何が起きているのか僕は知りたい。知ったからどうなるというものでもないんでしょうけど、知りたい。他にも知っている人がいるのかもしれないけれど、ただの人間が、人類——生命と言ってもいいのかもしれないけど、その一つの真実を目にしてるんですよ。そんなチャンスにめぐりあえたことだけでも僕にはだいそれたことのように思える」

高安がゆっくりと呟いた。

「まあ、この事件の行方をとりあえず見届けたいと思うな。でも、もし僕一人が『盗まれ』ちゃったとしても、冷たくしないでね。無意識以外は僕なんだからさ。問題なのは、きちんと『盗まれ』ればいいけど、あんな変な形で戻されちゃったら嫌だなあ。痛くはなさそうだけどさ——白雨に耳ちぎられるのも嫌だな。あれ、そう言えば、白雨は？」

思い出したように多聞が部屋の中を見回した。

「帰ってこないな。ひょっとして、あいつは状況が変わったことをよく分かってるのかもしれない」

協一郎が、玄関の方に視線をやりながら言った。

「もしかして、白雨は『ひとつ』になっちゃったのかもしれないわね。もともとあれから生まれてきたものだし」

藍子が遠くを見ながら呟いた。

「――生命の戦略かあ」

多聞は頭の後ろで手を組んでソファに寄り掛かった。

「なあんで、こんなに複雑な生き物になったのかなあ、人間って。僕らのサブカルチャーなんて、人類の進歩には全く貢献してないよねえ。人間って無駄なことばかりする方向に向かってるけど、これも何か戦略と関係あるのかなあ」

「それも戦略の一つだと思いますよ、彼等の」

高安が人差し指を立てた。

「なんで」

「この一世紀、人間はどんどん身体を使わない方向に向かってますよね――乗り物が発達して足を使わない。道具が発達して手も使わない。首から上ばかりを使う。話す、聞く、読む。つまり、目に見えない部分、言い換えれば『意識』をどんどん発達させて、イメージを広げて頭の中のものを目に見えるようにしたいと思っているわけです。これがさらに進んでいくと、テレパシーに近い状態になっていく。意識だけで他人と交信する。もしくは、頭の中の情報をみんなで共有する。これって、奴等の目指してることじゃないですか？　みんなで『ひとつ』の意識になることを目指してるわけですから」

「なるほど。インターネットだってそうだよね。国境のない一つの巨大国家。コングロマリットはいよいよ巨大になる」

「そうそう。だから、通信技術や情報社会が発達するのは奴等の目的に適《かな》ってるんですよ」

「一時期はやった『利己的遺伝子』みたいなの？」

「まあ、そうだね」

「なんだか嫌ね。知らないうちに御輿《みこし》に乗せられてるみたいで」

「だって、僕たち自身が遺伝子の乗り物なんだもの」

なんでこんな話をしてるんだろう。

多聞は奇妙な気分になった。明日は人類史上重要な事件が起きるかもしれないというのに、この現実感のなさは。

多聞は寛いでいる自分が信じられないような気がした。まるでひとごとのようだった。

でも、もしかして、世界中で起きていることなのかもしれない。

ふと、そんな考えが浮かんだ。

実は、世界のあちこちで、こんなふうにたまたま居合わせた人たちが、人類の秘密、進化の謎に立ち向かっているのかもしれない。それらは人に知られることなく、消滅したり終結したりしているのかもしれない。世界のあちこちで、こんな夜を過ごしている人たちがいるのかもしれない――もしかしてこれは、取るに足りない平凡な事件に過ぎないのかもしれない。

そう考えると、なんとなくおかしくなった。たまんないよなあ、世界のあちこちでこんなふうに『盗まれて』ちゃあ。

協一郎が立ち上がり、おもむろに窓に手をかけた。

藍子がぎょっとしたような顔になる。

「何するの、お父さん」

「いや、ちょっと息苦しくなってな」

「危ないわ、窓を開けてちゃ」

「大丈夫さ。すぐに閉める」

藍子が慌てて止めようとした時には、既に協一郎はがらがらと窓を開けていた。みんなが小さく悲鳴を上げる。

外はしんとしていた。

ひんやりした心地好い空気が流れこんできて、目が覚めたような気分になった。

三人はいつのまにか協一郎の後ろに立って、窓の外をのぞきこんでいた。
「見ろ、月が出てる。月を見るのなんて久しぶりだ」
つられてみんなが顔を上げた。
濃い闇、深い闇のてっぺんの方に、ぽかりと白い月が浮かんでいた。
静かな世界。止まったような時間。
彼等は月と一対一でそれぞれ向き合っていた。
四人は無言で月を見上げていた。
これが、最後の夜。それが何なのかはうまく説明できないけど、何かが終わる夜だ。
多聞は心の中でそっと呟いた。

chapter XI

かつて、あの上に人類が降り立ったという。

さえざえとした月が、指で突いて開けた天の穴のように銀色に浮かんでいる。

不気味なほどの静寂の中で、小林武雄は身じろぎもせずにその丸い天体を見上げていた。

静かな夜だった。さっきまでの豪雨がやんで、耐え切れぬほどの静寂が辺りを満たしている。呼吸をするのも憚《はばか》られるような、大勢の観客がじっと息を潜めて何かを待っているような静寂。

かつて、人類は月に行ったという。月の石。足跡の写真。TVの画面。さまざまな証拠。果たして本当だろうか？　夢でも見ていたのではないだろうか？　そのあとに、火星に降り立つ人類を全てスタジオで撮影して世間を騙すという映画が作られた記憶がある。月もそうではなかったと誰が言えるだろう。

この一歩は小さいが、人類にとっては偉大な躍進だ。

確かにそうだったが、そうではなかったとも言える。我々は若かった。月面への第一歩が、全てを手に入れられる、全てを知ることができるという証しの第一歩であると信じていた。だが今、我々は何も知らないことすら知ることができないのではないかという予感に怯え始めているのだ。そうなっては、偉大なる一歩も、「奥さまは魔女」や「ローハイド」といった古き良きアメリカTVドラマの間に挟まるセピア色の映像に過ぎない。

本当の偉大なる一歩は、これから始まる。今夜、今これから始まるのだ。

武雄はじっと月を見つめた。

こんなにはっきりと月が見えたことなど、いつ以来だろうか。その輪郭はくっきりと際立ち、影すらも一つ一つ鮮やかに見える。まるで、生まれて初めて望遠鏡をのぞいた時のように。

部屋の明かりを消して、腕組みをして、ゴム長靴を履いて窓辺に立っている男は、今や他の全ての感情よりも好奇心が勝っていることを自覚していた――いや、はっきり言うと、彼はわくわくしていたのである。今まで常に心のどこかで悲壮な思い、あきらめと恐怖の表裏一体になったような思いを抱き続けていたことが嘘のようだった。

苦痛はないのだろう。戻ってきた人々の様子を見ても、むしろ心地好い体験であったことは見当がつく。それはそうだ、我々は常に『ひとつ』になること、誰かにひれ伏し服従することに強い憧れを抱いているのだから。現に、今の自分だって、王子様を待つ無垢な姫君のように、うっとりとその時を待っているではないか。

武雄は闇の中で苦笑した。口角が上がる、顔の筋肉の動き。自分が今笑っているということに、奇妙な感動を覚える。

それにしても、と心の中で呟きながら、ゆっくり玄関に向かって歩き始める。長靴の底がきゅっきゅっとかすかに陽気な音をたてた。

おしまいとは、なんと静かに始まることよ。


月明かりに照らされた団地は、白黒映画を見ているように全ての色彩を失っていた。

平坦なコンクリートのそこここに、黒い鏡のような水溜まりがひんやりと広がり、そのどれにも月が映っていた。

夢の中の囁きのような虫の声が、点在する緑地帯の中から低く足元に響いてくる。

彼等も変質するのだろうか。

ふと、虫たちのことを考えた。彼等もまた別のものに変わっているのだろうか——

巨大なコンクリートの群れには、全く人間の気配がなかった。

この箱の中に、大勢の家族が住んでいるということが、時々ただの悪い冗談としか思えない時がある。彼はふと、自分がこの世で一人きりの人間のような気がした。

そう――あれと私と、その二つしか存在していないのかもしれない。

その時、彼は、闇の向こうに自分以外のものの存在を感じとった。

ああ、やってきたか。

彼は安堵のようなものを感じた。積年の思いに応えてもらったような感謝の念すら抱いた。

遠いところから、何かがひたひたと打ち寄せてくる。

武雄は、広場の中央に立って闇の中に耳を澄ませていた。

今、ここは丸い地球ではなく、どこまでも平面の夜の世界だ。どこまでも続くコンクリートの平面の彼方から、静かにそれはやってくる。

武雄は目を閉じて、果てしなくコンクリートの広場が続いているさまを想像した。そして、その中央に一人立っている自分の姿を。

昔どこかでこんな絵を見たな――やなせたかしの絵だったかな。

彼はパッと目を開いた。

空とコンクリートを隔てる一直線の境界線に、月の光に照らされ、何かが鈍く銀色に反射するのが見えた。

ほう――大きいな。

二十センチくらいの厚みを持った、水飴のような透明の膜が、音もなくゆっくりとこちらに近付いてきた。視界に収まる地平線をくまなく埋めている。

洪水の始まりというのもこんな感じなのだろうか。

武雄は興味を持ってしげしげとそれを観察した。

ゆっくりではあるが、すうっと確実にそれは地面を埋め尽くしていった。

みるみるうちに押し寄せてきたそれは、あっという間に武雄の足をかすめていく。ほとんど感触はなかった。武雄のことなど気付かぬように、彼の後ろに過ぎ去っていく。

長靴の半分まであれに埋まっているのを確かめながら、武雄は後ろを振り返った。

闇の中の進軍はあくまでひっそりとしていて、しかもスピーディだった。

コンクリートの建物に突き当たると、それはスピードを落とすこともなく、やすやすと壁を這い上り始めた。四角いケーキの上からたっぷりとシロップを垂らしているところを、さかさまに眺めるとこんな状態になるだろう――たちまちそれは建物を下から覆い尽くし、明かりのついた窓、開いた窓から静かに侵入していくのが見えた。

彼等がその気になれば、通風口からでもどこからでも侵入できるだろう――そして、今彼等はまさにその気になっているのだ。

足元をあとからあとから柔らかくて意思を持ったものが通り過ぎていく。それはいっこうに尽きる気配がない。

こんなにたくさんいたのか。

武雄はあきれたような顔で周りを見回した。

箝納倉どころか、世界中を飲み込んでしまえるな。

自分たちのあまりのおめでたさに、武雄は疲労感を覚えた。

随分長いこと待っていたんだな。

相変わらず世界は沈黙に覆われていた。目を閉じれば、いつもの静かな夜だった。

しかし、透明な膜はとぎれることなく世界を覆い尽くしていく。

武雄は沈黙にいたたまれなくなって天を仰いだ。

そこには、いつもと変わらぬ輝きを湛えた白い月がぽっかりと浮かんでいる。

そのあまりにも平凡な風景に、肩透かしを食らったような気分になった。

武雄は惚《ほう》けたような表情で、暫く月を見上げていた。

そうか。おしまいは始まりでもあるんだな。

自分の顔が月の光に照らされるのを感じているうちに、なぜかふつふつと胸の奥から笑いが込み上げてくる。

低い笑い声が自然と口から漏れた。

暗闇の中、音もなく足元を流れていく膜の中で、彼は低い声で笑い続けた。

そして、彼が無邪気な表情で笑いながら自分の長靴に手を掛けた時も、世界は静かな眠りの中にあった。


あまりにも静かな夜だった。誰もが連日降り続く雨、蒸し暑い不快な梅雨に疲れていた。家の中に干した洗濯物の匂い。梅酒の壜の赤いプラスチックの蓋に貼られた真新しいラベル。革靴の中に押し込められた新聞紙。枕元に置かれたうちわ。脱ぎすてられた皮のように足元に丸まっているタオルケット。汗をかいて寝返りを打つ子供の放つ甘ったるい匂い――

そんな日本の地方都市の、いつもの季節の中の日常の、短い幕間《まくあい》のような静かな夜は、ひっそりと過ぎていった。そして、静かな夜は静かすぎる夜へと変わっていき、やがていつもよりも遥かに静かすぎる朝へと変わっていくのだった。


火星の運河に、どんこ舟が浮かんでいた。

そこはやけに美しい場所だった。緑の地平線は、ぼうっと霞《かす》んでいて淡い花が咲き乱れている。空はオパールのようにさまざまな色の光が柔らかく瞬《また》いていた。

緑の平原を縦横に走る運河にはたくさんのどんこ舟が滑るように動き回っている。

なるほど、先生と話していた通り、日本は運河の国家になったんだな。

多聞はそう考えながらどんこ舟に揺られていた。

あら、そんなの随分前の話よ。あなた、知らなかったの？

聞き覚えのある懐かしい声が耳元で囁いた。

誰だっけ、この声？

ひどいわ多聞。箭納倉で藍子ちゃんといるうちに、あたしのことなんか忘れちゃったんでしょう？

ふと隣を見ると、眞弓が口を尖らせて座っていた。

おいおい、ほんとに藍子ちゃんとは何でもないんだってば。眞弓だって僕の性格分かってるだろ？　それに、今それどころじゃないんだ。とんでもないことに巻きこまれちゃってさ。

ほんと、大変なんだよ。

多聞は必死に弁明した。眞弓は彼女がやきもちを焼いている時の顎の角度で、多聞をキッと睨みつける。

分かってないのはあなたの方よ、あなたはなんでもないつもりかもしれないけど、彼女はあなたのことが好きなのよ。あなた以外はみんなが知ってることよ。何がそんなに大変なのかは知らないけど、あたしはここを動きませんからね。

眞弓が舟の上でぷいとそっぽを向くと、長い髪が揺れた。紺の巻きスカートとハイソックス。そうか、この頃はハマトラ全盛時代だったよな。

相変わらずね、眞弓先輩。

反対側から声がして、多聞はハッと振り向いた。船頭が菅笠の下から顔をのぞかせると、藍子である。多聞は慌てて身体を寄せると、声を潜めた。

藍子ちゃん、まずいよ、今は。

大丈夫。あたしだってことに気付きゃしないわ。眞弓先輩、多聞さんのことしか見えてないから。それよりも、あいつらを退治する方法を考えたわ。

えっ？　退治するって？　あれを？　いったいどうやって？

月に行くのよ。月の向こう側に。そうすれば月の引力があいつらを引き寄せて

多聞は突然ぱっちりと目を覚ました。

足が重く、黒いものがくっついているのにぎょっとするが、ゴム長靴だと気付いてホッとする。ソファの隣で、腕組みをして寝ている高安が目に入った。

静寂。その静けさにどこか異様な感じを抱いたが、多聞はがばっと起き上がった。

家の中は薄暗い。昨夜は明かりを点けたまま眠ったが、明るくなったので誰かが消したのだろう。

その中で、朝食の準備をしている藍子が目に入った。

おかしな夢を見たな。多聞は伸びをした。そして、夢の中で眞弓が言っていた台詞を思い出した。

彼女はあなたのことが好きなのよ。あなた以外はみんなが知ってることよ。

あれは、本当に眞弓に言われた台詞だな。多聞は不意に記憶が蘇るのを感じた。

いつのことだったっけ。やはり、いつもの四人で飲んだあとのことだった。夢の中のように弁明した多聞に、眞弓はああ言ったのだ。

すっかり忘れてたなあ。

藍子の後ろ姿を見ながら多聞は不思議に思った。本当のことかどうかは分からないけれども、若かりし日々のことだ。その彼女と、十年以上も経ってからこんな目に遭うとは誰が想像できただろう。

時計を見ると、もうすぐ六時になるところだった。四時間くらいしか眠っていないが、意外と充実した眠りだった。周りの気配を感じたのか、高安も目を覚ましたようだ。

「おはよう」

「おはようございます」

藍子が落ち着いた声で応えた。いつもの朝。多聞はなんとなくホッとする。

水の音がして、協一郎がトイレから出てきた。多聞は彼に挨拶をしようとしたが、その顔を見てハッとした。

黒い瞳は真剣だった。こころなしか青ざめている。シャツの胸ポケットに入れたカード型ラジオの、小さな黒いイヤホンを入れた耳を押さえながら、協一郎は何も言わずに居間のTVの電源を入れた。

「どうかしたんですか。何かニュースでも？」

多聞と藍子は訝しげに協一郎を囲んだ。

ブツッ、という音がしてTVの画面が明るくなったが、何も映らない。協一郎は次々とリモコンのボタンを押したが、どこの画面も明るい灰色のままだ。

「あれっ。壊れちゃったのかな」

多聞がTVの画面をのぞきこむと、協一郎はステレオの方に移動してラジオを点けた。ガーッという耳障りな音が響く。スイッチを押しても、どう目盛りを動かしてどこかの局に合わせようとしても、何の音も入らない。ＮＨＫも、ＦＭも入らないのだ。

「こっちのラジオも、さっきから何も聞こえないんだ」

　協一郎は呟くように胸ポケットを押さえた。

「どうしたんでしょう？　電波障害かな？　でも、何も映らないっていうのは不思議ですね」

　多聞は直接ＴＶのボタンを押してチャンネルを替えながらひとりごちた。

「何が見えないんですかぁ？」

　高安が寝ぼけた声を出して起き上がった。身体が大きいだけに、彼が動きだすと急に部屋の中が活性化されたような雰囲気になる。

「おはよう。それがさ、ＴＶもラジオも何も入らないんだよ」

「そんな馬鹿な」

　むっくり起き上がった彼の足にもゴム長靴が嵌《は》まっているのを見て、昨日までの現実が心の中に押し寄せてきた。今日が大事な一日だという確信も。

　みんなでＴＶを囲んでがちゃがちゃやっていたが、ふと協一郎が何か思い付いたように外へ出ていった。何も映らないので、ＴＶもラジオも消すと、突然世界が静まり返った。

「静かね」

藍子がぽつんと呟いた。

「とても静か。朝って、普通もっと慌ただしい気配がするのに」

藍子がちらっと外を見た。ゆうべの晴れ渡った空が幻のように、またどんよりと曇っている。雨は降っていない。隣家の古い屋根が見える。

「――まるで」

藍子は言いかけてやめた。コーヒーが沸いて、そこだけがいつも通りの生気を醸し出している。

コーヒーを飲み、黙々とベーコンエッグを食べ、トーストを齧《かじ》り、キウイとリンゴをたいらげる。その間も、『静かな朝』は淡々と続いていた。

「どこまで行ったのかしら、お父さん」

藍子が不安そうな声を出したのが聞こえたかのように、玄関が開く音がして、協一郎が相変わらず硬い表情のまま入ってきた。

みんなが何かを尋ねようとする前に、協一郎が口を開いた。

「おかしい」

その声には、かすかな混乱が感じられた。

「誰もいない」

「誰もというのは」

多聞が不思議そうな声を出した。協一郎は憮然とした顔で答える。

「文字通りの意味さ」


念のためにカメラや懐中電灯やロープなど、一通りの準備をして出かけた。知らない人が見たら、地質調査か何かをしているグループに見えるだろう——誰かが見たとしたら、だが。出しなに、多聞はもう一度隣の家との間の水溜まりをかき回してみた。しかし、昨日見た老人の腕と手の甲は見当たらなかった。

「変だな」

隣の家にも入ってみたが、あの『老婆もどき』も姿を消していた。

多聞と藍子は顔を見合わせる。

「いなくなっちゃった」

「なぜだろ」

話を聞いていた協一郎と高安もけげんそうな顔で家の中を見回している。

四人はきょとんとした顔で外に出た。それぞれの顔に、不安そうな表情がぼんやりと浮かんでいる。が、街を歩き始めるうちに、それははっきりとした当惑に変わっていった。

街は静寂に包まれていた。

それは、不気味な静寂だった。

「そんな馬鹿な」

高安がぼそりと呟く。見ると、さっきからしきりに携帯電話を掛けているのだが、箭納倉市内に掛けると呼び出してはいるものの誰も出ない。かといって、それ以外の場所に掛けようとしても、圏外の表示が出るのだった。

それでも四人はまだ半信半疑だった。協一郎の言葉を大袈裟《おおげさ》な意味にしかとらえていなかったのである。


誰もいない。


そんなことがあるはずがないではないか。

四人はきょろきょろしながら道を進んだ。誰も口を開かない。

住宅街はがらんとしていた。全く音がしない。どこかしら虚無感すらも漂っている。

通勤・通学時間だというのに誰も歩いていない。人の声も聞こえない。堀だけがいつも通りに静かに流れていた。柳の葉も、微風に揺れている。

誰もいない。

何か、大きな事故でもあって、知らないうちに避難勧告が出されていたのだろうか？　彼等が気付かないうちに、ぞろぞろとみんながどこかに向かっていたという可能性はあるだろうか？　昨夜はあんなに静かだったのに？　みんな黙ってこっそり街を出ていったというのか？　あのほんの数時間の間に？

なぜか警戒していた。みな、しきりに後ろを振り返る。どこかから誰かに見られているような、誰かがどこかにこっそり大勢隠れているような気がしてならないのだ。

誰も口に出さなかった。

そもそも、朝の忙しい時間なのに、全く車が走っていないということを。

幹線道路に近付くにつれていつも聞こえてきた車の騒音が、今朝はぴたりとやんでいた。広い道路に出ても、車は一台も走っていない。車のいない道路は、役に立たない捨てられたおもちゃのように見えた。ひっそりと忘れられていく灰色のスペース。点々と続く信号機が、食べ終わったあとのお子様ランチの旗のように虚しい。

コンビニにも人影がなかった。二十四時間営業でないためか、シャッターが降りたままである。他の商店も、ガソリンスタンドも、全て人気がなく、閉められたままだった。

誰もいない。この街には、誰もいないのだ。

四人の頭の中は同じ考えで占められていたが、一方でそれぞれがその考えを必死に否定しようとしていた。

そんなはずはない。どこかにいるに違いない。多聞はどんどん背中に恐怖が貼りついてくるのに気付かないふりをしながら、心の中で必死に繰り返していた。

お祭りや、大きなイベントがある日に遅刻してしまった時、学校の運動場や、集会場や、スタジアムなどの周辺で全く人気がなくなってしまうことがある。誰もいないのでちょっぴり不安になるが、その不安を打ち消すようにその会場に急いでいる時の気分がこんな感じだ。独りぼっちの不安はどんどん大きくなって彼を飲み込もうとする。すると、その瞬間、少し離れたところからワーッという喚声が流れてくるのが聞こえる。そこに大勢の人たちが集まっている気配が近付いてくるのだ――きっと、今回もそうに違いない。どこかで集まって、緊急の集会か何かをやっているのだ――そのうち、大勢の人の背中が見えてきて、ざわざわという声が流れてくるのだ。きっとそうだ。

相変わらず、誰も口をきこうとしなかった。四人はなんとなく同じ方向に歩いていった。いざという時、誰かのいる場所――病院。警察。消防署。それほど広い街ではない。四人は、自分たちがよりいっそう気まずい結果を確認しようとしていることを予感していたが、誰も足を止めようとはしなかった。

セットのようだな、と高安は心のどこかでぼんやりと考えていた。

超大作映画のために作った、街のセット。そっくりそのまま一つの街が作られている。スタッフはどこにいるのだろう？　このセットをどうしようとしているのだろう？

俺だったら、と高安は不思議と醒めた気持ちで考えた。

燃やしてしまうのはあまりにも安易だし、かくれんぼはどうだろう。一つのゴーストタウンをそのまま使ったかくれんぼ。それも、命を懸けたかくれんぼだ。例えば大人たちが二チームに分かれて、莫大な賞金を懸けて一つの大きなゴーストタウンでかくれんぼをする。一日で見つからなかったら、隠れる側の勝ち。しかし、こっそりナビのできる追尾装置を付けられてしまい、圧倒的に一方のチームが有利になったら――

厚い雲が動いていた。

土塀に囲まれた屋敷の木々ががさりと風に揺れる。

その刹那、高安は恐怖を覚えた。

人がいない。そのことがなぜこんなに恐ろしいのだろう。残された木々、土塀、屋敷、商店。それがなぜこんなに不気味なのだろう。

濃い緑の塊が昏くざわざわと揺れている。スローモーションのようなその殺伐とした動きが脳裏に焼き付く。

無人のこの風景に、風だけが生きている。そして、我々四人だけが。


予想通り、病院も、警察も、消防署も無人だった。

「誰かいますかー」

「いたら、返事をしてくださーい」

いつしか、めいめいが声を嗄《か》らして大声で叫んでいた。しかし、どこに行っても圧倒的な沈黙がそれに答えるだけである。使っていた人間たちの気配を色濃く残す場所だけに、その沈黙はいっそう四人の恐怖に拍車を掛けた。人間が使うための道具、人間を入れるための建物、人間が読むための看板。主を失った全ての物体は、いたずらに滑稽で虚しかった。

「——いったいどうなっちゃってるんだ」

膝を抱えた多聞が途方に暮れたように呟いた。気がつくとその台詞が、朝協一郎の家を出て三時間が経過して、初めて四人がまともに言葉を交わすきっかけとなったのだった。

「みんなどこ行っちゃったのかしら」

藍子がぼんやりと遠くを見た。

四人は、箭納倉の駅に来ていた。やはり無人の、シャッターが降りたままの駅。

今、午前十時三十五分である。駅から出ていく人間も、駅に駆け込む人間も、駅を運営する人間も、そして、線路を走る電車もまるで皆無だった。廃駅のようにがらんとした駅のロータリーに、四人は並んで座りこんでいたのである。

藍子は『箭納倉駅』と書かれた大きな白い看板を無意識のうちに見上げた。今では、父と多聞に会えることをただ単純に喜びながらこの駅に降り立ったのが遠い過去のように思われた。

信じられる？　こんなことがあたしの身に起きるなんて。

藍子は自分に向かって話しかけていた。

平日の昼間に、こんなところで、誰もいない駅で、みんなで座りこんでいるのよ。いったい誰が信じてくれるっていうの？　お客さんだって笑ってとりあってくれやしないわ。いくら小さな地方都市とはいえ、たった四人の人間しかいないのよ。しかも、その一人があたしの青春の象徴ときてる。可愛い顔してるけど、全然カッコよくないし頼りない。だけど、生まれて初めて手に入れたいと思った男の人。ハリウッドのパニック映画にでもありそうな配役でしょう？　なかなかこうはいかないわよね。

藍子はゆっくりと渦を巻きながら、自分たち以外に唯一動いている雲を見つめた。

何か大きな話らしいの。あたしの存在なんて全くお構いなしらしいし。あたしだって、そりゃあお義母さんほどじゃないけど、亮太にとっては唯一の母親だし、店の女の子たちにも頼られてるし、お客さんだって結構ついてるんだけどな。

何年もこつこつ積み上げて突っ走ってきたことがらがみんなちっぽけに思えたが、不思議と虚しい感じはしなかった。

あまりにも大きすぎる。こんなところに居合わせてしまったあたしは、いったいどうすればいいというんだろう。

「それにしても、完璧に誰もいませんね。犬も、猫も、鳥すらもいない。みんな――みんな一斉に昨夜『盗まれて』しまったということですか？　いったいどこまでの範囲で『盗まれて』いるんでしょう?」

高安がのろのろと呟いた。高安の言う通りだった。文字通り、生き物の気配が全く消え失せていた。

「さっき、君の携帯電話では、市内は呼び出すものの誰も出ず、市外は届かないという話だったね」

協一郎がいつものぶっきらぼうな調子に戻って言った。ポケットからハイライトを取り出して火を点ける。火という自然現象がゆらゆらと動いているのが不思議だった。

「恐らく、市内にいる者は昨夜ごっそり『盗まれた』。そして、市外とはどこかでなんらかの形で、彼等が通信を――いや、箭納倉市そのものと外部とを遮断しているに違いない。それがどこで遮られているのかは分からないが」

「ということは、外部でも大騒ぎになっているんじゃないでしょうか。箭納倉と全く連絡が取れなくなっているわけですから」

高安がもう一度携帯電話を取り出して、福岡など他の支局を呼び出そうと試みた。しかし、相変わらず通信圏外の表示が出るだけである。

「うーん。だといいんだが」

協一郎が浮かない声を出す。

「——私はあれの力を見くびっていた。もっと、小さくて局地的な物体を想像していた。しかし、昨夜の数時間だけでこれだけの生物を引き込めるとなると、もしかして我々の想像以上にもっと広い範囲で『盗まれて』いるのかもしれない」

「まさか、日本全部とかねー」

冗談めかして口を挟んだものの、協一郎が否定しないので多聞はぎょっとした顔になった。

「まさか、そんなことは有り得ませんよね」

協一郎の機嫌を取るように、多聞はおどおどと彼の顔をのぞきこむ。

「分からん」

「今回、みんな連れていきましたね。既に『盗まれて』いるはずの者もみんな。それはいったいなぜなんでしょう」

高安が冷静な声で尋ねた。好奇心が蘇ってきたらしい。

「それに、こんなに老若男女いっぺんに連れていっちゃって、いつ返して寄越すつもりなのかしら」

藍子も純粋な興味を示す顔つきになる。

「今度みんなが帰ってきたら、あたしたち、たちまち少数派よ。あたしたちが『盗まれて』いないってこと、みんな分かるのかしら」

「分からないことだらけだ——ところで、ちゃんと記録は取ってるだろうね？」

協一郎が教師の口調になってみんなに念を押した。三人は無言で頷く。家を出てからの経緯は、ビデオカメラと、カメラとボイスメモで逐一記録を続けていた。それがどういう形で後世役に立つのかは誰にも分からなかったが。

「それにしても、やっぱりあいつは我々なんですね」

多聞がぼそっと呟くと、他の三人がその言葉の意味を聞きとがめる。

「どういう意味？」

藍子が尋ねると、気のなさそうに多聞が藍子を見た。

「これまではどうだったのか知らないけど、たった四人——たったの四人だよ。僕たちがあいつの存在を意識しただけで、こんなに一斉に動きだすなんて凄いと思わない？　やっぱり、もともと僕たちはあいつの一部だったのかもしれないね。その逆かもしれないけど——集団無意識っていうのかな？　信じられないけど、僕らの肉体の外側に、僕らの意識の一部が存在しているとしか思えないじゃない」

三人は多聞の言葉にハッとしたような表情になった。

「肉体の外側に——」

藍子がぼんやりと繰り返す。

「そうだよ。あいつは僕らの一部分なんだ。僕らは既に『ひとつ』だったんだよ」

多聞がもそもそと呟いた。

「だから、今『盗まれてる』連中が戻ってきたら、僕らの存在はすぐにバレるだろうね。向こうはもう大きな『ひとつ』なんだから、その中に紛れこんだ異物に気付かないはずがない」

「どうなるのかしら、あたしたち」

藍子がぞくりとしたように両腕を抱えた。

「こうしてみると、昨夜みんなと一緒に『盗まれ』ちゃった方が楽だったのかもね」

多聞があっさりと答える。高安と協一郎が苦笑した。

「そうですね——さっき、街の中に誰もいないと分かった時は本当に怖かった。でも、今となってはあんな貴重な経験ができたのを心のどこかで喜んでいる自分がいる。恐れとか不安って、味わっている時はつらいけど、最も原始的で人間的な感情でしょう。何を見ても人と同じで、何も怖いと思わないなんてつまらない」

高安が低く呟いた。

「これからどうするの？」

藍子が三人の顔を交互に見た。三人は黙り込む。

「あたしたち、箭納倉を出ることができるのかしら？　箭納倉と外部とが遮断されているのだとすると、どこかに壁があるはず。その壁を突破することは可能なのかしら」

藍子はひとりごとのように呟いた。

外部との壁。それはいったいどんなものなのか。そして、それを破ることができるのか。果たして、その外側はどういう状態になっているのか？

おのおのが自分の考えに沈みこんでいる。無人の街で、なおかつ通信手段がないとなれば、自分たちがどういう状況にいるのかを知るのは非常に難しい。それでなくとも、箭納倉は低湿な土地で、どこか高台に上がって市内の様子を一望することすらも叶わないのである。

「人間って無力だな。道具がなければ何もできない」

溜め息をつく協一郎に、ふと思い付いたように多聞が顔を上げた。

「パソコンはどうだろう？　電話は通じないけど、電話が切れてるわけじゃない。インターネットだったら外部と連絡が取れるかもしれない」

その時である。

彼等の視界をちらっと何かが横ぎった。

「あれっ」

長らく生き物の存在を目にしていなかった彼等は一斉にそちらに視線が引き寄せられた。

「何？」

「白かった」

「動物？」

口々に叫んで、生き物の消えた方向に向かって歩きだす。

やがて、明らかに白い小動物が路地を渡るのがみんなの目に入った。

「猫じゃない？」

「まさか、白雨？」

藍子と多聞は目を見合わせる。

「だが、どうしてあいつだけが残ってるんだ？　他の動物たちはみんないなくなっていると いうのに」

協一郎が不服そうに多聞の顔を見た。

「さあ――でもまだ、あれが白雨かどうかは分かりませんよ。それにしても、不思議ですね。どうしてあの猫だけが」

四人はぶつぶつと文句を言いながら猫を追った。

またしても、無人の街に四人は迷い込んだ。もっとも、今回は白い猫という動く標的がいるけれども。

「おや、このルートは――」

多聞は無意識のうちに呟いていた。

このあいだ、白雨を追った時のルートと同じだ。ということは、やっぱりあの猫は白雨ではないのか？

藍子も同じ感想を持ったらしいが、ちらりと多聞の顔を見ただけで何も言わずに早足で歩き続けた。

「――このルートは、農協倉庫に行く道ですね」

あとを引き取るように高安が答えた。多聞が驚いたように高安の顔を見る。

「え？　水天宮じゃなくて？」

「水天宮の近くに農協倉庫があります――そうだ、最初に見るべき場所でしたね。誰かいないか街じゅうを捜すのに一生懸命で、すっかり当初の目的を忘れていました。本当は、我々は最初にあそこに行くべきだったんですよ、農協倉庫に。そうすれば、謎が解けたかもしれないのに」

高安はすらすらと夢心地のような顔で呟いた。藍子が訝しげな顔で高安を見る。

「いったい何があるっていうの？」

高安は、昨夜みんなに自分が道路で見つけた『犬もどき』の話をし、前任者の話をして農協倉庫に連れていきたがっていたが、自分が農協倉庫の地下で見たものを決して説明しようとはしなかったのである。

「『盗まれたもの』です」

高安があっさりと答えたので、他の三人は気抜けした。

多聞が歪んだ笑みを浮かべて高安の顔を見たが、高安は無表情のままだった。

「まさか、そんな」

「とにかく、避けては通れない場所のようだな」

協一郎が低く呟いたので、みんなが黙りこむ。

まさか、ね。

多聞は言葉を飲み込んで、遠くをちらちらと移動する白い生き物に精神を集中した。

どんよりとした曇り空。無人の街。それらは彼等から時間の感覚を奪い、精神の一部をじわじわと蝕《むしば》んでいた。この一日がどういう結末を迎えるのか、彼等はまだ知らない。

chapter XII

『――一九九八年六月十九日。金曜日。私はN日本新聞福岡支局、箭納倉支部長の高安則久。現在、午前七時三十五分。箭納倉市堀内町一の六の五、三隅協一郎さん宅を出発する(硬い声)。同伴者は三人。三隅協一郎さん、協一郎さんの長女池内藍子さん、協一郎さんのかつての教え子塚崎多聞さん。現在、箭納倉は非常に特異な状態にあると思われる。この三隅協一郎さん宅付近の住民が、かなりの人数姿を消しているようなのである。我々はビデオカメラ、カメラ、そしてこのボイスメモにて現在の箭納倉の状態をできるだけ正確に記録するつもりである』

『――外部と連絡が取れないことに気付いたのは朝起きてからである。TVはどの局に回しても映らないし、電話も通じない。携帯電話も、箭納倉市内の番号に掛けると呼び出すものの誰も出ないし、市外に掛けようとすると圏外の表示が出る。これがどういった事態によって引き起こされたものか推定できない。気象災害？　ケーブル事故？　昨夜はいつも通り静かな夜だったし、何か事故があったという気配も報道もない（当惑）』

『雨は上がっている。出がけに見た温度計の気温は二十七度。蒸し暑い。空は一面厚い雲に覆われている。とりあえず暫くは降らずに済みそう——四人で歩いている。静かだ。とても静かだ。聞こえるのは風の音だけ。信じられない。本当に、誰も歩いていない。人っ子一人、猫一匹も。車の音もしない。異様なのは、朝だというのに全く鳥の声がしないことだ。鳥すらもいないのだ。ここには我々だけしかいないのだろうか？』

『国道××号線に出た。この光景、信じられない。無人。全くの無人だ（叫ぶように）。いつも交通量の多い二車線の道路ががらんとしている。店も全てシャッターが降りている——自動販売機の明かりだけがいつも通りだ——人がいないのにひたすら人を待っているのが滑稽だ。見渡す限り人の気配はない。新年の官庁街なら分かるが、これが平日の朝、しかもいつも渋滞する金曜日の朝だ。こうして歩いていてもまだ信じられない。みんないったいどこへ行ってしまったのだろう？　信号だけは真面目に点滅を続けている。それも不気味だ——以前、火山の噴火で避難勧告の出た村を歩いたことがある。それと似ている。災厄のやってくる前の不気味な沈黙（押し黙る）』

『誰もいない。恥ずかしいことに、これしか言うべき言葉が見つからない。恐らく、皆、昨夜のうちにいなくなったのだろう——それというのも、新しい一日の活動を始めた気配が見当たらないからだ。どの家も明かりが消え、扉は閉ざされたままだし、店も、オフィスビルも閉まったままの状態だ。箭納倉で一番遅くまで開いているコンビニエンス・ストアも閉まっているということは、みんな少なくとも十二時以降にいなくなったということになる。ここには二十四時間営業の店がないので、それよりもあとの時間は絞りこめない。それにしても不思議だ。これだけの人間がそっと姿を消すのは、かなり難しいのではないだろうか。組織的にぞろぞろ街を出ていったにしろ、多少の混乱は起きるはずではないか。車で脱出した気配はない。どの家にも車が置いてあるし、駐車場にもたくさん車が止めてある。ただ人間だけが存在しない』

『動物もいない。犬小屋も空っぽ。だが、奇妙なことに鎖や首輪は残っている』

『鳥がいない。空が空っぽだ。それがこんなに異様なこととは。関係ないけれども、レイチェル・カーソンの〝沈黙の春〟を思い出す。春が来ても、鳥たちは歌わない——我々は置き去りにされてしまったのだろうか——誰に？　誰から？』

『誰も口をきかない（低い囁き声）。黙々と歩く。たまに話をすると余計に街が静かなのに気付く。静かな街。市の中心街に来ている。みんな、固まって歩道を歩いていたが、だんだんほどけてきてめいめい車道をぶらぶら歩いている。異様だ。市の中心部にある高校も門を閉ざしたまま。いつもなら遅刻ぎりぎりの生徒たちがこの通りいっぱいに駆けている時間なのに（突然、おーい、誰かいませんかー、という若い男性の声が遠くで聞こえる。スースーと息の音。沈黙。返事はない）。静か。静かだ。それでも、心のどこかで疑っている。みんな、商店のシャッターの向こうで息を潜めているのではないかと。我々の見えないところで大勢の人々がこちらを窺っているのではないかと。昔、こんな映画を見た（声はいっそう低くなる）。南の島。豪華客船で暇潰しをしていた金持ちの客たちが、突然の暴風雨に流されて命からがら辿り着く。島は無人。少し前まで人が生活していた気配が濃厚なのに、誰もいない。みんな不思議がって島じゅうを捜すが誰もいない。その時、壊れたラジオが気まぐれにニュースを流す。彼等がいる島の近くで、これから数時間後に核実験が行われるというニュース、付近の島民の避難が終了したというニュース。この話の続きがどうなったのかは覚えていない。こんな話を一人で呟いて、今自分が混乱していることを自覚している。が、喋り続けていないと気が変になりそうだ（離れたところで男女がぼそぼそ呟いているのが聞こえる。内容は不明）』

『箭納倉市民病院に来ている（沈黙）』

『なんで？　そんな馬鹿な（混乱）。ナースステーションも警備員室も誰もいない。ただ、明かりはついている。あちこちドアは開けっぱなしだ。誰かがちょっと前までいた気配が感じられるけど——患者もいないのはどういうわけだ？　あちこちで点滴の管がぶらさがったままになっている——繋がれていたはずの患者は？　なぜだ？　どうやって？　全てのベッドが空っぽだ。しかも見ろ！　寝ていたあとがある。人の形の窪みがある——窓が開いていて、カーテンが揺れている——ゆうべは暑かった（離れたところで興奮した声が聞こえる）。じゃあ、隣の警察署は？（駆け出す気配）』

『箭納倉警察署。こちらも同様（疲れた声）。入口も窓もみんな開いていた。玄関付近に何本か警棒が投げ出されている。明かりもついている。だが、もちろん——誰もいない』

『一九九八年、六月十九日。午前十時三十五分。箭納倉駅前』

『駅もシャッターが降りている。人の気配はない。電車も動いていない。奇妙だ。この状況を、箭納倉以外の人間はどうとらえているのだろうか？　もう十時半だ。どこの電話も鳴らないところを見ると、外部から箭納倉に連絡を取ることもできないようだ。どこかが騒ぎ出してても不思議じゃないし、今誰かがこちらに向かっているのかもしれない。電気は通っているようだが、ライフラインの管理はどうなっているのだろう？　箭納倉の外から通勤している人間も少なからずいるはずだし、そういう人間はどうしているのだろう。車が走っていないということは、外から箭納倉に入れないということだ。どこかで交通網や通信網が遮断されているということか』

『しかし、あえて考えないようにしているのは、これが起きているのは箭納倉だけではないのかもしれないという事態だ。まさかそんなことは有り得ない。たったの一晩で』

『この状態が何日も続いたらどうなる？　食料は？　どこかのスーパーにでも押し入ること

になるのだろうか？　この季節だしこの暑さだ、もし電気の供給でも止まればあっという間に生鮮食料品も、水も手に入らなくなる』

『なぜ我々四人だけが残っているのか？　否、残されたのか』

『ここから脱出することはできるのか？　ガソリンを手に入れれば車で（何か口の中で呟いているが内容不明）』

『外はどうなっているのか？（囁くように）』

『午前十一時十五分。持参した菓子パンで腹拵えをする。我々はこれから農協倉庫に向かう（少し元気を取り戻した様子）。そもそも、古くから箭納倉でインターバルをおいて繰り返された連続失踪事件の真相を探るのが目的である。詳しいことは、箭納倉支部の業務日誌参照のこと。これまでの経緯はそこに記載してある。同時に、箭納倉連続失踪事件というタイトルで私が個人的に書いた原稿のフロッピーディスクが箭納倉支部の金庫に入っている。もし将来私が事故か何かでいなくなった場合はそれを見てください。この事件は相当古い時代に端を発するもので、荒唐無稽な話なのはじゅうじゅう承知しているが、先入観を持たずに読んでほしい。私は、N日本新聞福岡支局、箚納倉支部長、高安則久。福岡支局の連絡先は××××××××、箚納倉支部の連絡先は××××××××。この事件について多少知識があるのは、前任者の佐々木圭吾。彼の連絡先は広島支局××××××××』

『――私は、漠然と、そういう場所があるのではないかと考えていた（独り言のように）』

『失踪者が新たに、人間に似て非なるものに再生される期間、彼等をプールしておく場所があるのではないか』

『全てが堀を通し――いや、堀の水を通して行われるのであるならば、帰ってくるまでどこかでじっとしている場所が必要なのではないか。ましてや、高齢者が再生するのに時間がかかることを考えると、静かで誰にも邪魔されないような場所、そして恐らく堀の水の下流に当たる場所』

『農協倉庫は、下流の船溜まりの近くにある。堀にも、総外堀にも近い。古くからある場所だ。敷地も広い。あそこで失踪者を見たというのはそういうことなのではないか』

『私は先日、農協倉庫の地下に降りていった』

『広大な地下貯水槽が』

『真っ暗で』

『地上の光の届くところでチラリとしか見えなかったけれど』

『私は確かに見たのだ、誰かの背中が幾つか並んで闇の中の水に浮いているところを——あれは死体だったのか？　それとも動物か何かの死骸？　それとも、ゴミか流木のようなものを、私の恐怖心が錯覚してしまったのだろうか？　警察に通報するべきだったのか？　あれはいったい何だったのか？——私は確かに見たと思う——私は自分の新聞記者としての目を信じている。ならば、あれは何だ』

『午前十一時五十分。我々は農協倉庫の前に来ている。先程、驚いたことに、白い猫を見掛けたが見失った。今朝家を出て初めて見る動物だ』

『正午ちょうど。これから地下貯水槽に降りる。相談した結果、三隅先生が最初に降りることになった。続いて私こと高安、塚崎さん。藍子さんは地上に残ってもらうことにした』

『――気をつけて』

『そこに梯子《はしご》が』

『明かりを――うわ（呻くような悲鳴）』

『うわ。うわ（悲鳴）。これは。（出ましょうっ、早くっ、高安さんっ）（待てっ。明かりを。明かりを寄越せ）（先生早く）（大丈夫だ、動かない）先生、これを』

『シンドラーズリスト（ぽつりと）』

『映画、〝シンドラーのリスト〟で見た。（いったい幾つあるんだ、これ）（何人分でしょう。まだ全然できてない）』

『積み上げた死体を焼くシーンだが――目の前のものと決定的に違うのはこれが生きているということだ』

『あまりのおぞましさに説明したくない。強力な懐中電灯の明かりに浮かび上がって――私は何の信仰も宗教心も持っていないけれど、もし――もし神と呼ばれる存在があるのならば――、あんたはいったい何を考えているんだ。これを見ろ。この目の前の水の中に盛り上がっているものは――人間のパーツがたくさん。それも物凄くたくさんだ――小さな子供の手から年寄りの手から大きな手、女性の手、それらが大きな灰色の塊の中から今まさにわらわらと柔らかくからまりあってできつつある――たたみいわしみたいだ――輪郭が溶けあって、無数の目がこちらを見ている。たたみいわしをじっと見つめていると奇妙な気分になる――あの時に似ている。今こうして見ていても、少しずつ指先や肘の骨などがせりだしてくるような気がする――その灰色の塊はずっとずっと闇の奥まで続いてる――奥の方では頭が幾つも重なりあっている――頭の半分――髪の毛も半分できかかってる。あとの半分はぺったりした物質だ――頭がたくさん――十も二十も、箱の中の使ってないマッチ棒の頭みたいに、いっぱい重なっている――組体操で失敗した時のことを思い出した――十五人編成の大きな奴で――重心のバランスを崩して一気に潰れてしまった時、呻き声を上げている頭がいっぱい重なっていた。黒い頭がいっぱい。いったい何人分なのか見当もつかない。どれもみな、一部分しかないのだが、こいつらはどんどん成長している。少しずつ元の形に戻りつつある。水の中にもぎっしり沈んでいる。足の裏が見える。小さな足の裏がたくさん――どれも子供だ。子供の足の裏が水の底まで無数に沈んでる。こいつらがやがて水の中から地上に戻ってくる。みんな戻ってくるんだ。今はこんな、できそこないの指のかけらやのっぺりした足の裏しかないのに！』

『――藍子さんが吐いている。彼女も見てしまったのだ。私もさすがに地上に出てもどしかけたが、なんとか堪《こら》えた』

『しかし、あの光景は脳裏に焼き付いて離れない――水の中から飛び出していた小さな頭の半分開いていた口に並んでいた白い歯が――水の中に、ゾウリムシみたいにぎっしり並んでいた小さな足の裏が――カエルの背中に付着したつぶつぶの卵のように積み重なっていた人間の頭が――（呻き声）』

『一九九八年、六月十九日。午後三時五分。三隅協一郎さんの家に戻ってきています』

『一九九八年、六月十九日。午後四時。我々は、近所でキーのついたままになっている車を探しだし、箭納倉からの脱出を試みることにした。外部に出ることができるのか。外部はどうなっているのか』

『一九九八年、六月十九日。午後六時三十五分。三隅協一郎さんの家に戻ってきた』

『どこまで行っても、誰もいないのだ。箭納倉を出て、福岡方面に向かってみたが、それでも誰もいない。これは、箭納倉だけの出来事ではない。これがどこまで続いているのかは分からないが、暫く誰にも会わないので、我々は引き返してしまった。どのくらい進めばよいのか分からない上に、ガソリンもたいした量がないのだから、途中で路頭に迷うよりはもう一度計画を練り直すことにしたのだ。いったいどうなっているのだろう？　我々は本当に我々だけなのだろうか？　日が暮れてくると、どんどん恐怖が高まってくる。これからどうすればいいのか、これからどうなるのか。あれはいつ戻ってくるのか？　あの時見たものが自分の周りで再び動いていると考えるだけで背筋が寒くなる。彼等が再生を果たすまで、いったいどのくらいの時間がかかるのだろう？　戻ってきた時、我々はどうなるのか？　彼等は我々をどう扱うのか？　戻ってきた時、中断していた生活時間はどうなるのか？　彼等はそのことにどう対処するのか？　果たして、これはいったいどの地域まで起きているのか？疑問、疑問、疑問、恐怖、恐怖、恐怖、』

『一九九八年、六月十九日、午後八時五十三分。厳重に戸締まりをして、明かりをつけたまま、長靴を履いて眠ることにする』

『一九九八年、六月二十日、土曜日。午前五時十二分。もう外は明るくなり始めている。これからどうするか四人で協議する。まず、このまま箭納倉に残るか、それとも離れるかを検討した。いったいどこまで〝盗まれて〟いるのか分からない今、遠く離れるだけのメリットがあるだろうかという話になる。彼等が戻ってくるのは分かっている。我々が一番恐れているのは、戻ってきた彼等に危害を加えられるのかという点だけで、それはどこの土地に行っても変わりはない。彼等が戻ってきた時に出くわすのであれば、土地勘のある箝納倉にいた方がましなのではないかという結論になった。いずれにしろ、我々がこれからこの土地で完璧なマイノリティとなることは確定してしまっている。問題は、農協倉庫の地下を見てしまった我々が、以前のような精神状態で暮らしていけるかということだ』

『そこで疑問が起きた。我々は、本当に我々だけなのだろうか。例えばあの小林武雄などもこのことに気付いていた。他にも気付いている者がいるのではないだろうか。そういえば、小林武雄はどうなったのだろう』

『他にも我々のようなマイノリティがいるのではないかと考えることは大いに慰めにはなったが、それを確認する方法はない。彼等の存在に気付いてはいても、足からだということを知らずに〝盗まれて〟しまっているかもしれないのだ。我々がすべきことは、今起きつつあることを徹底して記録するしかないということになった』

『いつか、他のマイノリティに出会った時のためか、戻ってきた彼等に証拠を突き付けるためかどうかはともかく、我々は記録するしかない』

『彼等が戻ってきた時、この時間の経過に疑問を抱くはずだ——いや、実はこの点については我々は重大な懸念を抱いていた。かつて失踪した人々、〝盗まれて〟いた人々は、あまり自分たちの失踪に不安を感じていなかったからだ。むしろ、彼等にとっては心地好い体験として記憶されていたのが気にかかる。もし、今度もそうであるならば』

『——我々の記録は無視されるか、もしくは抹殺される可能性もある』

『しかし、いずれにしても、私はこの件を記録せずにはいられない。我々は、毎日あの地下貯水槽に行って、彼等の状況を記録することにした。あの光景をまた見ることを考えると鳥肌が立ったが、とりあえず現在生成過程にある彼等が我々に危害を与えるということはないだろうし、こまめに観察していれば、彼等がいつ戻ってくるか予測することができるだろう。それに、今こうしていても、あそこにあれがあるという凄まじい恐怖が常に我々をとらえて離さないのだ。あの瞬間、彼等は私の中に閃光のように焼き付いてしまった。あの地下に、びっしりと、あれがある。この街を埋めていた人々があそこに折り重なっている。あそこに、あれがある。常に意識の一部があの農協倉庫に向かっていて、じっと目を見開いて自分の中の恐怖を撫でているような感じなのだ。私の中の深いところに、彼等は根を下ろしてしまった。いずれ――この先私がどんな運命を辿り、結婚するか子供ができるかも分からないけれど、もし私が子孫を持つようなことがあったならば、先祖が闇を恐れるのと同じように私の子供は彼等を恐れるだろう。それほど、あの闇の中の瞬間は私を変えてしまった。他の三人も同様に違いない。同じ街の中で、遠巻きにしてびくびくしているよりは、冷静な目で観察した方が恐怖を解消できるような気がする』

『一九九八年、六月二十日、午前九時。農協倉庫。昨日の衝撃はまだ生々しく身体に焼き付いているが、今日もやはりショックだった。しかも、確実に復活しつつあることを目の当たりにして、絶望とも恐怖ともつかぬ複雑な思いが全身を駆け抜ける。どう受け止めろというのか？　これが西欧人だったら何と言うのだろう？　十字を切って、神に祈りを捧げるだろうか？　一番情けないのは、我々がなべて手持ちぶさたで間の抜けた態度しかとれないことだ。こんなものを目の前にして、語るべき言葉があるとも思えないが、とにかく茫然と立ち尽くすしかないのである。例えば私が生物学者であるとか、医者であれば、さぞかし研究に精を出すことだろう。しかし、人間にもカエルにも大差ない知識しか持たない私には、何をどう研究すればいいのかも分からないのである。これがハリウッドのＳＦパニック映画であれば、恐らくここにいる四人は第一線の生物学者、技術者、女医、ハンサムなスーパーマンという組み合わせになっていたはずだし、さまざまな専門知識を駆使して世界を人類の手に取り戻す方法を二時間以内に見つけだしていただろう。私たちが言葉を失うのは、あまりにも手の出しようがないというその単純な事実故のことなのだった。今まで、我々はどれだけ多くの機会をこの手から逃してきたのだろう。見るべき人間、研究すべき人間が居合わせることなど流れ星のような僥倖に違いない。ほとんどの人間は、こうして目の前で起きている出来事をなす術《すべ》もなく口をあんぐりと開けて見守っているだけなのだ』

『彼等はいったいどんな反応を示すのだろう。今こうして撮っている大量の写真やビデオテープを見て？　怒るのだろうか、悲しむのだろうか』

『申し訳ないが、記録を続けるために、近所のコンビニエンス・ストアに押し入ることにした。フィルム、テープ、食料。どういう仕組みになっているのかは分からないが、ライフラインは、水道も電気もガスも正常だ。冷蔵庫が動いているのは有り難い。拝借したものは全て記録に取ってある。いずれ状況を見て支払うことになるだろう。もっとも、彼等が失踪していたことを自覚し、商品を盗まれたことを認識し、その犯人が我々だと分かった場合だが。

彼等は、我々が仲間でないと本当に分かるのだろうか。そもそも、彼等に仲間意識はあるのだろうか』

『一九九八年、六月二十一日。午前九時十分。農協倉庫。目に見えて再生してきている。やっとかすかに慣れてきたが、自分が目にしているものを改めて考えてみると、やはり胃袋の中のものが込み上げてくる。その細部を目で追っているうちに、おぞましさや、激しい嫌悪感が一気に込み上げてくるのだ。やはり他の人も不意に悪寒に襲われるらしく、みんなで交互に地上に出ては吐いていた。一つ、興味深いことがある。我々は新陳代謝の早い者が早く復活すると考えていたが、どうやら今回は、老若男女、皆復活のペースを合わせているように思える。子供ばかりが先にバラバラと復活してきたらどうなるのだろうと疑問に思っていたが、この分ではみんなが一斉に戻ってきそうだ。そう考えると、やはり背中に悪寒が走る。そして、その時我々はどうなるのか？　映画〝ゾンビ〟のようにずらりと取り囲まれるのだろうか？』

『一九九八年、六月二十二日。午後一時八分。毎日、正午に駅の時計を写すのが塚崎さんの役目になった。彼は、駅ばかりでなく、公共の場所で日付と時間が表示されるものはまめに撮影している。シャッターの降りた駅や、閉まった店が背景に写るので、人々が活動していなかったという証拠になるのではないかと考えたのだ』

『パソコンはやはり使えない。電話が掛けられないためか』

『生ゴミがあちこちで腐り始めている。六月十九日が燃えるゴミの収集日だったので、前日の夜に出しておいた人がいたからだろう。もし、火災でも起きたらどうしよう。みな深夜にいなくなったせいか、火の始末が済んでいたのが幸いだ。でも、どうなのだろう。箭納倉では二十四時間営業の店はないから火災の気配はないけれど、国道沿いのドライブインなどは、営業のさなかに〝盗まれて〟しまったのではないだろうか。もし、火を使っている最中だったら、と考えるとどんどん不安は増殖していく。原子力発電所や、サービスエリアのガソリンスタンドだったら――手術中の救急病院だったら――空港はどうなっているのだろう――空の玄関が業務を停止していたら、諸外国だって黙っていない。海外では、分かっているのだろうか？　海外で分かるような範囲に広がっているのだろうか？　しかし、どんな事故が起きていたとしても、誰も気付くことすらできないのだ。現に我々だって、今箭納倉のどこかで火災が起きていても、相当高く煙が上がるまで気付かないだろう。たったの四人では、現場に駆け付けての消火活動もままならない。無人の街というのはこんなにも無防備なのだ』

『四人とも開き直ってきたようだ。この無人の異様な状況に慣れ始めている。てんで勝手に町内を動き回っている。塚崎さんなどは、あちこちフィルムに撮って個人的な映画を作ろうかな、などと言っている。不思議な人だ』

『三隅先生は改めて箭納倉の歴史をひもとき、この事件の背景を自分なりに系統だてて意味づけをしようとされているようだ。午後、思い立って隣町まで小林武雄を捜しに行ったけれど、どこにも見当たらなかったそうだ』

『藍子さんは、気丈にしているものの、時折塞ぎ込み、だんだんその時間が長くなっていく。京都の家族、特にお子さんのことを考えているのだろう。相変わらずどこにも連絡が取れない』

『日付を書き込んだノートとフィルムとビデオテープだけがどんどん溜まっていく。四人がそれぞれ自分の記憶を頼りに手記を残し始めた。時々、あれはいつだっけとか、あの時なんて言ったんだっけと、確認し合う。現像ができないのが困る。きちんと写っているかどうか確かめたいのに。さぞかしボリュームのある、凄まじいアルバムになるだろう。現像に出したら、警察に通報されてしまうかもしれない。昔の記者だったら、見よう見真似で、自分で写真を焼いただろう。いかに手わざを失っているかに気付いて愕然とする』

『一九九八年、六月二十三日。午前八時五十分。三分の二は再生されている。定点観測で、なるべく同じ人間がどのように変化していくか、一定の時間をおいて記録している。現像が見たい。二台の自転車を用意し、六時間毎に二人一組で出かけていって撮影してくるのが習慣化した。普段の状況だったら、どこかの大学の研究室というところだろう』

『サンプルを採るかどうかでかなり揉《も》めた。以前、三隅先生の猫が何度も齧り取ってきたことを考えると、恐らく欠けた部分も再生するのだろう。しかし、あれから一部を持ってくることはかなり抵抗があったし、誰もが触れるのを嫌がった。この辺りが俄《にわ》か研究者の問題点だ。それに、サンプルを採っても数日で縮んでなくなってしまうのでは、サンプルの意味がなくなってしまう。先生の経験では、冷凍させてもいずれ消えてしまうという。しょせん我々がサンプルを採っても何の研究もできないということで、この提案は立ち消えになった』

『一九九八年、六月二十三日、午後十時二十四分。最高に蒸し暑い。ずっとどんよりした曇り空が続いていたが、昨夜からまた雨が降り始めた。うんざりする。梅雨が明ければ、この事件も解決するような全く根拠のない錯覚を覚える。あと二、三日で、いよいよ彼等は戻ってくるだろう。冷たい覚悟のようなものが四人を覆っている。あまり口もきかない。めいめいが自分の殻にこもり、それぞれの持ち場で記録を続けている。藍子さんの塞ぎ込み方がひどい。みんなで分担して食事を作るが、彼女はほとんど食べない。先生も塚崎さんも心配しているが、言葉の掛けようもなく、一歩引いて見守っているだけだ』

『塚崎さんと、二人で静かに飲む。考えてみると、二人だけで飲むのは初めてかもしれない。藍子さんの話をする。家族の話になる。私の独身の話になる。塚崎さんの奥さんの話になる。(何、まだボイスメモ入れてんの?)はは、もう、すっかり習慣になっちゃって。駄目なんです、これが手元にないと不安で。(ツイン・ピークスだね)これに名前付けようかな。恋人代わりに。面白いですね。こいつに喋ってると、自分を客観的に描写できる。ドッペルゲンガー状態というか。塚崎さんは、奥さんが心配じゃないんですか。あ、すいません、こんな馬鹿げた質問』

『(うーん。心配だけど、心配じゃない)どうしてですか？』

『(まだ分からないじゃない、僕が彼女を失ったのか、彼女が僕を失ったのか)どういう意味ですか？』

『(僕はまだ〝盗まれて〟ない――と思うけどね。僕がここで〝盗まれて〟しまったら、彼女は僕を失ったことになる。でも、もし、今日本全体が〝盗まれて〟しまっているのなら、僕が彼女を失ったことになる。今はまだどっちか分からないでしょ)なるほどね』

『(でも、どっちにしても、僕はいいんだよ)え、どうしてですか？』

『(君はジャンヌの性格知らないから分からないと思うけど、もし彼女が既に〝盗まれて〟るんだったら、彼女は僕を失ったという感覚を味わうことはもうないわけでしょう。それはそれでホッとするよ。彼女が僕を所有しているという確信たるやたいしたものだから）はあ。ご馳走さま、ですかね。（そういうんじゃないんだよ。彼女はそういう女なんだから。追いかけて、恋い焦がれて、所有する女なんだ）ああ、なるほど。（だから、彼女が僕を失って味わう喪失感を考えると、気の毒になるわけ）ふうん。（でも、だからといって僕が先に〝盗まれた〟としても、決して彼女は不幸ではないんだよね。ひどい喪失感は味わうけどそれって、今言ったことと矛盾してませんか？（いや、矛盾はしないよ。喪失感は味わうけど、達成感があるからね）達成感とは？（つまり、彼女は自分の愛をまっとうしたという満足感を得るんだよ。僕が存在する限り、彼女は僕を所有し続けなきゃならない。しょっちゅう、自分が僕を所有しているということを確認してなきゃならないのさ。でも、例えば僕が事故か何かで非業の死を遂げて、彼女の目の前で存在が終わってしまえば、彼女は彼女の愛を最初から最後まで自分の目の前で見届けることができたわけだから、自分の愛をなしとげたことになるわけだよ。そうして、僕は彼女の宝石箱にキラキラ輝いたまま永遠にしまいこまれるってことさ）はあー。塚崎さんて、随分とシビアな見方をしますねえ。（だって、しようがないよ。女ってそういう生き物だし、ジャンヌはそういう女なんだもの）まあ、そうかもしれませんが。（だからね、僕、密かに楽しみなんだ。僕が〝盗まれる〟のが先か、彼女が先か。僕が先だったら、彼女はちゃんとそのことが分かるかどうか。その逆はどうか。

僕が東京に帰れるかまだ分からないけど、もし帰れて、彼女に会えた瞬間、何が起きるのかとっても興味あるね）――塚崎さんて、ひょっとして、凄い大物かもしれませんね。（まさか。ただの馬鹿さ。この期に及んで、まだそんなくだらないこと考えてるんだから。あ、〝盗まれた〟ら、作るアルバムも変わるのかな。聞こえる音楽も変わるのかな。それも興味あるね。凄い売れ筋のプロデューサーになっちゃったりしてね。ハハ）』

『一九九八年、六月二十三日。午後十一時二十分。塚崎さんが寝た。三隅先生も実に興味深いキャラクターだが、塚崎さんは本当に不思議な人だ。彼の場合、別の意味でずっと以前から〝盗まれて〟いるのかもしれない。彼のような覚醒ならば、人類にも意義があるような気がする』

『この短い期間に、かつてないほどいろいろなことを考えた』

『それも、これまでおよそ考えたことのないことばかりをだ――自分がただの動物であること。進化上の一生物に過ぎないこと。生命が続いていること。さまざまな場面と思想が無数に重なって現在を作っていること。真実は一つではないこと。どんなことでも起こり得ること。〝我思う、故に我在り〟という言葉も、初めて実感を持って迫ってくる』

『昼間、市内の一番大きな本屋にもぐりこんで、一冊の文庫本を盗んできた。日に日に道徳心が欠如していくような気がする——この本を返す日が来るのかどうか。でも、どうしても今この状況で読んでみたかったのだ。ジャック・フィニイの〝盗まれた街〟。我ながらなんたる悪趣味。しかし、この絶望的なほどの日常の中で——しかし、人間は、その絶望にすら慣れてきてしまう——この、覚悟を決めたリアルの中で、こういうフィクションを読むということはどういう行為なのか。それが知りたかった』

『驚いたことに、こんな状況でも面白い』

『読んでいる間は、ただの読者だった。人間というのは、どんな状況でもフィクションを心のどこかで待ち望んでいるらしい』

『ただ、〝盗まれた街〟は、終わってしまった。もう、本を閉じてしまった。小説は終わる。——我々は？　どういう結末が待っているのだろう？　最後のページは、これからどのくらい先にあるんだろう？　それは、誰が知ってるんだろう？　地下にいるあいつらか？　それともここで眠ってる塚崎さんか？』

『大事なことを思い出した。地下で育っている彼等を動かしている意思の存在を。塚崎さんはこう言っていた――その意思は僕たちに気付いた。街の片隅にいる、たった四人の疑惑を。彼はこうも言っていた――僕たちの意識の一部は、肉体の外側にある。それが正しいということが、直感で分かる。ということは、つまりどうなるんだろう？　今、いっぺんに彼等を復活させるタイミングを狙っている意思はどうしようと思っているのか？　その意思に、我々の意識は少しは働きかけているのだろうか？　もし働きかけているのならば、意思とは違う結末がやってくるのではないだろうか――』

『一九九八年、六月二十四日。午前零時七分。雨が小降りになった。エアコンが壊れてしまった。蒸し暑くてかなわない。塚崎さんも、汗をかきながら眠っている。黒いゴム長靴を履いて――それにしても、家の中が暑い。少し窓を開ける。かすかな冷気が心地好い。実は、足のすねにあせもができて困っている。無意識のうちに掻いているので、あせもが広がって不愉快だ。特に、こんな暑い晩に、酒を飲んだあとときては、通気性のないゴム長靴を履いた足がどんなに蒸れることか――汗がダラダラとゴムの内側を流れているのが分かる。目を覚ましていれば、大丈夫なのではないか。長靴を脱いでみる――ああ、すっきりする。素足を投げ出して寝られるということが、こんなに気持ちいいことだなんて――ちょっと横になってみる――天国のようだ――』

chapter XIII

この状況、この気持ちをかつて味わったことがある。

それはいったいいつのことだろうとずっと考えていたのだが、今朝、部屋に残されている黒い長靴を見た瞬間に思い出した。

あっという間に、私は三十年以上も前の嵐の晩に引き戻されていた。

その日は夏の終りの蒸し暑い夕方だった。シーズン初めの台風が接近中だったのである。にもかかわらず、相変わらず会議は終わらなかった。会議のための会議が堂々巡りのように続いていた。聞いているふりをして煙草をふかしていた私は、合板の安いテーブルの上に一匹の蠅が止まっているのに気が付いた。目の前にあった小さな陶器の灰皿を何気なく持ち上げて蠅を追い払おうとしたのだが、思い掛けずその蠅の上にがちんと振り下ろしてしまい、狼狽したのを覚えている。灰皿を再び持ち上げる勇気はなかった。そのまま知らんぷりをしていると、ドアをノックする音がして、事務員が「三隅先生、ちょっと」と私を呼んだ。私は、誰かが灰皿を動かして蝿の死体を見つけたら悪いな、と思いつつドアのところに行った。

廊下に出ると、もう窓の外は迫りくる嵐のために暗くなっていて、何やら不穏な空気だった。事務員は、幸代が産気付いたと義母から連絡があったことを知らせに来たのだった。私は驚いた。予定日はまだ二週間以上も先だったのである。私が学部長にそう告げると、みんなが間の抜けた声で、口々に「おう」と言った。そりゃあ行かなきゃいかんよ、君、初めての子だろう、と学部長が言うと、みんなも賛同して、なぜかそのまま会議が終わってしまい、どやどやとみんなが立ち上がった。要するに、皆会議を終わらせるきっかけを探していたのだろう。廊下に出ると、同い年だった田代が私に声を掛けた。

「三隅先生、病院はどこですか？」

「本郷です」

「よかったら、これ、履いていきませんか」

田代はどこから持ち出してきたのか、黒のゴム長靴をぶらさげていた。当時大学の周りは道が悪くて、大雨が降るとぬかるみがひどかったのだ。私は有り難く長靴を借りて、病院に向かった。既に凶暴な風と雨が闇の中で暴れていた。

夜は暗く、みんなさっさと家に引き上げたのか、街も世界も暗かった。ほとんど役に立っていない傘の陰で、私はえも言われぬ孤独と恐怖を感じていた。世界中に一人きりのような気がした。

これで、逃げも隠れもできなくなる。頭の中はその考えでいっぱいだった。地球の裏側に逃げたとしても、子供は存在する。他の誰でもない、私の血を受けた子供がこの世に存在するのだ。

その時、私は想像することができなかった。自分の子供が存在する世界を。全く未知の世界。しかし、決して逃れることのできない、その一点を境として全く異なる世界。けれど、その一点は刻一刻と確実に近付いてくる。

私は嵐の闇の中で、いつの間にか叫んでいた。紛れもない、怯えきった小動物のような恐怖の咆哮《ほうこう》を。

産気付いてはいたものの、それからが非常に長かった。

病院に到着してからも、私は暗く長い廊下で永遠のような時間を待たされた。

義母は、どこかに出かけていた。恐らく、果物を調達しに出かけていたのだろう。なぜか彼女は、子供が生まれたら幸代に果物を食べさせなければならないと固く信じこんでいて、ここ数週間果物の話ばかりしていたのである。

長椅子に腰掛け、私は罪人のようにうなだれてひたすらその瞬間を待っていた。

外では風が荒れ狂っている。収まったかと思うと、急に唸りを上げて窓を叩き、みしみしと壁を鳴らす。

私は一人だった。廊下は無人で、誰も通らない。永遠のような時間。未知の世界を待つ時間。台風でうるさかったものの、私はむしろ静寂を感じた。私の世界は無音だった。

私はその瞬間を待っていた。あまりの蒸し暑さに、とっくに長靴は脱いでいた。紙袋に入れて持ってきていた革靴に履き替え、床に置いた長靴をじっと見下ろしていた。長靴の暗い二つの穴が、果てしなく底無しのように広がっているような気がした。

私は真空状態にあった。必ずやってくるその瞬間、それ以降は全く別の世界が始まることが分かっていて、それをただじっと待っている時間——今と同じだ。

「高安さんがいないんです」

朝、起きてきた多聞がきょとんとした顔で言った。

「散歩にでも行ってるんじゃないの」

藍子がコーヒーを沸かしながら無表情な声で言った。一時期のひどい鬱状態からは戻りつつあったものの、顔が痩せこけ、目に生気がない。

いなくなる。

なんという愚かさだろう、あれだけ目の前で失踪事件が繰り広げられていたというのに、その時我々は誰もその可能性に思い当たらなかったのだ。

それに気付いたのは、今日の最初の定点観測の当番の時間がやってきた時だった。

「どうしたんだろう」

多聞が当番表に目をやった。レポート用紙に殴り書きした、簡単なメモである。午前六時、正午、午後六時。一日三回、農協倉庫の地下貯水槽に向かう。二人ずつ交替で行くだけなのだから表にするまでもないのだが、それでも我々は表を作った。人間には秩序が、儀式が必要なのだ。

多聞がメモから目を離した瞬間、ハッとした表情になった。その顔を見たとたん、私と藍子もハッとした。

三人の間に、暗い電流のようなものが走った。

私はつかつかと多聞と高安が寝ていたソファのところに行った。

テーブルの陰をのぞきこむと、床に転がっている黒いゴム長靴が目に飛び込んできた。

私が無言で長靴を取り上げると、二人が息を飲むのが分かった。私は多聞を見た。

「ゆうべ、窓は？」

多聞が青い顔でゴクリと唾を飲み込む。

「あ――あいてたと思います。すごく蒸し暑かったから。じゃあ――じゃあ、高安さんは」

「まさか。今頃になって、そんな」

藍子が信じられないという表情で口を押さえた。

私はじっと長靴を見下ろしていた。二つの暗黒の穴。嵐の夜の記憶。

まがりなりにも秩序と日常を手に入れていた私たちは、その瞬間、それが幻影であったことを悟った。

「やっぱり、やっぱり見張られてるんだわ、あたしたち。あいつら――あいつらいつも見てるのよあたしたちのこと。何をやっても無駄、みんな無駄なんだ。あたしもすぐに」

藍子が早口で呟いた。だんだん声が大きくなっていく。自分の身体を抱くようにしてせわしなく天井に目をやる。パニックに陥りかけているのだ。

「藍子ちゃん」

私が口を開くよりも前に多聞が声を掛けた。私も藍子もハッとした。藍子は怯えたような目で恐る恐る多聞を見た。多聞はいつもと変わらぬ穏やかな表情で藍子を見ている。

「あ。あたし」

藍子はバツが悪そうにもごもごと呟いた。多聞はスッと私を見た。

「先生、どうします？　僕と二人で行くか、藍子ちゃんと行くか」

「一人で残るのも、一人を残すのも嫌よ。これからは、三人で行くことにしましょう。どのみち——たいして変わりはないわ」

藍子はひどく疲れた表情で吐き捨てるように言った。

「そうだね。それがいい。三人で行動しよう」

多聞は静かに頷いて帽子をかぶった。

そして、我々は静かな早朝の街を、通い慣れた道に出た。自転車に乗る気がせず、三人は自然と道を歩き始めていた。なぜか、この風景は二度と忘れないだろうと思った。既に日は昇り、低くたなびく雲の隙間に夏の太陽が無言で滲んでいたこの朝を。

私は、黙々と前を歩く多聞の背中を見つめていた。

なんなのだろう、この男は。

私は改めて目の前の男に思いをめぐらせた。さっき彼が藍子を呼んだ時の声が耳から離れなかった。まるで啓示のような声。いつもこの男に会うと童子の顔をしているとは思っていたが、もしかすると世界の中心はこの男にあるのかもしれない。この男がここに居合わせたことが事件の中心なのかもしれない。私はこの男をここに居合わせるために用意された狂回しなのかもしれない——そんな妄想のような考えが頭をかすめた。

決して主役を張れる男ではない。いわゆる、こういう状況に沈着冷静に対処し、最後まで人間の尊厳にこだわるヒューマニストなどでは毛頭ない。しかし——

今ここに残る自分以外の二人が、自分の娘とこの男であるということが不思議だった。何をしているのだろう、私は。こんな状況になっても前を歩く男の正体について考えているなんて。もっと他に考えるべきことがあるだろうに。

早朝の街。無人の街。

しかし、心のどこかでは今自分がこの男のことを考えているということを面白がっていた。そういう自分に、八割の苦笑と二割の誇りを覚えていたりもした。奇妙なことに、今、まさにこの男のことをゆっくり考えるべきだという確信すら湧いてきた。私はずっとこんな時間を待っていたのだ、と。

早朝の街は、沈んでいる。暗い水底に沈んでいる。それらが、朝の光とともにゆらゆらと浮かび上がってくる。

今日もどんよりと曇っていた。しかし、今のところ雨の降る気配はない。

熱っぽい光を覆っている雲は、藍子が初めて作ったスポンジ・ケーキに似ていた。間に果物やクリームを挟み、何層にも重ねた直方体のケーキになるはずだったそれは、べちゃりとしたベージュ色の博多押しみたいになっていて、なんとも無残な代物だった。

「あれ、影がある」

急に多聞が無邪気な声を上げた。

「影?」

藍子がぼんやりした声で繰り返す。

「ほら。見てごらんよ」

多聞が藍子の足元を指さす。そこには、ぼんやりとした影がついてきていた。

「ここに来てからずっと雨ばっかりで、自分の影を見たのは随分久しぶりのような気がするよ」

「言われてみれば、そうね」

我々三人は、しばし足を止めて誰もいない街の中で自分の影を見下ろしていた。

「僕ね、自分の影が逃げていくところを見たことがある」

再び歩き出しながら、多聞が間の抜けた声で言った。

「影が逃げる?」

「うん」

「どういうふうに?」

「乾いた日の午後で——僕は十一歳くらい。当時、ベネズエラに住んでた。前後の事情はよく覚えてないんだけどさ、石造りの低い家がえんえんと続く路地を歩いてたの。辺りは凄く静かで。なぜか僕、一人きりでね。晴れた日の午後だし、くっきりとした影が地面に落ちてて、僕は俯《うつむ》いてその影を見ながら歩いてた。そのうち、なんだか変だな、と思った」

多聞は歌うように言葉を続けた。

「ふと気が付くと、黒い影の塊と僕の間に隙間ができてるんだよね。最初、その意味がよく分からなかった。でも、見る間にすうーっと影が離れていく。僕は立ち止まった。あれれと思っているうちに、影は伸びて、走っていく子供の影になった——ちょうど僕が走っていたら壁に映ると思しき影が、どんどん走って遠ざかっていくわけ。『あーっ』とうろたえながら見てると、影は路地を挟んで建ってる家の壁にしばらく映ってたけど、見えなくなった」

多聞はかすかに微笑んでいる。

「がーん、って感じでさ。『影に逃げられちゃった』って物凄く心細くなった。『僕、死んじゃうのかな』とも思った。よく、死ぬ前は影が薄くなるとか、ドッペルゲンガーを見ると死ぬとか言うじゃない？　それなのかなって思った」

粒の揃った綺麗な歯がのぞく。

「——一点の曇りもない空に、でっかい太陽が輝いている。青空というよりも、いかれた筋肉自慢の大男が大声で笑いながらどこまでも走っていくみたいな、狂気を感じさせる空がバーッと広がっててさ。僕は一瞬、自分の存在を見失った。この世に自分は一人きりなんだって悟ったね」

薄い唇。

皺一つない顔。

「――圧倒的な孤独と、恐怖と」

「――でも、ハッと我に返ると、足元にはちゃんと自分の影がついてきていた」

多聞の横顔に笑みが浮かんだ。

「あんなに安堵したことってなかったな。涙が出たよ。いっぺん死んで生き返ったみたいな気持ちだった」

この話をした時の多聞の表情は、連続写真のように、一こま一こまが記憶に刻みこまれている。しかも、不思議なことに、その角度はさまざまなのだった。横顔であったり、真正面から見たところであったり、斜め下から見上げたところであったり。人間の記憶というのはおかしなものだ。

「多聞さんて、おかしな人ね」

藍子がつくづく感心したように呟いた。

「多聞さんの中には、そういう奇妙なお話がいっぱい詰めこまれている――無理なく、自然にね。多聞さんはあたしと同じ世界にいて、それでいて同じ世界にはいない。あたしの勝手な思い込みなんだけど、多聞さんは最後の一人まで残るんじゃないかしら。あたしやお父さんが『盗まれて』しまっても、彼等も多聞さんは『盗む』ことはできないんじゃないかしら」

「なんで？　まるで僕が人間じゃないみたいじゃない」

多聞は不満そうだが、私には藍子の言いたいことがよく分かった。そう。そうなのだ。この男はもはや――

『盗まれる』必要がない。

唐突にその考えが降ってきた。恐らく、藍子もそう言いたいのだろう。我々は『盗まれる』必要があるが、多聞は『盗まれ』なくても既に――

私は何となくおかしくなった。クッと笑いが漏れたのを聞き逃さず、多聞がこちらを振り返る。

「先生、何笑ってるんです？」

「いや。純粋な興味を覚えてね。君を『盗もう』とした時に、彼等はどんな反応を示すだろうって考えると」

「彼等にも好みがあるんですかね。『こいつはまずい』とか、『こいつはうまい』とか。『こいつはなんとなくやめとこう』とか」

「そいつは分からんが」

「きっと、『おっとびっくり、なんだこいつ』って感じだと思うわ」

なんというのどかな会話だろう。精神の均衡を、日常的な生活を取り戻そうという願望は、成人した我々にとっては第二の本能になっているというわけだ。

ふと、突然既視感を覚えた。長い周期を置いて、以前にも何度もこの薄暗い街をぐるぐると三人で歩いていたことがあったような。

淡いオレンジ色の光が、前を歩く二人の輪郭を染めていた。

そうなのかもしれない。私はずっとこの風景の中を歩いていたのかもしれない。いや、私だけではない。みんなが、誰もが、ひたすら終りのない薄暗い街を歩いているのかもしれない――

農協倉庫の屋根のシルエットが朝の街に浮かび上がったのを見た時、多聞が呟いた。

「高安さんも、今はあそこにいるんですね」

三人は足を止めた。

あそこにいる。

高安は、**あそこにいる。**

　不意に、足元から悪寒が這い上ってきた。そのことを、三人とも知っていたはずだった。少なくとも受け入れたつもりではあった。こうして毎日六時間おきに観察し、記録してきたのだから。だがしかし、その中に、高安がいるというのは全然別の話だった。昨日まで一緒に生活し、話をしていた男が、あの状態で中に横たわっていたら――その姿を目にしたら――あまつさえ、彼が帰ってきて目の前に立ったとしたら――

「駄目。あたし、もう中に入れない」

　藍子が震える声で呟いた。

　多聞と私は、情けない顔を見合わせた。互いの瞳に恐怖を見る。

「どうします、先生」

　私はさりげなく目をそらすと、不気味な沈黙をもって目の前にそびえている建物を見上げた。

「正直言ってとても怖い。もし、彼があそこにいたとして、それを目にして正気でいられる自信がない。だが、今ここで足を踏み入れなかったら、もう二度とあそこに入ることはできないだろう」

　私は建物に目をやったまま答えた。多聞が頷く。

「ええ。僕もそう思います」

互いの目に決心を見てとると、小さく頷き合って私と多聞は歩きだした。

「おまえは入らなくてもいい。入口で待ってろ」

藍子にそう言うと、彼女は俯いて自分の肩を抱きながらおずおずと後ろをついてきて、入口の少し手前で足を止めた。

「そこでじっとしてるんだぞ」

そう念を押すと、藍子は地面に目を落としたまま頷く。

もう何度目になるのだろう。静かな暗闇に私たちは降りていった。何度降りていっても、最初に目にするものに慣れることができなかった。

それは、あまりにもグロテスクでめちゃめちゃな眺めだった。

今や、地下は天井までぎっしりと、ほぼ完成に近付いた人々が、水の中から無造作に積み上げられていた。あふれ出した青白い腕や足が、水槽からはみ出し乗り上げている。

しかし、それは、いわばよくできた人形の山だった。何の匂いもなく、何の動きもない。皆、目を閉じておとなしくそこにいる。ただの無機質な物質の群れ。

懐中電灯の明かりが、その人形の山に陰影をもたらし、いっそう不気味な感じになっていた。掌の皺や、鎖骨の窪み、耳たぶの形、首筋のライン。そういった、見慣れているはずの人間の滑らかなカーブの一つ一つが、これほどおぞましく未知のものに見えたことはなかった。

「これは、人間なんですかね？」

唐突に多聞が呟いた。

「さあ――どっちなんだろう」

私の声は頼りなく地下の天井に吸い込まれていった。

多聞がこちらを振り返る。帽子の影になっていて顔は見えないが、唇が動くのが見えた。

「例えば、今ここで僕がここに灯油を撒いてこいつらを全部燃やしてしまったとします。果たして、どのくらい痕跡が残るのかは分かりませんよね。こいつらは既に人間じゃないんだから。もしかすると、先生の猫のように、縮んで消えてしまって、一切何も残らないかもしれない。そうすると、僕は何らかの罪に問われるんでしょうか？　人を殺したことになるんでしょうか？　僕たちの倫理観が、こいつらに対しても適用されるんでしょうか？　もし、ここに巨大なタニシの化け物が攻めてきたとしたら僕たちはそいつを殺すでしょう。でも、こいつらは？　こいつらは僕らを攻めてるんでしょうか？　僕たちは、正しいんでしょうか」

多聞の顎と唇が、懐中電灯の光に浮かび上がっている。

「私は一応教師という職業を何年もやってきたわけだが」

私の口から愚痴っぽい声が飛び出していた。

「正しいという言葉くらい虚しいものはないな」

懐中電灯の光を下に向けた私は、その瞬間、息を飲んだ。

そこに、彼がいた。

私の視線に、多聞も合わせた。そして、やはり見つけた。

彼は目を閉じていた。

まだ、頭の三分の二しか再生されていないようだった。子供たちの小さな頭の間から、彼は頭をのぞかせていた。鼻から上の高安の顔が、オレンジ色の光の中にひっそりと浮かんでいた。


そして、また幾度目かの夜を迎えている。

多聞が越路吹雪のレコードを掛けていた。

『愛の讃歌』を聴きながら、なぜ越路吹雪なんだ、と尋ねると、「さあ」と困った顔をする。

「なんとなく選んだんですけどねえ。うちの親父が好きだったんです。子供の頃、よく聴かされてました——ああ、そういえば、いつも思ってたんですよ——闇の中に光が射してくるような声だなあって。そういう歌手っていませんか？　最近の歌手にはいないけど、あの頃の歌手には結構いたような気がするな。ちあきなおみもそういう感じだった」

多聞はレコードを拭きながら他のレコードを物色した。

「今夜はこういう気分だなあ」

井上陽水の『氷の世界』を取り出す。

「誰もいないと分かっていても、なかなか音量を大きくできないもんですねえ。どうしてもビクビクしちゃう」

多聞は苦笑した。

頭蓋骨に反響しているような声が部屋に響き始めた。

夜になると片っ端からCDやレコードを掛けていたが、怖いのは、オーディオの電源を切った瞬間だった。その瞬間に、全ての音が夜の空気に吸い込まれ、外に広がる闇がくっきりと存在感を増し、遥か彼方まで埋め尽くしているのが分かる。そして、我々三人しかここで息をしていないという事実を痛いほど思い知らされるのである。ラジオもTVも全く入らない今、外部からの情報がない。そのことの閉塞感は予想以上につらかった。情報過多と言いつつも、何日間も情報が入ってこないと徐々に不安になり、時間の感覚が狂ってくるのである。現代人は、情報を食べる生き物なのだ。情報を常に注入していないと、どんどん神経が弛緩してゆき、社会から脱落してゆく。

私たちは情報に飢えていた。静かな夜の闇に飽き飽きしていた。けれど、一方ではこのあとにやってくるものを恐れていた。

我々は分かっていた。ここ二、三日のうちに、この孤独な夜も終りを迎えるということを。

藍子に高安を発見したことは言わなかった。が、我々の表情から察していたようだ。高安の顔を——未完成のあの顔を見た瞬間の衝撃は、これまでにも増して我々を打ちのめした。繰り返し繰り返し青ざめた目を閉じたあの顔が脳裏をよぎる。頭の後ろに、ぴったりと貼りついて離れない。見てはならないものを見てしまったという気持ちが、多聞にも私にも話題にすることを避けさせていた。

しかし、彼は確実に再生を進めていた。六時間後には肩までできていて、水上に乗り出すようになっていた。更にその六時間後には、腰まで達しようとしていた。彼は子供たちの上に覆いかぶさる形になっていて、表情は見えなかった。理由は分からないが、彼等は急いでいるようだった。高安を、他のメンバーと同じタイミングで返そうとしているのは明らかだった。

やがて帰ってくる。

それも、二、三日のうちに。

彼が、あのドアの向こうに立つのだ。あの大きな身体で、呼び掛けるのだ。その瞬間のことを考えると、思わずぞっとした。何者かが、私を試そうとしているように思えた。これまで尊大に生きてきた田舎教師の哲学を打ち砕いてやろうと。

なぜ私なのだろう。

恐らく意味はない。ただここに、この場所にたまたま私が居合わせてしまっただけなのだ。そこに意味を見いだそうとすること自体が尊大すぎるのだろう。

高安が帰ってくる。彼が我が家の呼び鈴を鳴らす。

彼は何と言うのだろう？　最初に何を話すのだろう？　これまでの出来事を覚えているのだろうか？　我々に対してどんな感情を抱いているのだろう？

誰も口には出さなかったが、一斉に住民たちが帰ってくるという大団円（カタストロフィ?）は、澱んだ海のように我々の行く手に広がっていた。けれどそれはあまりにも大掛かりな出来事で想像を巡らすことすら難しかった。とりあえず、私は高安の帰還について考えた。高安と話し合うことができるだろうか？　その前後についての話を？　私たちは話し合えるのだろうか？

「先生」

多聞が唐突に口を開いた。

その口調には、今朝藍子の名を呼んだ時のような奇妙な響きがあった。藍子は酒を飲んでもう眠ったはずだった。

絨毯の上にはLPレコードが積み重ねられていた。

「もうそろそろどうですか」

多聞は別のレコードを掛けた。佐良直美の『世界は二人のために』が流れ始める。こんなレコード持っていたんだな、と頭の片隅で考えた。

「もうそろそろ、とは？」

私は彼の言葉の意味を測りかねていた。

「じゅうぶん粘ったじゃないですか。今あっちに行けば、みんなと一緒に帰ってこれますよ」

朗々とロマンチックな音楽が流れていく。

その瞬間、彼がとても遠く感じた。文字通り、すうっと姿が小さくなったような気がしたのである。

「——何を言ってるんだね、君は？」

自分の声がカサカサして聞こえた。

「こうして残っていても、しょうがないように思えるんですよ」

一段と彼が遠くなったように感じた。しかし、その声はくっきりと佐良直美の説得力のある声に乗って突き刺さってくる。

「しょうがない、とは？　私には君が言ってることがよく分からないな。まさか、『盗まれてしまえ』と言っているわけじゃないだろうな？　昼間、あそこで高安君の姿を見たのは私だけじゃなかったと思うが」

抑えようとしても、訝しげな声になった。

多聞は膝を抱えて座り直した。

「ええと。ああ。それは分かります。あんな姿になるのは確かに不本意だ。人間の尊厳に関わる。許せない。おぞましい。そういうことでしょう？」

ふーたりーのため　せーかいはあるの

ふーたりーのため　せーかいはあるの

なんとまあ、今の我々にぴったりの歌詞だろう。全く皮肉な意味でだが。

私は頭の片隅で考え続けていた。例えば、私がもっと若くて、この世で一番愛する女性とここで二人残されていたとすれば、どうなっていただろう。二人はアダムとイヴになろうとしただろうか？

「そういうことだ。平たく言えば、誰かの一部になるのは嫌だということだ。君もそういう意見だと思っていたんだがね」

私はようやく気を取り直してきて、興味を持って目の前の男を見つめた。

「では言い方を変えましょう。先生は、僕たち三人が残ったのはなぜだと思います？」

多聞は世間話でもするようにちょっと指を上げてみせた。

私は意表を突かれてきょとんとした。

「なぜ？」

「ええ。長靴履いてたからですか？　それとも、この街で昔から起きていることに気付いたから？」

多聞は微笑むような表情をした。

「別の解釈があるのかね」

純粋に興味をそそられた。

「僕はここ数日ずっと考えてるんですけど」

多聞はゆっくりと言った。

「誰かがいるような気がしませんか？　この街。僕たちは一軒一軒ドアを開けて確認したわけじゃありません。完全に無人であることを確かめたんじゃない。家の中でじっとしてる人がいたら、僕たちにも分からないと思いませんか」

「それはそうだろう。しかし、なぜ出てこない？　その人たちはなぜこんな状況でじっとしてるんだ？　不思議に思うだろうが」

「彼等は何が起きてるか知ってるんですよ。他の人たちが帰ってくるのを待ってるんです」

「何が起きているか知っている？」

ふーたりーのため　せーかいはあるの
ふーたりーのため　せーかいはあるの

わけもなく背筋が寒くなってきた。彼が何かとんでもないことを言おうとしていることを直感したからだ。目の前が二重にぶれるような感覚。軽い眩暈《めまい》。腋《わき》に汗を感じる。

多聞は子供のような目で私を見た。

「先生。みんながいなくなった時、僕たちは唯一僕たち以外に生きているものを見ましたね。なんですか」

ふっと脳裏を白い影がかすめる。

「――猫」

「はっきり言ってください」

多聞が畳み掛けるように身を乗り出した。

「あれは、白雨だ。そうでしょう」

路地を走っていく白い影。物陰に消える。

「あいつは今回『盗まれ』なかった。なぜかと言えば、前にもう『盗まれ』たことがあるからです」

『盗まれる』必要がない。

頭にその言葉がひらめいた。しかしそれは、昼間にひらめいたのと全く別の意味でだった。

「つまり」

私は自分でも意識しないうちに呟いていた。

「我々が残っているのは、既にもう――」

そのあとを続けることができなかった。

多聞は頷いたのか俯いたのか分からないくらいゆっくり顎を下げた。

私は茫然とした。

世界が暗転し、揺らぐ。足元が沈み込む。こめかみがカッと熱くなり、次の瞬間すうっと冷たくなってゆく。まさか。そんなはずは。そんなことが起きるはずは。

「まさか、そんな。私は記憶がとぎれたことなど、今までない。失踪などしたことは」

　不意に息苦しくなった。喉がヒュッと音を立てる。

「私が『盗まれる』とすれば、かなりの時間を要するはずだ。私は、記憶がとぎれたことなどない」

　私はもう一度言った。確信を込めた。口にすると、少しだけ落ち着きが戻ってきたような気がした。しかし、心の動揺はいっこうに収まる気配がない。

　多聞は目を細めた。気の毒そうな表情を浮かべる。

「ええ、きっと今の先生だったら時間が掛かるでしょう。でも、昔だったら？　子供の頃箭納倉に住んでいたし、その後も何度も滞在したことがあったはずです。藍子ちゃんもそうだ。彼女は『盗まれる』瞬間を子供の頃に目撃している。子供だったら、一晩で帰ってこれたかもしれない。誰もいなくなったことに気付かなかったかもしれない。僕だってそうだ。ここに来て何日も経っている。蒸し暑くて、何度も夜窓を開けていた。毎日観察していて思ったんですけど、あいつらは、戻して寄越すスピードを自在に操れるような気がする。新陳代謝のスピードに比例するとは思うけど、返そうと思えば一晩で返せるんじゃないか。だとすれば、僕だってもう『盗まれて』いるのかもしれない」

多聞はゆっくりと胡座をかいた。両手で足の甲を押さえる。

「長靴は確かに効果があった。現に、長靴を脱いだ高安さんはあっという間に『盗まれて』しまった」

無意識に足の裏をさすっている。窓は閉めてあった。二人の長靴は部屋の隅に置いてある。『盗まれる』のは眠っている間だけだと見当をつけていたからだ。

「だから、ここにジレンマが生まれるわけです。僕たち三人が残っているのは、既に『盗まれて』しまっているからなのか、長靴を履いているせいなのか？　そして、それを確認するには、長靴を脱いで眠るしかない。僕たちが今まで『盗まれて』いなかったと分かるのは、明日の朝ここにいなかった時だけなんです」

じわじわと彼の言葉の意味が染みてきた。

「なんという状況だ。パラドックスだな」

「ええ。ちょっとしたリドル・ストーリーですね。『盗まれて』いるかどうか確認するには、『盗まれ』なければならない。つまり、どちらにしても最後は僕たちは『盗まれる』わけです。だから、もう、あっち側に行ったらどうかと言ったんですよ」

「それで、もうそろそろどうかと言ったのか」

私は溜め息をつきつつ、多聞の顔を睨んだ。

「君の発想が飛躍するのは前から知っていたが、今回の飛躍は最大だったな」

「すみません」

多聞が困ったような顔をして頭を下げた。

混乱と絶望が一段落した。自分が自分でないような恐怖が去ったあとは、たいしたことはなかったな、という虚脱が残っていた。もし、既に自分が『盗まれて』いるのならば、このままでもいいのではないかという安堵である。

それでも私は自分の身体をしきりに撫でていた。この皮。筋肉。骨格。これは、私なのか？　それとももう私ではないのか？

しかし、まだ『盗まれて』いないのならばどうする？

「それに」

多聞は言葉を続けた。

「僕たちがまだ『盗まれて』いなかったとします。そして、ここに彼等が帰ってきて、日常が再開されたとします。でも、だからと言って僕たちはずっとこの先も『盗まれない』という保証はない。ずっと長靴を履き続けるわけにはいかないでしょう。いつ『盗まれる』か見当もつかない。一方、僕たちがもう『盗まれて』いるとします。僕には、その自覚は全くありません。先生も、自覚はないですよね？　今『盗まれた』ことに気付かないくらいなんだから、将来『盗まれて』も分からないかもしれない。つまり、最終的にはやはり僕たちは『盗まれる』運命にあるということになるんですよ」

「――問題は」

私は落ち着きを取り戻して多聞の顔を見た。

彼も私と同じことを考えているのが分かる。

「自分が『盗まれて』いることを知りたいか、知りたくないかということだな」

「そうです」

多聞はレコードを外した。オーディオの電源を切る。

部屋は生々しい沈黙に覆われた。

濃密な空気が、重力を持って我々を押さえつけているような気がした。

「あと何日で彼等が戻ってくると思いますか？」

多聞が低い声で尋ねた。誰かが外で聞き耳を立てているかのような囁き声で。

「再生の状況から見て、早くて二日。遅くて四日だな」

「僕も同じ意見です。もし今夜僕らが『盗まれて』、彼等と一緒に帰ってきたとしても、少なくとも明日が空白の一日になるはず。もし明日の――六月二十五日の記憶がなかったら、僕は今夜までは『盗まれて』いなかったことになる」

「逆に今夜を逃すと、なかなかそれを確認する機会はないというわけだ」

「僕たちの考えている前提が正しかった場合はね——今回、全員が同時に帰ってくるだろうという前提と、長靴を脱いだら必ず『盗まれる』という前提がね」

「うむ」

我々は、いつのまにか顔を突き合わせてひそひそと話をしていた。

私は急に疲労を覚えた。胸ポケットを探り、煙草を取り出す。

「もう一度よく考えよう。他に我々が『盗まれて』いるかどうか確かめる手はないのかな——指でも切り落とすしかないのか」

「ひえっ。僕は、痛いのは遠慮しときます」

多聞が怯えた顔で身体を引いた。あれだけ大胆な話をしておいてこれなのだから、本当にこの男はおかしな男だ。

多聞は小さく拝むと、私の手の中の箱から煙草を一本抜き取った。

火を点けてやる。ライターの音がやけに大きく部屋に響いた。

一口吸ってから、彼は私の目を見た。

「僕は、今夜は窓を開けて長靴を脱いで寝るつもりです」

気負いは見られなかった。いつも通りの淡々とした顔だ。

「そうか」

私も煙草を吸った。

「先生は、どうされます？　藍子ちゃんをどうするかという大問題もありますが」

それは私もさっきから頭に浮かんでいたことだった。

「私としては、自分が『盗まれて』いるかどうか、どうしても知りたい。だから君と同じようにしたい――だが、明日藍子が目覚めた時に二人ともいなかったら、あいつは到底持ちこたえられないだろう。どちらか一人が残っていたとしても、なぜそんなことをしたのかと責めるだろう――くそ。これこそジレンマだ。三人とも『盗まれて』いるか、三人とも『盗まれて』いないかだったらいいんだが。誰か一人が『盗まれて』いるかもしれないし、誰か一人だけ『盗まれて』いないかもしれないんだ」

私は毒づいた。

「藍子ちゃんを起こして、もう一度説明するしかありませんね。僕、起こしてきます」

多聞が腰を上げようとしてハッとした。

多聞の視線の先を辿ると、藍子が廊下の陰にひっそりと立っている。

藍子の顔はやつれて青ざめていたが、落ち着いていた。その目には、生来の彼女の靭《つよ》さが静かな熾火《おきび》のように燃えていた。

私は再び三十年以上も前の嵐の夜に引き戻されるのを感じた——この目が生まれる前と後とで変わってしまった世界のことを考えた。

藍子は小さく溜め息をついて俯き、低い声できっぱりと言った。

「あたしも長靴を脱いで寝るわ」


六月二十四日、夜十時。

こうして私は、今日の出来事を振り返りながら文章をしたためている。ここまで書いてきた文章も、これがクライマックスと言えるだろう。明日はどうなっていることやら。続きを書いているだろうか。それとも、空白になっているだろうか。不思議なことに、遠足を待つ子供のような気分だ。それも隣で眠っている男のお陰と言えるだろう。

多聞はもう隣で鼾《いびき》をかいている。眠れるかどうか心配していたが、毎晩長靴を履いて寝るのは結構ストレスになっていたようで、気持ちよさそうな顔をしている。

彼にもう自分たちが『盗まれて』いるかもしれないと言われた時は激しいショックを受けたが、逆に恐怖が消えた。今は平静な気持ちでこのノートに向かっている。私も布団に横になりながら書いているが、裸足だ。足が涼しく、軽くなったようで楽だ。正直言って、今も眠気が襲ってきている。今夜はよく眠れそうだ。

私にとってこんなに重要な夜はないだろう。あの、藍子が生まれた嵐の夜以上に。

私の人間としての最後の夜になるのか、私が人間ではないと最初に気付いた朝になるのか。

興味深い一夜が始まろうとしている。

chapter XIV

僕が子供の頃、九か月間だけ大阪に住んだことがあった。世界各地を転々としていて、滞在一、二か月というのもあったことを思えば、九か月は中ぐらいの長さだったのだけれど、当時のことを思い出そうとすると、くすんだ灰色の色彩にパワフルな関西弁を喋る同級生たちの声が覆いかぶさっているところしか記憶にない。けれども、その数少ない記憶の中でも一つだけ色のついた場面があって、今でも時々ふっと蘇る時がある。

僕の住んでいたのは、まあまあ高級なお屋敷町と呼ばれる部類に入るところだった。その町外れに、ものすごく古い平屋建ての日本家屋があった。そこには『小鳥の爺さん』と近所で呼ばれている、がりがりに痩せた爺さんがいた。ぱっと見にはなかなか立派な風貌をした爺さんで、日本海軍の偉い人だったらしいとも噂されていた。家族はとっくの昔に亡くしているらしく、爺さんはいつも一人きりだった。広い縁側に、片膝を立て、頬杖をついた肘をもう片方の膝に載せた手で支えて、結構芸術的な（今でいうとヨガみたいな）ポーズで、日がな、じっと座って庭を見つめているのである。かなり広い庭は荒れ放題で、八つ手やシュロの木がジャングルみたいに育っていて、道を歩いていくとその一角だけ、緑が過剰で凶暴な状態になっているのが目につく。

爺さんの家の裏側は原っぱになっていて、自然と近所の子供たちはそこに集まった。集まれば草野球をする。缶蹴りをする。爺さんの家は塀も垣根も破れているから、当然、ボールが入れば捜しにいく。捜しに行くのは、グループに入ったばかりのチビか、僕みたいな新入りの仕事と決まっていた。僕はそういう集団のルールには敏感だったから、誰かがボールをかっとばしたり、キャッチャーが悪送球を受けそこなったりすると、ほいほいボールを取りに駆け回っていた。

ある日、身体の大きな上級生が特大のアーチを飛ばした。ボールは見事に爺さんの家の庭にすっぽりと吸い込まれていった。みんなの視線が一斉に僕に向き、僕はよその家に入っていくのは嫌だったけど、とにかくとぼとぼと爺さんの家に向かって歩き出した。その時、学校で同じクラスだった湯原君というおとなしい男の子が僕についてきてくれたのだ。彼も半年ほど前に奈良だか京都だかからここに引っ越してきたらしかった。爺さんの家の玄関に回ろうとした僕を、湯原君は首を振って止め、カモン、というように指で合図して裏庭の外れにもぐりこんだ。

こんなとこから入るの、と僕が躊躇していると、呼び鈴押したって出てきぃへんわ、爺さん耳遠いからな、と彼は言った。

ごそごそ彼に続いて緑の闇をくぐっていくと、ぽっかりと広いところに出た。

広い縁側に、ヨガみたいなポーズでじっとしている爺さんが見える。

そこは、緑色の童話のような世界だった。縁側にはぴぴぴ、ちちち、とたくさんの小鳥が飛び回っている。まるで爺さんをとり囲むように、まるで爺さんに話しかけているかのように、小鳥がぴょんぴょん跳ねていた。

うわあ、魔法使いみたいだなあ。

僕が感心して見ていると、湯原君が縁側の上のすり鉢を指さした。

爺さん、毎朝、ピーナツ擂《す》り潰して縁側に置いとくんや。小鳥もそれ知ってて、ここに食べに来る。あ、ボールあそこや。

湯原君は庭の隅っこに転がっているボールを目敏《めざと》く見つけると、爺さんの視界に入らないようにそうっと林の中を進んでいった。

タカハシかぁ？

突然、爺さんが大声で叫んだので僕たちはびっくりした。ボールをつかんだ湯原君も硬直状態である。爺さんは表情を変えずに、思いもかけぬしっかりした声で叫ぶ。

無事だったか、まちこさんがずっとずっと心配しとったんだぞ。

その瞬間、爺さんの中でかつて持っていた柔らかい部分が、彼の岩のような顔の上にふっと浮かんだような気がした。

湯原君は気を取り直すと、落ち着いた声で叫んだ。

違う。僕ら、ボール取りにきたんや。

爺さんは虚ろな表情になった。ほんの一瞬顔に浮かんでいた柔らかいものがすうっと消え、またいつもの殻のような顔になった。

そうか。タカハシじゃなかったか。

僕は振り返り振り返り庭を去った。

緑に囲まれて、小鳥と一緒にずっとこの爺さんはタカハシを待っているんだな。

爺さんは緑色の風景の中で、時間が止まったように小鳥と座っていた。


随分久しぶりにあの風景を思い出したなあ、と僕は水辺を歩きながらゆったりとした気分で考えていた。

相変わらず人影はない。曇った街を歩いているのは僕一人だ。しかし、今日は小鳥の声が聞こえる。堀には鴨が泳いでいる——そう、彼等は住民たちよりも一足早く帰ってきているのだ。

僕は口笛を吹いてみた。離れたところで小鳥が応える。世界は久しぶりに音楽に満たされている。腕に抱いている白雨が小さく鳴いた。暫く見ないうちに痩せて軽くなった。餌がなかったのだ、仕方ないだろう。

どこかでセミが鳴き始めていた。奇妙な感じがした。鳥の声、虫の声。聞こえなくなるまでは意識していなかったけれど、こうして戻ってくるとなんと色彩のある音なのだろう。生き物のいない世界は、無色の世界でもあった。昨日と同じ風景なのに、音があるだけでぐっと色を増して見える。

今朝、目を覚ましたのも、外がいつもと違うことに身体が気付いたからだった。

いつもと違う。昨日と違う。

どこかでそういう声を聞き、僕はハッと目を覚ました。

僕は一人だった。部屋には誰もいない。目が覚めた瞬間、自分のいる場所を、今の状況を見失っていた。窓が開いていて、ひんやりした空気が部屋を漂っている。

ここは箭納倉で、ここは先生の家で、昨夜僕は先生と何か重要な話をして——

そして、思い出した。ハッとして腕時計に目をやる。

六月二十五日。午前五時十五分。

ああ、それでは。

僕の心にいろいろなものがどっと押し寄せた。混乱、あきらめ、絶望、好奇心。

僕はやっぱりもう『盗まれて』いたんだ。

一瞬前に胸に溢れていたさまざまな感情が、すっと一つにまとまり、同じ色になった。

いつだろう。来たばかりの時かな。やれやれ、悩んで損したな。とっくに人間やめてたわけか。

徒労にも似た感覚に襲われ、僕は身体を起こした。が、そのとたん、違和感を覚えた。

ん？

僕は立ち上がろうとしてぎょっとした。

両足に長靴がはまっている。

暫く動き出せず、自分の足が履いている黒いゴム長靴を凝視していた。

なぜだ？　自分で履いたのか？　いや、確かに昨夜は長靴を脱いで寝た。脱いで足を伸ばした時の解放感、これでゆっくり眠れるというささやかな満足感を覚えている。あとは運命に身をゆだねようと決心し、ぐっすり眠った充実感が今も身体を満たしている。

では、誰かが僕に長靴を履かせたのだ。

先生か、藍子ちゃんか。犯人はこのどちらかしかいない。どうしてこんな真似を？

僕は、正直言ってがっかりした。これでは、自分が『盗まれた』かどうか分からないからである。いったんは、自分は『盗まれていた』と確信しただけに、居心地の悪い落胆だった。今夜もう一度裸足で寝たとしても、明日みんなが戻ってきていたら、やはりどっちなのか分からない。またしても宙ぶらりんの状態に逆戻りだ。

僕は頭をぼりぼり掻きながらふてくされて長靴を脱いだ。そのとたん、目が覚めた時に感じていた別の違和感が身体に蘇った。

なんだろう、この違和感。

僕は、理由の分からない衝動に駆られて窓に飛び付いた。そして、その違和感の正体に思い当たった。

鳥の声だ。鳥が鳴いている。

それじゃあ。

どうっと身体の中をアドレナリンが駆け巡った。

みんな戻ってきているのか？

僕は家の中をどたどたと駆け回った。しかし、家の中には誰もいなかった。僕は外へ飛び出した。大声で誰かいますか、と叫び回った。

走り回り、叫び回り、数十分が経ち、へとへとになった。

しかし、誰もいなかった。

人間以外の生き物を除いては。

僕はのろのろと夜明けの街を歩いて家に戻り、薄暗がりの中の玄関に座り込んだ。

かたん、と玄関のドアの隅っこが動いた。

にゃあ、という間延びした柔らかい声。

白雨が帰ってきたのだった。


独りぼっちになった僕は、定点観測をやめにした。

あの場所を見に行こうという気はなかった。完成間際の高安と——そして、恐らく今も急速に再生しつつあるだろう先生と藍子ちゃんを見る気はしなかった。それは、昨日の朝、高安を見たくなかったのとはかなり違っている。僕は既に、興味を失っていたのだ。昨日の朝農協倉庫を訪ねた時の恐怖は、今はひとかけらもなかった。飽きたと言ってもよかったかもしれない。居間のテーブルの脇に置かれた段ボールも、ただのがらくたにしか見えなかった。

そこには、四人で記録したノートや膨大なフィルムやビデオテープなどが山積みにされていて、記録をしていた時は自分たちが人類にとって非常に貴重なものを残しているのだという自負があったのだが。

僕は冷蔵庫に残っていた最後の卵とベーコンで、白雨と一緒に朝食にした。ラジオとTVはまだ入らない。明日からだな、と僕はやけにあっさりした気分で考えていた。そして、僕と白雨は散歩に出かけた。最後の孤独な一日を楽しむために。

僕はこうしてゆっくりと堀の側の道を歩いている。この上なく寛ぎながら。この上ない奇妙な幸福を覚えながら。こんなに幸せでいいのかな、と後ろめたさを感じながら僕はぶらぶらと散歩をしていた。藍子ちゃんのカメラを持ってきていたので、今日は鴨を撮ったり、白雨を撮ったり、めいっぱい手を伸ばして白雨を抱いた自分を撮ったりした。

どちらが僕に長靴を履かせたのだろう。

船着き場の階段に腰掛けて考えた。鴨がデコイのように隅っこに座っている。

やはり、藍子ちゃんだろうか。彼女一人が残された場合を考えたのだろうか。僕が農協倉庫の地下で再生されるところを見るのが耐えられなかったのかもしれない。

しかし、僕はすぐに考え直した。

いや、先生かもしれない。藍子ちゃんだったら潔く皆同じ条件でこの朝を迎えたいと考えるはずだ。だとすると先生だ。なぜだろう。理由は一つだ。先生には悪いけど、どうも悪戯でやったような気がする。僕だけが、『盗まれている』のか『盗まれていない』のか分からない宙ぶらりんの状態にしたかったたんじゃないだろうか。僕が朝目覚めて、自分の足にはまった長靴を見てびっくりするところを予想しながらにやにやしている先生の顔が目に浮かんだ。

けれど、自分でも、この三人の中で宙ぶらりんの状態に耐えられるのは自分しかいないと思った。今ここに残っているのは、確かに僕がふさわしい。藍子ちゃんなら一人残されることに耐えられないし、先生だったら、自分が『盗まれている』や否やの真実が究明できないのが我慢できないだろう。僕なら耐えられる。この灰色の状態も。これからの灰色の状態も。

白雨が離れたところで不満そうに鳴いた。行こう、というようにすたすた歩き出す。

考えが中断された僕は立ち上がって白雨の後に続いた。

白雨が歩いていく方向を見て、僕は行ってみたい場所があるのを唐突に思い出した。

かつて一度だけ行ったことがある場所。

不思議なことに、先に立って歩いていく白雨もその場所を目指しているように見えた。

僕はなんとなくどきどきしながら歩き続けた。甘酸っぱい感覚。好きな女の子が風邪で休んでいて、偶然別の用事で職員室に行った時に、先生からおまえ近所だろ、帰りにプリント届けてやってくれと封筒を手渡され、ついでだから、頼まれたからと無表情を装って道を急いでいる時の気分。早く着きたいような、いつまでも着きたくないような矛盾した気持ち。

前方に、その家が見えてきた。

黒い糸杉に囲まれた、ひっそりとした民家が。


僕はその家の前に立っていた。

前にこの家を見たのが大昔のような気がした。あの時はどことなく不吉で恐ろしい感じがしたのに、今では親しみすら覚える。

そして、僕は白雨を腕に抱いて呼び鈴を押していた。中には彼女がいるという確信があった。声だけを知っている彼女。何度もその声を繰り返し聴いた彼女。

しばらく間があった。が、僕は根拠のない自信があった。彼女は必ず出てくる。

「――はーい」

全く警戒心の感じられない、明るい主婦の声がインターホンから返ってきたことに気抜けした。何と言うべきか一瞬迷ったが、正直に言うことにした。

「あのう、初めまして。僕、塚崎と言います。ちょっとお話ししたいことがあるんですけど、お時間拝借できませんでしょうか？」

我ながら間の抜けた声、間の抜けた挨拶だった。インターホンの向こう側できょとんとしている顔が目に浮かんだ。くすりと笑う声を聞いたような気がした。

「今、開けます」

見るからに頼りがいのありそうな、しかしそれでいてどこか少女の面影を残した女性だった。でっぷりと肉がついていたがたるんだ雰囲気はなく、しなやかな弾力性を感じさせる。実際彼女はくるくると部屋の中を動いて香りのよいお茶とお菓子を出してくれた。

「すみません、突然お邪魔して」

僕は恐縮して、肩に巻き付いている白雨ごと頭を下げた。

「いいのよ。あたしもそろそろ退屈してたところだったしね。ご存じでしょうけど、主人は留守してます。明日あたり帰ってきそうだけど」

玄関の戸を開けて僕の顔を見た瞬間、彼女は僕が『知っている』ことを分かったようだった。彼女がそう悟ったことに僕が気付いたことも。

「あら、その猫ちゃんは——」

彼女は白雨を一目見て呟いた。『同類』は分かるのだろう。彼女はさらに、僕をじっと見た。

「あなたは——？」

静かな目で首をひねる。僕は肩をすくめた。

「僕、どっちなのか分からないんです、自分でも」

「そうね。不思議ね、あたしも分からないわ。だいたい一目見れば分かるんだけど」

「どうして分かるんですか」

「さあ。目に見える特徴があるわけじゃないし、ただ分かるとしか言いようがないわ」

彼女は小さく笑った。傍《はた》から見れば、親戚のおばさんが甥っ子と談笑しているように見えるのだろうか、と考えた。

床の間の柱に飾ってある竹籠の花入れが目に入った。紅花とわれもこうが挿してある。

「あれが、ご主人の竹細工ですね」

「あら」

僕が言うと彼女は意外そうな顔をした。説明が必要だと思い、N日本新聞の記者が録音したテープを聴かせてもらった話をすると、彼女は納得した表情になった。

「あなたのインタビュー、とても印象的だったんです。この家の印象ともあいまって」

脳裏に彼女の声が蘇った。

――なんて言うのかな。この世の中には説明できないこと、説明しなくてもいいことがあるんじゃないかなって。

彼女はちょっと面映《おもは》ゆい表情をした。

「ああ――なんだかあの時は偉そうなことを言っちゃったわね」

「いいえ、ちっとも。僕、納得しましたもの。むしろ、羨ましいくらいで――どうなんです、怖いとか嫌悪とか、誰かに支配されているという感覚はあるんでしょうか」

彼女は天井を見上げながら考えていた。

「いいえ、そういうんじゃないの。あたしの場合、平穏な核のようなものができて、いつもそれに寄り添っているような気がするのよ」

「でも、僕が思うに、それはあなたのもともとの性格のような気がするんですが。現に、他に失踪した人たちはあなたのようにはならなかった。ただ混乱していた」

「そうかもしれない。でも、徐々に気が付くはずよ。水が低きに流れるように、自分たちがあるべき方向に向かっているということに。うーん、なんだかこういう言い方は嫌なんだけどね、新興宗教みたいで。でも、そうとしか言いようがないわ――巨大な意思があって、それに合流していくような感じとしか」

「なるほど」

「うまく言えないけれど、神様に帰依《きえ》するのってこういう感じなんじゃないかしら」

「これまで言及されてきた神とそれはイコールなんですかね」

「それは分からないわ。でもこの体験と重なったことはあったのかも」

なぜかは分からないけれど、僕はひどく安心した。心の底からほっとするのを感じたのだ。

彼女は急にふふふ、と笑った。

「どうしたんですか」

「お願いがあるの」

「なんでしょう」

「一緒にどんこ舟に乗らない？」

悪戯っぽく笑いかける彼女に、僕は慌てて手を振った。

「僕、あんな舟漕げませんよ」

「きっと誰か船頭さんが『残ってる』はずよ。子供と一緒に乗って以来、もう何十年も乗ってないの。せっかくこんなに若くて素敵な男性が訪ねてきてくれたんだもの、二度とこんなチャンス訪れないわ。ぜひもう一度乗ってみたかったのよ」

彼女はスッと席を立った。

僕と彼女と白雨は誰もいない街をのんびり歩いていった。

この意外ななりゆきに面くらっていたが、その一方でこのなりゆきを気に入ってもいた。

誰もいない街の中、僕は箭納倉に来てからの出来事を丁寧に説明した。彼女は穏やかな笑みを浮かべながらじっとそれを聞いていた。

「初めてあなたの家を見た時、とても怖かった。糸杉って怖くないですか？　よくあんな木に囲まれて住んでいられますね」

僕がそう言うと、彼女は横顔で笑った。

「糸杉は生命をあらわすのと同時に死の象徴でもあるそうよ。肉体の腐敗を防ぐ力があると考えられていて、ヨーロッパでは墓地に植えられている――この箭納倉にぴったりじゃない？　生と死と――背中合わせでいつもそこにある」

生命と死の象徴。

僕たちは暫く無言で、駅の近くの船着き場へと歩いていった。

誰もいないと思っていたが、たくさんのどんこ舟が並んでいる水辺に、法被を着て笠をかぶった小柄な老人がぽつんと座っていた。

「ほらね。船頭さんには必ずいると思ってたのよ」

彼女は嬉しそうに僕を見た。確かにそうだ。水辺の仕事だし、真っ先に『盗まれて』いてもおかしくない。

「こんにちは。川下り、お願いできます？」

晴れやかな声でおっとりと挨拶すると、船頭の方も「おや」と、特に驚いた様子もなくこちらを振り向いた。

「よかったよかった。久しぶりのお客だよ。身体がなまっちまう」

吸っていた煙草を潰し、ひょこひょこと準備をする。

ぎっ、とどこか懐かしい音で舟が揺れた。

僕は先に舟に乗り込み、彼女に手を差し出した。

彼女はにっこりと笑い、白いふっくらとした手で僕の手をつかみ、優雅なしぐさでせわしなく揺れる舟に腰を下ろした。

そして、舟はゆったりと無人の街の中へ漕ぎだしていった。

滑るように音もなく。フィルムを巻き戻すかのように懐かしい時間の中へと。

石の橋の下をくぐる一瞬の暗闇。暗闇を経る度に訪れる過去の記憶。

ぎいっ、ぎいっ、という眠たくなるような竿のリズム。

重い密度を持った水の表面をかすめる波の反射。

「まあ、本当に久しぶりだわ」

彼女は目を細めて、両岸の風景に浸っていた。

走馬灯のように風景が流れていく。僕の人生のように。さまざまな場所を訪れた記憶が、黒っぽい緑色の水の上を流れていく。

「贅沢だね、お客さん。この堀全部がお客さんに貸し切りだ」

「ほんとうに」

船頭ののんびりした声に僕が答えた。

「ねえ、船頭さんは、この状況が不安にならないの？」

僕はふと尋ねた。船頭はちらっと眉をひそめて僕を見た。

「もうじき帰ってくるしね――いつもちゃんと誰かが帰ってきたよ。そういうもんだから、いつもずっと待ってたよ。騒いでも、じたばたしてもしょうがない」

「ふうん」

どのくらいの人が待っているのだろうか。みんなこんなふうに穏やかな目をして、帰ってくる人を待っているのだろうか――僕たちはいったい何を待っているのか――

柳の木の枝がゆらゆらと揺れていた。

船頭は途中で舟を止めて一休みした。僕と彼は煙草を吸い、彼女は白雨と遊んだ。思い付いて、僕は船頭にカメラを渡し、舟の上の僕と彼女を撮ってもらった。写真には日付が入るはずだ。一九九八年、六月二十五日。ジャンヌはこの写真を見て何か言うだろうか。一緒に写っている女は誰かと尋ねるだろうか。いくらやきもち焼きのジャンヌと言えど、きっと尋ねることはないだろう。たまたま同じ舟に乗り合わせた母親くらいの歳《とし》の女が、偶然写真に収まっただけなのだ。やけに二人が親しげな笑顔で写っていることに違和感を覚えるかもしれないけれど、僕はいつも外面《そとづら》がいいし、田舎のおばさんはいつも図々しいものだ。

何年も経ったあと、この写真を僕は見るだろう。その時、僕の記憶はどうなっているだろうか。今日のこの不思議なデートを覚えているだろうか。それとも、箭納倉で川下りをしたということしか思い出さないのではないだろうか——彼女はこの写真を欲しいとは言わなかった。でも、彼女はこの不確かな一日、僕と舟に乗った一日を決して忘れることはないだろうと思った。

今回のこの出来事が映画で、もし今の僕たちがカメラに写されているならば、間違いなくここがラスト・シーンになるな、と僕はぼんやり考えていた。

三人と一匹が乗ったどんこ舟、カメラは徐々に高度を上げて僕らを見下ろす形になる。カメラはさらにぐうっとあがっていき、誰もいない無人の街が眼下にゆっくりと広がっていく。街の中を縦横に走る水路の一つを、舟はゆっくりと遠ざかってゆく――

しかし、この場面で終わらないことを、僕はよく知っていた。

そう簡単に世界は終わらない。そう簡単に生命は終わらない。しぶとくあらゆる手を尽くし、無駄とも無謀とも見える膨大な行為を繰り返し、遥かな時間を積み上げながら人生は続く。

前に見た合歓《ねむ》の花はもう終わっていた。鬱蒼とした木々が堀の上に覆いかぶさっているだけだ。

明日の世界はどうなるのだろう。どんなふうにこの世界と明日の世界は連続していくのだろう。この空白を、人々はどんなふうに修復し、埋めていくのだろう。

水天宮まで辿り着き、僕たちは明日また会う人のようにあっさりと別れた。船頭はゆるゆると舟を戻し始め、彼女は「楽しかった」と手を振って家に帰っていった。

僕は満ち足りたような、それでいて日曜日の夜のような少し淋しい気持ちで帰路についた。

みんなが戻ってくれば商業活動も再開されるから、もう少しの辛抱とはいえ、今夜は今ある食料で我慢しなければならない。生鮮食料品は食べ尽くしてしまった。でも今日は、うんと飲みたい気分だ。白雨を相手に、でっかくレコードを掛けて踊りながら、あるだけの缶詰と瓶詰のつまみを開けて酔っ払おう。そして、明日はどろどろの二日酔いでみんなを迎えよう。明日の朝になれば、全て酒が見せた夢だと思うかもしれない。

僕は白雨と連れ立って家に着いた。

着いたとたん、おかしいと思った。

玄関の戸が開いている。

確かに鍵は掛けたはずだ。中から明かりも漏れている。

僕はそっと白雨を肩から下ろした。抜き足、差し足、玄関に近付く。

『残っている』人間が泥棒にでも入ったのだろうか？

ドアの隙間から中をのぞくと、黒い影が黙々と動いていた。てきぱきした動きで、全くこそこそした感じはない。

指を入れてドアをもう少し開くと、その影がびくっと動いた。

気付かれた。

慌てて逃げようとしたが、中から呼び止められて動けなくなった。

「塚崎さん」

振り向くと、そこにはこちらをぽかんとした表情で見つめている高安が立っていた。

「みんな一斉に戻ってくるわけじゃなかったのかあ」

居間でコーヒーを飲みながら、僕は高安と向かい合っていた。

「そうみたいですね。でも、今日から明日にかけてわっと帰ってくると思いますよ。僕だけじゃなくて、近くを他にも何人か流れてた記憶がかすかにありますから」

寸分たがわぬ、あの高安だった。むろん『失踪』していた間の記憶はなかったが、以前の記憶も行為も感情も全くそのまま残っている。目の前に座っている彼を見ていると、農協倉庫の地下で見たものがたちまち記憶の中を遠ざかっていく。人間の記憶のいいかげんさ、人間がいかに記憶を改竄《かいざん》しているかを思い知らされる。あの時も確かに自分の目で見て激しい衝撃を受けたはずなのに、今ここでその本人を目の前にして平気で談笑しているのだ。もしかすると、今まで経験したと思ってきた人生もほとんど自分が捏造《ねつぞう》した妄想なのではないかという考えがチラリとよぎった。

そして高安自身、なんの衝撃も受けている様子がなかった。実際、『盗まれる』間の記憶はほとんどないわけだし、いつもより長く眠っていたというぐらいにしか感じていないのだろう。

「何か変わった感じはする？」

僕が尋ねると、彼は当惑したように首をひねった。

「全くというほど変わっていないんですよ――確かにこの二日間の記憶がないんですが」

「爽快感は？」

「それも特にないですね。よく寝たという気はしますが」

「やっぱり人によって違うのかなあ」

僕は彼がいなくなってからの出来事を順に説明した。糸杉の家での彼女との会話の内容も話した。

彼は興味深そうな顔で聞いている。

「ふうん。もう一度インタビューしてみたいな」

「みんなにインタビューしてみたら。『その後』の心境はどうかって」

「それもいいですね」

高安に何をしていたのか尋ねると、自分のぶんの記録を選り分けていたのだ、と答えた。

彼は寝た時の状態でこの家に戻ってきていた。腕時計と日めくりを見て、自分が『盗まれた』ことを知った。

「どうする気なの」

高安は肩をすくめた。

「分かりません。とりあえず、暫くは保存します」

僕には高安の気持ちが分かった。既に彼の中では、この出来事は色あせている。三人目の子供の成長写真みたいなもので、彼は興味を失っているのだ。

高安は言葉を続けた。

「みんなが宇宙旅行ができるようになれば、みんなはその特性について語らなくなるでしょう。僕にはこれがそれと同じように見えるんです」

「でも、これって宇宙旅行よりも遥かにどえらいことなんじゃないの?」

「ええ。だけど、いつも境目はあったわけでしょう。最初に誰かが立ち上がって二足歩行を始めた。最初に誰かが言葉を発した。いつもその最初の瞬間はあって、みんながそれに慣れていく。疑問など持つことなく」

「この状況に疑問を持たないの?」

「そういうわけじゃありません。無論、記録は取ります。でも、今の僕には分析するパワーがない」

それが恐らく彼の正直な気持ちなのだろう。僕だってそうだ。説明しろ、分析しろと言われても困ってしまう。

「じゃあこんなふうに言い換えればいいかな。鉄棒の逆上がりですよ。逆上がりができるようになるというのは、少しずつできるようになるわけじゃないですよね。それまでできなかったものが、ある日その一回を境目としてできるようになる。できないうちはとても不思議なわけです。できる人が羨ましいし、どこにその技術の秘密があるのか分からない。次の体育の授業のテストの日が来るまでしじゅう逆上がりのことばかり考えている。それが何か物凄いことのように思える。でも、いったんできてしまうとどうです？　頭の中を占めていた逆上がりは、たちまちその他もろもろのどうでもいいことの一つになってしまう。取り立てて吟味すべき事柄には思えなくなる」

「もう逆上がりができるようになってしまったので、逆上がり自体には興味がなくなってしまったと？」

「平たく言えばそうです。逆上がりそのものはどうでもいい。でも逆上がりが僕たちに与える影響については知りたい。僕の今のスタンスはそれです。塚崎さんは僕が変わってしまったように思えますか？」

高安は至って冷静な表情で僕を見た。

僕はじっと自分の心に耳を澄ませてみた。目の前のこの男、どう思う？

暫く考えてみて、僕は口を開いた。

「変わったとは思うよ――でも、かつて僕たちが恐れていたように、何か得体の知れない化け物になってしまったという変わり方じゃなくて、ずっと一緒に仕事をしていた人が別の部署に異動してしまって、暫くしてから会った時に感じる変わり方みたいだね」

　高安がクスリと笑った。

「うん、たぶんそういう感じなんじゃないかな」

　そう、仲のよかった友人が別のクラスに行ってしまった時、転校していってしまった時、家業を継ぐと言って会社をやめてしまった時。それまで親しくしていた人が全く違う道を選んだ時に感じる淋しさ、虚しさ。今自分が感じているのはまさしくそれなのだ。

「この一週間は、世間ではどういう扱いになるんだろうね？」

「そうですね――住民たちの記憶が飛んでいることは確かですから、驚く人や混乱する人がたくさん出てくるでしょう。誰もが『盗まれた』ことを自覚できるわけじゃないですし。集団昏睡事件、とでも呼ぶことになるんですかね」

「集団昏睡事件、ね」

「光化学スモッグのせいとか、新手の細菌とか、誰かに催涙ガスか新種のガスを撒かれたという説が流れるかもしれない。住民たちが健康診断を受けるかもしれない。けれど、具合の悪い人は誰もいないし、何か犯罪が行われた形跡もない。実害を受けた人もいない。つまり、早々に迷宮入りするということですよ。現にここで何が起きたかを証明するようなものは何も残っていない」

「いろんな人が大挙して調査にやってきそうじゃない。それでも君はその記録を表沙汰にしないつもりかい？」

「信じてもらえると思いますか？」

高安は静かな目で聞き返した。

「うーん」

僕は唸った。

「確かにこの記録を公にすれば、つじつまはあう。膨大な記録を取ったからね。でも、信じてもらえるかと言えば疑問だ。一大センセーションにはなるよね、どう考えても。でも、一方でパニックになるだろう。『盗まれた』とされる人たちが差別されるかもしれない。そう考えれば、当局はこれを握りつぶすか隠蔽するだろう。この写真はニセモノだという証拠を作り出すかもしれない。アメリカの宇宙人みたいに、これから数十年に亘ってこの写真の真贋がマニアの間で論争されるのさ。結局最後は、君にSFホラーの好きないかれた記者というレッテルを貼って、マスコミ業界から放り出す。こんなところかな」

高安は小さく頷いた。

「僕の予想もそんなところです」

高安はボイスメモレコーダーや、ビデオテープを手で叩いた。

「僕の記録は僕で封印します。でも、先生たちはどうでしょうね」

段ボール箱の中に残っているノートやフィルムに目をやる。

僕たちはなんとなく醒めた表情でそれらを見下ろした。僕は——そして、恐らく高安もそう思っていたはずだ——結局誰もが、この記録を公開しないような気がした。

「さあね。それは先生たちが決めることだから」

僕がそう言うと高安も目で同意を表した。

「僕、支部に戻ります」

テープを抱えて高安は立ち上がった。

「これから大忙しになるでしょうからね。僕の失われた二日間。他の住民の失われた一週間。目覚めた僕は、これからこの箭納倉に何が起こったのかみんなに取材しなけりゃなりません。応援を頼まなきゃ」

「そうだね」

僕と高安は窓べに立ち、暮れなずむ外の街に目をやった。ちらほらと明かりが見える。どうやら、人々が戻り始めたらしい。

突然、ブツリとラジオの音が入って二人はびくっとした。スイッチを入れっぱなしにしていたのだ。流れる音楽に、切れ切れにアナウンサーの声が混じる。

「――まだ未確認の情報ですが、箭納倉市で多数の住民が伝染病にかかっているらしいという――連絡はまだ取れず――街への立ち入りは――」

僕と高安は顔を見合わせた。

「早速、デマが飛び交い始めてる。こうしちゃいられない」

高安は玄関に向かった。その背中に声を掛ける。

「健闘を祈るよ。僕はここで酒盛りしてるから、疲れたら栄養補給に寄るといい」

「深夜になると思いますが」

高安は外に飛び出していった。

夕暮れの中の背中を見送る。

重い空が、また泣き始めていた。ぽつぽつと雨が落ちてくる。

また日常が始まった。

僕は白雨を抱いて、暗い空を見上げていた。

次の日常。新しい日常。連続している世界の、次のパーツ。

そしてそれは、今回の僕の旅の終りをも意味していた。

僕は静かに扉を閉め、荷造りを始めた。

chapter XV

やっと、雨が上がった。

西の空の雲が切れて、閃光のようなぎらついた陽射しが一瞬下界を照らし出す。

映画の一場面のようだ。それも、これは長いストーリーの終盤間近の一場面。ラストはすぐそこまで来ている。エンドマークの気配を観客は感じている。いったいラストはどうなるのだろうと、観客は頭の中でいろいろな結末を考えている。

さあ、どんな結末がお望みだろう？

私は歩いている。歩いている。帽子も靴も雨に変色し、ずぶ濡れになったシャツの重さにうんざりするのにも疲れてこの街を歩いている。

意識は朦朧としている。長い間激しい雨の中を歩いてきたために、頭は既に思考を停止している。私は半ば惰性のように歩いている。

それでも時折、いろいろなものが頭の片隅をガラスの破片のように横切る。

重く濃い水面に浮かぶ合歓の花。闇に浮かぶ門灯の明かり。陽炎に揺れる真夏の寺。滑るように路地の隙間の水路に消える小舟。図書館の図鑑をめくる白い指。しかし、しょせんそれはかけらでしかない。かけらの幻影を拾い集めようとするそばからその絵は消えてゆく。

私は歩いている。深い絶望に心を塞がれたまま。既に取り返しのつかない場所に来てしまったことを確信しながら、それでも私は彼を求めてここを歩いている。

そういえば、カメラはどこにやったろう？　肌身離さず持っていたカメラ。私のこの街での存在をひっそり記録し続けていたカメラ。この街で起きたことを刻みつけていたカメラ。どうやら今の私は手ぶららしい。

どこにやってしまったの？　私のカメラを？

私はぶんぶんと滑稽に両腕を振り回した。そうすれば、どこからかカメラが出てくるとでもいうように。

今、私が歩いているのはどのへんだろう？　あんなに街じゅうを歩き回ったと思っていたのに、また知らない通りを歩いている。駅はどっちだろう？　彼はいったいどこにいるのだろう？　彼は本当に私たちを置いて、彼の妻の元に帰ってしまったのだろうか？　なぜ私たちはこんな目に遭ったのだろう。なぜ私たちだったのだろう。彼はどこにいるのだろう。なぜ私は彼を見つけ出すことができないのだろう。

あの夜——私が父と彼の話を盗み聞きしていた時のことがはっきりと思い出される。

それまでの私は妄執にとらわれていた。亮太のこと、店のこと、あのひとのこと、義母のこと。私が残してきたものにとらわれ、周りを見ることを拒絶していた。時間の感覚すらも失い、自分の中にこもっていた。だが、あの夜あの時のことはくっきりと思い出すことができるのだ。

私たちは、もう既に『盗まれて』いるかもしれない。『盗まれた』かどうか知るには『盗まれる』しかない。

そう聞いた時、私の決心は固まっていた。宙ぶらりんで生殺しの状態から逃れられることに感謝したのだ。


九州以外での健康診断の窓口となる病院は以上です。今月になってから箭納倉市内に滞在した方全員がこの健康診断の対象となります。商用、観光などで同市を訪れた方は、速やかに健康診断をお受けください。今のところ、何等かの症状が出ている方はいらっしゃいません。誤った情報に惑わされたり、いたずらに動揺することなく、冷静に行動してください。

さっきまでの雨が嘘のようだった。しかし、街の中には人が溢れ、日本中の報道機関が集まったかのようにごったがえしていた。こんなに外から人が入ってきてしまっているのに、まともな検査なんてできるのかしら。いつもはほとんど人通りのない畔道にも人が群れている。

バラバラと空から降ってくるのは、新聞社かTV局のヘリコプターの爆音らしい。一台、二台、三台――ヘリコプターって、どういうふうに数えるのかしら？　一機、二機かしら。見る間にどんどん数が増えてくる。上から何を撮ろうっていうんだろう？

土手の上を、大きな灰色の車やパトカーが埋め尽くしている。市街地に入る道路を封鎖しているのだ。けれど、封鎖される前に噂を聞いたらしくあちこちから車が入ってきて、今このエリアにいるのは少なく見積もって三割がよそから来た報道陣だ。バリケードに消防車、警官に白衣の職員、あまりのにぎにぎしさにこれから花火でも上がるのではないかと期待してしまう。街をうろうろする人々の表情は子供のようだ。何かを探しているのだが、何を探していいのか分からない。とまどいと期待、不安と興奮。どこかにプレゼントがあるのではないかと必死に歩き回っている。

道路を清掃車がひっきりなしに行ったり来たりしている。一週間放置されたままになっていたゴミを回収しているのだ。しかし、このゴミは清掃工場ではなく、検査してから他の場所で焼却されることになったらしい。ものものしいマスクをかぶり厚いゴム手袋をはめた人々が、あちこちのゴミ収集所に溜まった臭い袋にガラス棒を突っ込み、検体を集めている姿が目につく。ゴミの中に、今回の事件の原因となったものが見つかるのではないかと考えているのだ。

あらあら、なんて馬鹿なことをしているの。病原菌なんて見つかりはしないわ。あたしの撮った写真を見せてあげる。真相はもっともっとびっくりするようなことなんだから。

堀に降りた人々が、流れる水を試験管にすくっている。

そうね、その水は重要かも。この騒ぎの原因はそこにあるのよ。あんたたちはその原因の中に立っているのよ。ああ、ここにカメラがあれば。あたしのカメラはどこ？

繰り返しお願いいたします。健康診断を済ませていない方は、念のため外出を控えてください。これは万が一の時の被害を最小限に抑えるためのものです。何度も申し上げている通り、これまで何かの症状が出ている方はいらっしゃいません。健康診断を済ませた方は、何の問題もありません。現在、順次住民の方たちの健康診断が実施されておりますが、異常は報告されていません。

身体が熱かった。そして、身震いするほど冷たかった。

そう、何の問題もないわ。ノープロブレム。あたしは今ここにこうしてちゃんと存在しているのだから。だってあたしは——

爪先が何かにつまずき、私は立ち止まった。不意に、目の前に広がる空が目に入った。

幾重にも重なる厚い雲が視界いっぱいに飛び込んでくる。

ああ、なんという雲の色だろう。

私はその場に立ち尽くした。恐ろしいような感動に襲われ、かすかな震えを感じる。

私が歩いている畔道は、人の気配がない。しかし、ざわざわした空気は、すぐ近くにも感じられた。家で待機しているようにと言われた住民が、水や食料や情報を求めて外を歩き回っているのだ。もともと何が起きたのか理解していない住民たちが混乱してさまよっているところに、大きな事件の気配に吸い寄せられてきた報道陣がゲリラのように出没してはマイクを向けるものだから、めちゃくちゃな情報が入り乱れて混乱が増す。報道陣を追い出すために機動隊も投入されていたが、ヒステリックな小競り合いがそこここで繰り広げられていた。情報がないという点では恐らくみんな平等なのだが、みんな誰かが情報を持っていると思い込んでいるため、更に混乱はひどくなるばかり。この悪循環が、朝からずっと続いているのだ。

なんという雲の色だろう。

私はぼんやりと目を細めた。

この世の終りの色のよう。いや、この世の始まり——創世記の色だろうか？

今、世界は始まろうとしているのだろうか、終わろうとしているのだろうか。

なぜなの、あたしはまだこうして心が震える、雲の美しさを感じることができる。なのに、なのにあたしは——

むくむくと生き物のように朱色やピンク色や黄金色に輝きながら動いていく雲は、猛々しく荘厳にすら見える。

さっきまで濡れそぼっていた街は、射し込む西日にぴかぴかと輝き、たちまち乾き始めている。こんな風景を見るのは、ここに来てから初めてではないだろうか。そもそも、太陽の光を拝んだのが久しぶりのような気がする。そう、いつもこの街は濡れていた。空も、地面も、何もかもが。

水に濡れ、水に触れ、水を畏《おそ》れ、そしてあたしは——

ふと、私は自分が左手に何かを握り締めていることに気が付いた。

なんだろう？　硬くて細長いものだ。どうしたというのだろう、掌が強張っていて開かない。

私は自分の左手を見た。青白く、濡れた指がしっかり握られ、かすかに震えていた。
私は歯を食いしばった。歯がかたかたいうのがこめかみに伝わった。
開け、開け。そこに何が隠されているというのだ？
私は右手を添えて、滑稽なほど苦労しながら震える指をこじあけた。

外出を控えてください。家にあるものを食べないでください。飲料水に、水道水を使用しないでください。箭納倉市は、午前十時四十分、福岡県知事を通して陸上自衛隊西部方面総監部に出動要請をいたしました。箭納倉市に通じる道路は、六月二十六日午後零時をもって封鎖されます。これ以降の立ち入りは規制されます。住民以外の方はチェックポイントで確認の上、速やかに退去願います。

うるさい。なんてうるさいの。
大きなトラックが、さんざんずらすのに手間取ったバリケードの隙間から入ってくる。パンや牛乳、弁当、ミネラルウォーターなどを積んだ車だ。なんというのろのろ運転。ぴっちりと窓を閉め、マスクをしているのが見える。運転手もさぞかしびびっているのだろう。住民に、この食料が行き渡るまでいったい何時間かかるだろうか。乳幼児だっているはずだ。

ミルクはどうしているのだろう。ああ、新鮮な牛乳が飲みたい。

亮太。あたしの亮太、あたしが産んだ亮太。あたしと血が繋がった亮太。なのに、母親のあたしは――

ヘリコプターの爆音。拡声器で叫ぶ声。ヘリコプターの音に負けまいと声を張り上げるため、声が割れてしまって全く何を言っているのか分からない。

ああ、あたしはここにいて何をしているんだろう。なぜこんなところに一人で立っているんだろう。

惨めで、悔しかった。

藍子さん、背筋を伸ばすのよ。疲れた時や気分が塞いだ時こそ、きちんと背筋を伸ばしてね。それから、一番いいお茶を淹《い》れましょう。そうすれば、必ず何かいいことを思い付くの。

藍子さん、「いけうち」はいい跡継ぎができたねえ、おたくの若夫婦はよくやってるねえって、あのうるさいお客さんが帰りしなにあたしに言ってくだすったのよ。ね。ああしてきちんと正面から言ってくれるのは有り難いお客さんなのよ。別に、にこにこして帰って、そのまま二度と来なければいい話なんだから。ここでくさっちゃ駄目。

突然、さまざまな場面の義母の言葉が次々と脳裏をよぎった。

でも、お義母さん、せっかく褒めてもらったのに、あたし。こんなところで、一人で、悔し涙が流れてくるよ。

今朝目覚めた時、周囲がざわざわしているのを聞いて、夢から覚めたのかと思った。京都の家にいて寝過ごしてしまい、出入りの業者さんが来る時間になってしまっていたのかと——ああ、随分長い夢、おかしな夢を見ていたものだ、と。

しかし、自分を包むざわめきが普段のものと違うと気付くまでそんなにかからなかった。なんだろう、この殺伐とした雰囲気。遠くに聞こえるヒステリックな叫び声は。

私はハッと身体を起こした。

そこは、箭納倉の古ぼけた父の家だった。あの、小さな家。堀から離れたところにある家。ざわざわした音は、窓の外から波のように打ち寄せて来る。

そして、私は今までの記憶がずいっとせり上がるように自分の中に蘇ってくるのを戦慄と共に感じた。昨夜、あたしは——あたしは——何かを決心したのではなかったか。

ふうっと全身に冷たい汗が噴き出す。

「起きたか、藍子」

そこにひょいと父が顔を出し、私は再び夢から覚めたような気分になった。

そうか、箭納倉に遊びに来ていて、あの変な夢を見たのか。『盗まれる』とかいう奇妙な夢を。

「なんの騒ぎなの、これ」

私は起き上がり、何気なく声を掛けた。

「みんなが帰ってきたのさ」

そう父が答えた瞬間、更に二重の夢の底から何かがぐうっと浮かび上がってきた。

これは——これは——私の——みんなの——そしてすべての——**夢**。

「今日は何日？」

私は叫ぶように尋ねた。

父は無表情にじっと私を見て、返事をせずにキッチンに向かった。私はあとを追う。

キッチンの壁の日めくり。黒い数字が目に飛び込んでくる。

六月二十六日。

がしんと背中を殴られたような衝撃。

その時世界は真っ白になった。

私の中で時間が停止した。

「おはよう、藍子ちゃん。僕たち、三人ともマジョリティに返り咲きさ」

コーヒーを飲んでいた多聞さんがのんびり手を振った。

「マジョリティ」

その言葉の意味が一瞬理解できず、私はその場に棒立ちになった。

ハッとして、多聞さんの顔を見る。

「あたしたち、あたし、ひょっとして、ぬ――」

その先を言うことができなかった。口の中が苦くなり、どきんどきんと心臓の音が頭に響き出す。

なのに、父と多聞さんはそっけなく頷いたのだ。

「そう。でも、今回『盗まれた』のは先生と藍子ちゃんだけ。僕はもうとっくに『盗まれて』いたことが昨日判明した。昨日は一人取り残されてうろうろしてたよ。見ての通り、どこが変わったわけじゃなし。ついでに言うなら、高安さんももう帰ってきてる。今は取材に走り回ってるよ」

「取材？」

TVに目をやると、金切り声のキャスターが興奮してマイクを突き出している。

「どういうこと？」

私はTVをのぞきこんだ。

「今、全国ネットで箭納倉が注目されてるってことさ」

多聞さんは頬杖をついてリモコンを構え、次々とチャンネルを替えた。どこも同じ場所の混乱を映し出している。どこかで見たような風景。どこかで見た川と橋、そして堀。

電話は使用しないでください。全国から電話が殺到して、箭納倉宛ての回線がパンクしています。電話が通じなくなっています。携帯電話も、中継機がパンクしています。電話を使用しないでください。箭納倉に電話を掛けても今は大変混雑しており、電話が掛かりにくい状態になっています。電話を掛けないでください。ＮＴＴが非常用の伝言ダイヤルを設置しましたので、箭納倉にお住まいの方の消息を確認したい方は以下の方法にて連絡をお願いいたします。

無理やりこじあけた掌から、ぽろりと白いものがこぼれ落ちた。
その細長い白いものが何なのか、一瞬分からなかった。
足元の水溜まりに落ちているそれを、立ち止まってまじまじとのぞきこむ。
小さな白い鳩——素焼きの鳩笛だった。
素朴な柄の、尻尾の部分に息を吹き込むようになっている鳩笛。
あまりにも無邪気できょとんとした笛が、水溜まりの中でこちらを見上げている。

ああ。私は無意識に呻いていた。

彼等の声、彼等の意識。自分がいかにこの十日間、激しい恐怖に心を磨《す》り減らされていたかに気付いて、泣きたいような気分になる。いつも囲まれていた、いつも見られていた、いつも掌の上にいた――そして、今あたしの無意識は――

私はそれを拾い上げようという気にもなれず、茫然と天を仰いだ。

いつ、どこでこれをつかんだのだろう？

汗と雨に濡れた顔を、射るような西日が照り付ける。

あたしの無意識が？　彼等がこれをつかませたのだろうか？

私は思わず目をつむっていた。汗か、涙か、混沌とした熱いものが頬を流れ落ちる。

なぜ私はここにいるのだろう。何かを探していたはず。誰かを探していたはずなのに。彼等ではない、あたしの心が。

私は再びよろよろ歩きだした。少し歩いてから、思い出してまた鳩笛を拾いに戻った。ずっと握りしめていたせいか、素焼きの笛には自分の手のぬくもりが残っているような気がした。これはあたしの意思よ。あたしが鳩笛を拾いたかったのよ。そうよ。

駅。そうだ、駅はどっち？

私は再びよろよろ歩きだした。すっかり恐怖に心を麻痺させていたはずなのに、徐々に別の恐怖が膨らみ始めた。どこ？　奴等の意識はあたしの心のどこにあるの？　あたしは奴等の意識を感じることはないの？　あああ、あたしの無意識はあたしのものではないの？

私はふらふらと道を歩いていた。この先歩いてもバリケードにぶつかるだけだ。土手の向こうで遠巻きにしている消防団や野次馬を見ると、自分が動物園の珍獣にでもなったような気がする。心がすうっと冷えて、醒めた心地になってくる。そして実際に、あたしは——怒りと悲しみがぐちゃぐちゃに混ざったものが込み上げてくる。

いつもあたしは、こうして岸辺に立っていたような気がする。

突然、そんな感想が心に浮かんだ。

しっかりしたお嬢さん。利発なお嬢さん。

いつもそう言われてきた。ものごころついた時に既に母はなかったし、それが当たり前の環境だった。

こんなことを思い出す。小学校四年の頃だった。帰宅途中のバスの中に家の鍵を落としてきてしまったことに玄関まで辿り着いてから気が付いた。とても寒い日で、ちらちらと雪が降ってきた。父は会議で遅いはずだった。私はじっと玄関の前で待っていた。今にして思えばいくらでも方法はあった。近所のおばさんに事情を説明すれば、父が帰ってくるまでうちにいろと言ってくれただろうし、仲良しの友達の家を訪ねるという手もあった。だが、その時の私は、誰かに助けてもらうとか相談するということを全く思い付かなかった。やれやれ、お父さんが帰ってくるまでおうちに入れないなあ、と思っただけで、玄関の前に座ってじっと降る雪を見上げていた。四時間後に帰ってきた父がびっくりして、なぜ誰かに相談しなかったのかとさんざん叱られた。父には分からなかったのだろう。いつも独りぼっちでいるのが当然だと思っていた私の中に、『誰か』に助けを求めるという選択肢がなかったということを。いつもそうだった。いつも私は岸辺に立って対岸を見ていた。しっかりしたお嬢さん。落ち着いたお嬢さん。自分でもそう思っていたから、羽目を外したり、ものごとの渦中にいるということがなかった。恋愛に対してもそうだった。自分の感情に身を任せることなく、高校も、大学も——今まで一番愛したひとである多聞さんにすらも、対岸から眺めるように接してきたのだ。彼と私は決してそういう関係にならない。私はそういう結論を自分の中で下し、いつも誰かに所有されていた彼をそっと遠くから見ていた。

「藍子ちゃん、今度は京都のお店に食べに行くよ。旦那さんにも紹介してね」

彼の声を聞き、私はハッとした。そして、彼の足元にまとめられた荷物があることに気付いたのだ。

「多聞さん、ひょっとして」

私の声は震えていた。

彼は足元にまとわりつく白雨を撫でながら、いつもと変わらぬ表情で頷いた。

「うん。僕の箭納倉滞在はこれで終り。これから交通制限もありそうだし、今のうちにどさくさ紛れで帰ろうと思って。電車動いてるかどうか分からないけど、今国道まで行けばタクシーが拾えるかもしれない」

私は、彼にじゃれつく白雨に激しい憎しみを覚えた。

「そんな。危ないわ。何が起きるか分からないじゃないの」

私は白雨を睨みつけながら叫んだ。

「何も起きやしないよ。僕らはそれを知ってるでしょ？　もう終わった。もう済んだことなんだ」

彼は白雨を抱き上げ、そっと父に渡した。

父とはもう合意ができているらしい。どうして男っていつもそうなの。なぜ男どうしで話をつけてしまうの。いつもあたしの知らないところで話をするの。

父は無言で白雨を受け取った。

「まあ、出られんかったら戻ってこい」

ぼそりと呟く。

「はあ、そうします。そっちの可能性の方が高いような気もしますが。この大混乱ですからねえ。今街を出ようとしたら、僕、こんな格好だし逮捕されちゃったりして」

彼は相変わらずひょうひょうとした調子で、リュックを持ち上げ肩に掛けた。

私は見捨てられた子供のように心細く恨めしい涙が込み上げてくるのを感じた。まだ自分が『盗まれた』ということを自覚し受け入れてもいないのに、この状況で彼までもが去ってしまうということに耐えられなかった。

「どうして？　なんでこんな時に行ってしまうの？　もう少し落ち着いてからだっていいじゃないの。多聞さんだってこの事件の当事者なのよ。重要な目撃者よ。歴史の証人なのよ」

涙声になるのをこらえられない。

「僕の旅は終わったんだよ」

彼は憎らしいほどあっさりと私の目を見て答えた。私はその瞬間、深く彼を憎んだ。いつもあっさりしている彼、そのくせ小心者の彼、美しい顔の彼、いつも愛される彼、かつて苦しいほどに愛した彼、こうして私が涙ぐんでいても去ることのできる彼を。

私は叫んだ。

「駄目よ、どうしてこのまま去ることができるの？　ここで逃げるなんて卑怯よ。あたしたちは何のためにあんなにたくさんの記録を取ってきたの？　あれを今こそみんなに公表すべきじゃないの。あんなに報道陣が来ているし、みんな情報を欲しがっている。誰もが何が起きたのか知りたがっている。高安さんだって戻ってきてるんでしょ？　あたしたち四人であれを自治体に渡すべきよ。そうすれば、余計な手間や心配をかけずに済むし、みんながパニックを起こさずに済むのよ」

彼はじっと私の顔を見た。その目には何も浮かんでいない。黒い、大きな瞳。子供のような瞳。父はいつも、彼のことを『童子の顔』と言っていた。

私もじっと彼の顔を見つめ返す。穏やかな、無垢な瞳。

違う。童子なんかじゃない。彼は鏡だ。彼の瞳は、向かい合う者を映し出す鏡なのだ。彼は自分に映る他人の像に対してなんの評価も働きかけもしない。彼は鏡だから。ただ映し出すことだけが仕事なのだから。私は彼を愛していた。彼の鏡に映る、誰にもすがることのできない自分の姿を愛していた。

「余計な手間や心配、か」

彼は小さく呟いた。

「どっちが手間なんだろう。どっちが親切なんだろう。僕には分からないな」

すっと横を向く。端整な横顔の視線の先は遠かった。

ずきんと胸が痛んだ。彼はもう、私を振り向かない。彼は選択しようとはしない。この事実の証人となり、公表するという行為を、あたしたちに委《ゆだ》ねたのだ。

「先生、お世話になりました。僕の記録は先生に任せます」

「こちらこそ。さんざんな旅になってしまったな」

「いえ。結構、面白かった。それに、とっても、僕っぽい巻き込まれ方だったし」

彼は子供のように笑って、最後にすっと正面から私を見た。自分が歪んだ顔をしているのが情けなく、恨めしく、悲しかった。けれど、見つめずにはいられなかった。さぞかし醜い顔をしていただろうと思うのだが、彼は例によって無邪気な目でじっとこちらを見ていた。

「じゃあ、また」

じゃあ、また。

今度はいつになるのだろう。いつ、この無邪気な瞳と向き合えるのだろう。この瞳を見ているのは私？　彼が見ているのは私？　それとも――

玄関の扉がばたんと閉じられた。


いぜん梅雨前線が活発な活動を続けています。局地的に大雨が降る恐れがあり、引き続き九州北部では警戒が必要です。連日の大雨で地盤がゆるんでいるところが増えています。土砂崩れや河川の氾濫には十分ご注意ください。崖や斜面の普段見たことのない場所で湧き水を見た時は要注意です。数時間以内に崖崩れの起きる可能性があります。

自動販売機はどこも空っぽになっていた。水道を使うのを恐れたみんなが飲み物を買ったからだ。ずらりと並ぶ、売り切れの赤いランプを指で弾きながら私は街の中を漂っていた。どこからこんなに人が溢れてくるのだろう。普段の人口の三倍はいるのではないだろうか。オレンジ色の光が街を照らしていた。こんなに殺伐とした声さえ響いていなかったら、傍目には何か盛大な祭りの最中に見えるかもしれない。

ますます空を埋めるヘリコプターの数が増えたような気がした。おもちゃのような小さなヘリコプターを威圧するかのように、遠くから大きな緑色のヘリコプターが編隊を組んでやってくる。

こんなにたくさんのヘリコプターをいっぺんに見たのは初めてだわ。

私はぼんやりと空を見上げていた。

彼が去ってから、私は茫然と居間のソファに座っていた。父はじっとＴＶの画面を見ながら、黙々と書き物をしていた。父は個人的に――あくまでも個人的にこの事件の記録を続けるつもりなのだろう。

私はどうすればいいのだ？

今更カメラを取り上げる気はしなかったが、自分の居場所が分からなかった。父や多聞さんの中では全てが終わっているらしい。私一人がぽつんと事件の片隅に取り残されていた。なぜ？　男たちと私の間を隔てているものはなんだろう。どこから違ってきてしまったのだろう。事件の真実を彼等と共有していたはずの私が、なぜこんな疎外感を覚えなければならないのだろう。今世間が熱望している真実を持っているこの私が。

私はただただ困惑していた。京都の家があまりにも遠く、あまりにも別世界のように思えた。

「おまえもそろそろ荷物をまとめるんだな。向こうでも心配してるだろうし、通じるようになったら最初に電話するんだぞ」

父が独り言のように言った。

その何気ない台詞が、私を愕然とさせた。

あたしはもう『盗まれて』しまった。

それまで深く考えることを拒否してきたそのことが、突然大きく膨れ上がって私の中にいっぱいになった。

どろりとした黒いタール。暗い水の中に積み上がっていた、あの、あの――

絶望的な衝撃が全身を貫く。あたしはもう『盗まれて』しまったのだ。

いつのまにか私の足は洗面所に向かっていた。暗い廊下の奥に掛かっている鏡。その中の自分の顔を他人の顔のように見つめていた。

どこが違う？　誰が見て分かる？

私は自分の両手を見下ろした。これはあたしの手。寸分違わぬあたしの両手。子供の頃の火傷《やけど》の痕も、見慣れた黒子《ほくろ》の位置も記憶のままだ。

もしかすると嘘かもしれないではないか。誰も『盗まれて』などいない。あたしも『盗まれて』ない。ただ一日眠っていただけなのかも――

鏡の中のひきつった表情をくいいるように見つめながら私は必死にその考えにすがりついた。

そうよ、なんの証拠もない。あたしが『盗まれた』という証拠は――

あのカメラは？　今まで撮り溜めたフィルムは？

どこかからあざけるような声が聞こえてきた。

ついさっき、あんたは多聞さんをなじったのではなかったか？　真実を公表する気のない卑怯者だと弾劾したのではなかったか？

足元が沈み込むように急に恐ろしくなった。

あたしは帰れるのだろうか？

京都の家族や、店の従業員や、近所の人たちの顔が脳裏をさっと駆け巡った。どうなのだろう、あのひとや義母やあの子があたしを見た時、あたしがあたしでないと分かるのだろうか？　おかあさんのニセモノだと？　そもそもあたしがあたしでないというのはどういうことなのだろう。あたしは何も変わらない、少なくとも今のところ性格も声も顔も記憶も変わっていない、なのにもうあたしではないのだろうか？　あたしとはなんだろう。あたしとは、誰だったんだろう。

私は鏡に拳《こぶし》を押しつけた。

父がトイレに立ったのを見たとたん、私は衝動に任せて家を飛び出していた。これはあたしの衝動。あたし個人の衝動に駆られて。そう信じたかった。いつ鳩笛をつかんだのかは覚えていない。

雨。雨が降ってきた。

私は足のおもむくままに駆けだしていた。

雨。雨は冷たかった。

私の頭の中の混乱した声に合わせるかのようにびしゃびしゃと雨が降っていた。群衆が不安な興奮に街を引き摺り回されているその中で、気が付くと私は彼の姿を探していた。この街を出られずに、どこかでぽつんとしているのではないかと。いったんさよならを言ってしまったので、決まりが悪くて戻ってくることができないのではないかと。彼の横顔ならば、彼の背中ならば、どんなに大勢の人たちの中からでも一目で探し出せる自信があった。

こんなことを思い出す——大学一年の頃。知り合って間もない頃。

じゃあ、コマ劇場の噴水のところね。

呑気《のんき》にサークルのメンバーで待ち合わせをしたが、当時の新宿、当時のゴールデンウィーク前のコマ劇場前は、ロックコンサートの会場かと見まがうほどの学生でごったがえし、殺気と欲望と期待とが入り交じっていて息苦しいほどだった。

いやあ、ごめんね、こんなところで待ち合わせしちゃって。

私を見つけた彼は困ったような顔で何度もぺこぺこと頭を下げた。

探しちゃいました。

私はニコニコしながらそう答えたが、それは嘘だった。

私は一目で彼を見つけていた。あの広場に入った瞬間、最初の一瞥《いちべつ》で彼の横顔を見つけ出していたのだ。

あたしはいつも探していた。あなたのことを、いつもいつも。あなたの姿を目で追い、あなたの笑顔が視界に入るように、いつも遠くから見つめていた。眞弓先輩はちゃんとそのことに気付いていたのだ。あたしの視線に気付いた彼女は、常にあなたといたがり、あたしを牽制していた。

　この街のどこかにまだいるのだろうか。あたしが見つけ出せるところにいてくれるだろうか。

　濡れた髪がぬるむ感覚に陶然としながら、私はぼんやりと立っていた。


　そして、今、雨が上がった。

　いっとき激しい色で燃え上がっていた太陽の光も徐々に弱まってきている。

　再び、箭納倉に夜がやってくるのだ。

　私はとぼとぼと畔道を歩き、石の橋を渡り暗い流れの前に立った。その静かな流れは、何もかも知っていて、地上の騒ぎにじっと耳を澄ましているような気がした。

　あんなに怯えていたその流れに、いつのまにか親近感を覚えていることに心のどこかでぎくりとしながらも、引き寄せられるように私は流れをのぞきこんだ。私の影が重い水面に歪みながらゆらゆらゆらと揺れている。

　ふと、遠いところで何かが光ったことに気が付き、顔を上げた。

　対岸の土手に組まれた櫓《やぐら》に照明が点されようとしているらしかった。二十四時間体制で街への出入りを見張るつもりのようだ。無理もない、報道陣や野次馬を始め、鈴なりになった人々が口々に何かを叫んでおり、夜を迎えようとしているのにもかかわらず、群衆はいっこうに立ち去る気配がない。

雲はまだ動いていた。

光は濁ったオレンジ色になり、紫になり、くすんだ黒へ溶けこんでいこうとしている。

再び夜がやってくる。

対岸に群がる人々の顔がくっきりと視界に飛び込んでくる。好奇心と、興奮と、恐怖にぎらぎらした顔が照明に照らし出されている。既にそこには差別の予感があった。なあ、そこで何かおぞましいことがあったんだろう？　俺たちは安全な場所にいるけれど、そこは違うんだろう？

あたしたちはどう見えるのだろう——『盗まれた』あたしたち、一見何も変わらないあたしたちは。あたしの持っている写真を彼等が見た時、彼等はあたしたちをどんな目で見るのだろう。あたしたちは差別され、忌避され、実験動物のように研究されるのだろうか。いつも首を引っ込めて安全なところにいる彼等、いつも自分たちと違っているところを血眼《ちなまこ》で探し、ささいな違いを騒ぎたてる彼等、いつも「マジョリティ」の彼等に——彼等とは、何者なのだ？

ひやりとするほど冷たい風が、一瞬川の方から背中を吹き抜けていった。

ねえ、どう思う？

私は橋の上でしゃがむと再び水面をのぞきこんだ。ゆったりとした暗い水面。

ねえ、どう思う？

冷たい風がまた髪に触れて、大きく身震いした。

私はハッとした。

水面には私の顔が映っていた——そしてその顔は、私が今まで知らなかった表情をしていた。彼女は笑っていた。母親が子供のあどけなさを愛しく思っているような笑み——慈愛に満ちた穏やかな笑みを浮かべていたのだ。

ねえ。

私は立ち上がった。今まさに太陽は最後の光とともに姿を消そうとしていた。

私はのろのろと掌を開いた。

小さな鳩笛をシャツの裾できゅっきゅっと磨く。

泥の落ちた素焼きの鳩のつぶらな目は彼の目に似ていた。

鳩笛は、日の暮れの音色。

黒い雲に紫色の光がゆっくりと消えていく。

私はそっと鳩笛を唇に当てた。

恐れることはないのかもしれない。これからはあたしたちが「マジョリティ」になるのだ。世界をひとつに飲み込み、駆逐していくのはあたしたちなのだ。

はとぶえは、ひのくれのねいろ。

懐かしい低い響きが黄昏の土手に溶けていく。

ゆっくりと訪れる静寂。

私はじっと耳を澄ませて待った。胸の奥にあるかすかな確信と期待を込めて。

そして、私はその力強い響きを聞いた——鳩笛の音色にも似た、誰かが私の呼び掛けに応えるかのような絶対的な響きを。誰も押しとどめることができない、太古からのその存在を示す巨大な意思の声を。

いつしか光は消滅し、雲はすっかり墨の色に沈んでいた。

再び、箭納倉の街に夜が訪れようとしている。

人類の次の夜——新たな始まりの夜が。

解　説——ここ過ぎて神経のにがき魔睡に

山田正紀

恩田陸は記憶の作家である。とりあえず、そう言ってしまってもいいと思う。

が、それはただの記憶ではない。恩田陸にあっては記憶は連続していない。というか、むしろ連続している記憶はもう記憶の名に値しないと極言してもいいほどなのである。

記憶はつねに断片であり、断片である以上、それはかならず何物かに封じ込められている。何物かに、——多分、時間に、罪悪感に、愛に、友情に、殺意に、音楽に、本に……。

とりわけ『月の裏側』にあっては、そのことは顕著であり、それは以下の一節を読んでも明らかであろう。

あれはなんという名前だったっけ？　水の入ったガラス玉に、小さな家や雪だるまが入っていて、静かに揺さぶると雪が舞い上がってチラチラと降るやつ。あれの中にこの街が入っていたらどうだろう。どんよりとした曇天の雲。灰色の球体。揺さぶると、しとしとと雨が降る。ガラス玉をそっとのぞきこむと、小さな黒く澱んだ掘割が走っているのが見える――

登場人物の一人の箭納倉を見ての感想である。

箭納倉は言うまでもなく九州の水郷・柳川をモデルにしていて、柳川の街が外部に向けて語られるときには、つねに「郷愁」という形容がつきまとう。柳川はなによりも懐かしい街なのである。それもあってか『月の裏側』の単行本の帯には「郷愁の傑作ホラー」というコピーが印刷されていた。

が、この場合、この郷愁は登場人物たち誰のものなのか。一人を除いて、主要な登場人物の誰も、箭納倉の出身者はいない。その一人にしてからが、大学は京都、そのあとは東京で暮らし、ずっと箭納倉を離れていたという設定になっているのだ。

にもかかわらず、たしかに『月の裏側』という小説のそこかしこに噎《む》せるほど濃密に郷愁がけぶっているのは見誤りようがないことなのだ。これはどういうことか。

こう考えてみてはどうだろう？　『月の裏側』という小説にあってはその郷愁は人を介して語られるべき感情ではない、と。――ここでは郷愁は人の介在を必要としない。箭納倉という街そのもの、箭納倉を縦横に走る運河そのものが「郷愁」なのではないか。「月の裏側《ダークサイド・オブ・ザ・ムーン》」は見えない。見えないが、そうして夜空に月が輝いている以上、たしかにその裏側はあるはずなのだ。

が、ほんとうにそうか。それほど短絡的に我われは見えるものと見えないものとが補完しあっているなどと信じていいものだろうか。もしかしたら……。

いや、いくら何でもここで結論を出してしまうのは早計にすぎる。もうすこし『月の裏側』という小説を検証してから結論に向かっても決して遅すぎはしないだろう。

さきに恩田陸は記憶の作家であり、その記憶はつねに断片であって、何物かに封じられている、とそう記した。

そのことが恩田陸をして、ある時間、ある場所に対する偏愛（といってもいいと思う）を生じさせることになったのかもしれない。

思いつくままに列挙してみよう。

『ｐｕｚｚｌｅ』の孤島、『六番目の小夜子』の学生時代、学校、『ドミノ』の東京駅、『木曜組曲』の木曜日、六角形のダイニング・ルーム（そこに五人の女たちが集う。死んだ一人の女を加えて六人――）『MAZE』の迷路、そして『月の裏側』の箭納倉……。

どうだろう。恩田陸という作家にとって、ある閉ざされた時間、閉ざされた空間に対する偏愛はまぎれもないものではないか。

が、これはミステリ作家たちが孤島を好み、密室を好むのとは似て非なるものと思われる。恩田陸の閉ざされた時間、閉ざされた空間は、しかし閉ざされていながら閉ざされていない。それらは例外なしに記憶であり、記憶である以上、すべては思い出されなければならないわけなのだが、――彼女にあっては、その思い出すという行為そのものがひどく可塑的なものであって、それこそ夢のようにとりとめのないものであるらしい。

恩田陸にとっては記憶ほど不確実なものはない。いや、そう言ってしまっては誤りだろう。多分、彼女には、現実の（現実の？）体験も、好きな音楽を聴いた感動も、好きな小説を読んだ読書体験もすべては等価なものとして意識されているのにちがいない。それぞれが互いに何の違いもない。要するに思い出されるというその一点においてすべては同じものであるようなのだ。

好きなCDをくり返し聴くように、好きな小説をくり返し読むように、現実に体験したこともくり返し思い出される。そして、そうこうするうちに、それは夢のように不思議な変容を遂げることになる……。

夢のように？　そう、多分、恩田陸の小説の秘密はここにある。

ほんとうに僕たちが夢をみているとそう言い切っていいのだろうか。あるいは、僕たちのほうこそ、僕たちが生きていると信じているこの現実のほうこそが、そもそも誰かのみている夢なのではないか。

私は誰かの夢をみる。私は誰かに夢みられる……この『月の裏側』ではその逆転こそが描かれているのかもしれない。

だからこそ恩田陸は『月の裏側』の最初と最後にこう書かなければならなかったのだろう。


どこかでカメラが回っているのではないかと、多聞はそっと後ろを振り向いた。長い竹竿を操る船頭の後ろに、舟の軌跡が白いさざなみを作っている。いや、ちょっと違うな、自分がカメラになったような気分だ。

三人と一匹が乗ったどんこ舟、カメラは徐々に高度を上げて僕らを見下ろす形になる。カメラはさらにぐっとあがっていき、誰もいない無人の街が眼下にゆっくりと広がっていく。街のなかを縦横に走る水路の一つを、舟はゆっくりと遠ざかってゆく――

この見る者と見られる者の逆転は、つまりは思い出し、思い出されることとの恣意性、そのとりとめのなさに帰着することになるわけなのだろう。

恩田陸はじつに様々なタイプの小説を書いているが、本格ミステリを書くことには慎重なように見うけられる。それも当然で、記憶というものを、こんなにも恣意的で可塑的なものと考えている彼女が、安易に本格ミステリに手を染めることなどできようはずがない。

多分、彼女にあっては、ラスト、名探偵がたった一つの真実に到達する本格ミステリを執筆するのには、非常な違和感を覚えざるをえないのだろう。そもそも、この世のどこに真実などという便利なものがあるというのか？

ここで問われなければならないのは、記憶というものが夢のようにはかなく、とりとめのないものであるなら、小説の登場人物たちはそれぞれ互いに、あるいは作者は読者と何を共有することができるのか、というそのことだろう。

感覚、ではないかと思う。彼女は読者とある感覚——感覚という言葉が舌足らずと思われるなら、印象といいかえてもいいが——を共有したいと願っている。たとえばこんな記述がある。

お祭りや、大きなイベントがある日に遅刻してしまった時、学校の運動場や、集会場や、スタジアムなどの周辺で全く人気がなくなってしまうことがある。誰もいないのでちょっぴり不安になるが、その不安を打ち消すようにその会場に急いでいる時の気分がこんな感じだ。

これを読んだときには唸らされた。たしかに、この感覚は僕にもあるが、いままであらためてそれを意識したことはないし、むろん誰かから指摘されたこともない。恩田陸がいかに感覚をとぎすまして生きているかその証左だと思う。

こんなことを言うと、またぞろ誰かが、女性作家特有の繊細な神経、などと無神経なことを書きそうであるが、むろん、こういうことに性差《ジェンダー》などは何の関係もない。ただたんに恩田陸という一人の作家が小説を書くうえでいかに優れたセンスを持っているのかそれを証明しているにすぎないだろう。

さて、ここまで言葉をつらねて、ようやく結論に達するだけの材料がそろったようである。

僕は『月の裏側』にあっては箭納倉が、あるいは箭納倉を縦横に走る運河そのものが「郷愁」ではないかとそう言った。そして、「月の裏側《ダークサイド・オブ・ザ・ムーン》」には何かがありそうに見えて実際には何もないかもしれないとそうも言った。

恩田陸によれば、運河は夢であり、見るものであり見られるものであり、その水辺は世界の接点なのだという。僕たちはその水の下に何が隠されているのかそれを知りたいと思う。が、思い出が夢のようにとりとめがなく、夢が思い出のようにはかなく、見ることと見られることとが容易に逆転するものであるのなら——

もしかして、世界の接点であるべき水辺はその下になにも擁していないのではないか。世界とはすでに「郷愁」そのものであって、僕たちはその郷愁のなかにたゆたって流れる以外に生きるすべを持たないのではないだろうか。

『月の裏側』は遥か彼岸の彼方からヒソヒソとそのことを僕たちに伝えている……。


『月の裏側』はまぎれもなしに傑作である。そのことは保証しよう。

が、それがどんなテーマを擁し、どんなストーリーで構成されているのか、そのことにはあえて触れない。『月の裏側』には、ある先行するSF作品があり、それと比較されて読まれたために、多少、誤読されることがあったからだ。

読者の皆様には何の先入観も持たずにこの小説を読んでいただいたほうがいいと思う。そのほうがこの小説の面白さをより純粋に堪能することができるし、なによりラストの感動をより直截に得ることができるはずだからである。

——作家

この作品は二〇〇〇年三月小社より刊行されたものです。

月《つき》の裏側《うらがわ》

恩田《おんだ》陸《りく》

平成14年8月25日　初版発行
平成29年1月25日　28版発行

発行人――石原正康
編集人――菊地朱雅子
発行所――株式会社幻冬舎
〒151-0051東京都渋谷区千駄ヶ谷4-9-7
電話　03(5411)6222(営業)
　　　03(5411)6211(編集)
　　　振替00120-8-767643
印刷・製本―図書印刷株式会社
装丁者――高橋雅之

幻冬舎文庫

ISBN4-344-40262-6　C0193　お-7-7